CHUTE LIBRE

T. J. Newman

CHUTE LIBRE

Traduit de l'américain
par Valérie Le Plouhinec

Albin Michel

Ce livre est un ouvrage de fiction. Les noms, les personnages, les lieux et les événements relatés sont le fruit de l'imagination de l'auteur et sont utilisés à des fins de fiction. Toute ressemblance avec des faits avérés, des lieux existants ou des personnes réelles, vivantes ou décédées, serait purement fortuite.

Édition originale américaine parue sous le titre :
FALLING

Publié avec l'accord de l'éditeur original Avid Reader Press, a Division of Simon & Schuster, Inc., New York.

À mes parents, Ken et Denise Newman

« Quelle est l'œuvre de Dieu ! »

Nombres 23 : 23

Quand la chaussure retombe sur ses genoux, le pied est encore dedans.

Elle le jette avec un cri strident. La masse sanguinolente reste un instant suspendue en apesanteur avant d'être aspirée par l'énorme trou dans la carlingue. Par terre à côté de son siège, une hôtesse rampe et hurle aux passagers de mettre leur masque à oxygène.

Assis à l'arrière, Bill observe la scène.

La passagère à la chaussure n'a certainement pas entendu ce que criait la jeune hôtesse. Pour tout dire, elle n'a sans doute pas perçu un son depuis l'explosion. De minces filets de sang s'écoulent de ses oreilles.

L'onde de choc a soulevé le corps de l'hôtesse, puis l'a violemment rabattu au sol : sa tête brune et bouclée a heurté le plancher avec un craquement sec. Elle est restée une seconde immobile, mais l'appareil a brusquement piqué du nez. Entraînée vers l'avant de la cabine, elle a tâché de se retenir aux barres métalliques sous les sièges. Elle en a agrippé une, et tente maintenant d'avancer en se hissant de ses bras tremblants. Lorsqu'elle roule sur le côté, ses pieds flottent un instant dans le vide. Des détritus volent partout dans l'avion : des papiers, des vêtements, un ordinateur portable, une canette de soda. Une couverture de bébé. On se croirait à l'intérieur d'une tornade.

Bill suit le regard de l'hôtesse le long de la carlingue… et voit le ciel.

Les rayons du soleil pénètrent par une large ouverture qui, il n'y a pas trente secondes, était la sortie de secours au-dessus de l'aile. L'autre hôtesse, rousse, plus âgée, venait de s'y arrêter pour ramasser un déchet.

Bill l'a vue sourire, prendre le gobelet vide dans sa main gantée, le laisser tomber dans le sac plastique… Un grand boum, et puis plus rien. La rangée entière, disparue. Tout le flanc de l'appareil, envolé.

Bill écarte les pieds : l'avion tangue, peine à tenir un cap. *Bien sûr, la gouverne de direction*, pense-t-il. L'ensemble de l'empennage est sans doute endommagé.

Un craquement sec au-dessus de la tête de l'hôtesse brune : plusieurs compartiments viennent de s'ouvrir brutalement. Des bagages dégringolent et sont projetés dans toute la cabine. Une grosse valise à roulettes rose file vers l'avant, aspirée par l'ouverture. Elle heurte le fuselage en sortant et arrache encore un peu de la peau de l'avion au passage. Les montants et poutrelles exposés dessinent un quadrillage d'ingénierie humaine devant les cieux. Derrière les câbles qui crachent en sifflant des étincelles jaune orangé, des nuages parsèment la vue. Bill plisse les yeux contre le soleil.

L'avion revient suffisamment à l'horizontale pour que l'hôtesse puisse se mettre à genoux. Il la regarde lutter contre un corps qui refuse de coopérer. Lorsqu'elle parvient à tirer sa jambe vers l'avant, c'est pour découvrir que son fémur lui sort de la cuisse. Elle contemple un instant la plaie sanguinolente en clignant des paupières, puis se remet à ramper. « Les masques ! » s'époumone-t-elle en se traînant vers l'arrière de l'appareil, à peine audible dans le rugissement assourdissant du vent. Elle tourne les yeux vers un homme qui s'efforce d'attraper les masques à oxygène. Il en saisit un et va le mettre sur son nez lorsqu'une bourrasque le lui arrache des mains. Le plastique et les élastiques claquent dans le vent.

Un brouillard gris suffoque la cabine, une brume tournoyante de débris et de chaos. Une gourde en métal s'écrase contre la figure de l'hôtesse, dont le nez se met à saigner abondamment.

« Il est touché ! Mon mari ! À l'aide ! »

Bill regarde la femme tambouriner des poings contre le torse inerte de son époux. Deux petits cercles marquent son front, et de là un flot rouge dégouline dans ses yeux et sur ses joues. L'hôtesse chasse ses boucles de son visage et se hisse sur l'accoudoir pour mieux voir.

Ce ne sont pas des balles. Ce sont des rivets de l'avion.

L'appareil vibre violemment et le plancher commence à se voiler. Bill sent tout bouger en dessous de lui. Il se demande si la structure tiendra. Il se demande combien de temps il leur reste.

L'hôtesse continue d'avancer. Elle pose la main sur une tache sombre, dans la moquette, en même temps que Bill perçoit l'odeur d'urine. Elle lève les yeux vers l'homme qui occupe le siège côté couloir : le regard perdu dans le vide, en état de choc, il ne sent pas qu'une flaque s'élargit à ses pieds.

« 'e 'a g'ace », gémit quelqu'un.

L'hôtesse se retourne. Une passagère assise de l'autre côté du couloir tend les mains vers elle. Elle tient quelque chose qui ressemble à un morceau de chair. L'hôtesse ne peut réprimer un mouvement de recul. La passagère a le menton et le cou peints en écarlate.

« G'ace », répète-t-elle, et une vague de sang jaillit de sa bouche.

C'est sa langue qu'elle tient dans ses mains.

Bill jette un coup d'œil par-dessus son épaule : sur la paroi du fond, le cordon de l'interphone bat dans le vent. À l'autre bout du galley, la troisième hôtesse est recroquevillée au sol, à côté d'une brique de jus de fruits renversée. Le liquide orangé se mêle lentement à la flaque rouge qui grandit autour d'elle.

L'hôtesse brune arrive enfin à l'arrière, en écrasant sous son uniforme des dosettes de sucre et de crème. Elle tend une main, mais la recule vivement.

Une paire de chaussures de ville noires lui bloque le passage. Elle relève lentement les yeux. Étendue de tout son long aux pieds de Bill, brisée et ensanglantée, elle ouvre la bouche, mais pas un son n'en sort. La cravate de Bill elle aussi s'agite dans le vent. Les réacteurs leur hurlent aux oreilles, comme pour faire arriver quelque chose, n'importe quoi.

« Mais… si vous…, balbutie l'hôtesse en le regardant d'un air trahi. Qui a le contrôle de l'appareil, commandant Hoffman ? »

Bill prend sa respiration comme s'il allait parler, mais reste muet. Il pose les yeux sur la porte fermée du cockpit, tout au bout de la cabine.

Il devrait être de l'autre côté.

Alors, bondissant par-dessus l'hôtesse, il s'élance en courant entre les sièges. Il court de toutes ses forces, mais la porte semble s'éloigner à mesure qu'il avance. Autour de lui, les gens lancent des cris, le supplient de s'arrêter pour les aider. Il continue de courir. La porte continue de s'éloigner. Il ferme les yeux.

Sans transition, son corps entre violemment en contact avec le battant et son crâne heurte la surface impénétrable. Il recule en titubant, la tête entre les mains. Sonné, il s'efforce de trouver une idée pour pénétrer dans le cockpit hermétiquement fermé, mais rien ne lui vient. Il tambourine sur la porte jusqu'à ne plus sentir ses poings.

Pantelant, il recule d'un pas pour l'attaquer à coups de pied, lorsqu'il entend un cliquetis.

La porte, déverrouillée, s'entrouvre. Bill se rue à l'intérieur.

Des voyants rouges et orange clignotent sur toutes les surfaces. Une alarme sonore incessante lui vrille les tympans, intensifiée par l'exiguïté de l'espace. Il se coule dans son siège à gauche, la place du commandant de bord.

Il se concentre à grand-peine sur les cadrans et sur les chiffres bouleversés par les mouvements incohérents de l'appareil. Le rouge le suit partout où il regarde. Tous les boutons, tous les curseurs, toutes les commandes hurlent dans sa direction.

Devant le pare-brise, le sol approche à toute vitesse.

Au boulot, s'ordonne-t-il à lui-même.

Ses mains se tendent devant lui.

Et ne bougent plus.

Tu es le commandant de bord, bon sang. Tu dois prendre une décision. Le temps presse.

Le son des alarmes augmente. Une voix robotisée l'implore de redresser : *pull up, pull up, pull up.*

« Et la poussée asymétrique ? »

Bill tourne la tête. Dans le siège du copilote, son fils de dix ans, Scott, hausse les épaules. Il est en pyjama, celui avec les petits systèmes solaires. Ses pieds ne touchent pas le sol.

« Tu pourrais essayer », ajoute le garçon.

Bill regarde à nouveau ses mains. Ses doigts refusent de bouger. Ils restent suspendus en l'air.

« Bon, d'accord. Si c'est comme ça, complique-toi la vie. Descends en piqué, et sers-toi de la vitesse pour redresser. »

Bill tourne la tête : c'est maintenant sa femme qui occupe le siège. Alanguie, les bras croisés, elle lui envoie son sourire narquois. Celui qu'elle a quand ils savent tous les deux qu'elle a raison. Dieu, qu'elle est belle.

La sueur dégoulinant dans le cou, il se force à bouger, à agir. Mais la peur le paralyse toujours. La peur de prendre la mauvaise décision.

Carrie repousse ses cheveux derrière une oreille en se penchant vers lui, une main sur son genou.

« Bill. C'est l'heure. »

Il se redresse d'un seul coup en cherchant de l'air. Un rayon de lune passant entre les rideaux éclaire le lit king size. Il cherche les voyants clignotants dans la pièce. Tend l'oreille pour entendre les alarmes. Mais il n'y a que le chien du voisin, qui aboie dehors.

Il souffle et laisse retomber sa tête entre ses mains.

« Toujours le même ? » lui demande Carrie, allongée à côté de lui.

Il hoche la tête dans le noir.

1.

Carrie secoua la couette, puis lissa les plis du plat de la main. Une odeur d'herbe fraîchement coupée attira son regard vers la fenêtre ouverte : le voisin d'en face se tamponnait le front avec le bas de son tee-shirt. Il referma sa poubelle pleine de gazon puis, en la traînant vers l'arrière de son jardin, fit signe à une voiture qui passait. La musique tonitruante qui sortait de l'habitacle s'assourdit à mesure que la voiture s'éloignait. Derrière Carrie, dans la salle de bains, la douche cessa de couler.

Elle sortit de la chambre.

« Maman, je peux aller dehors ? »

Scott, en bas de l'escalier, tenait entre ses mains une voiture télécommandée.

« Où est ta... » commença Carrie en descendant. Mais au même moment elle vit Elise, qui arrivait à quatre pattes en soufflant des bulles baveuses. Parvenue aux pieds de son frère, la fillette agrippa son short et se hissa sur ses pieds, son petit corps oscillant subtilement pour trouver son équilibre.

« Ah, d'accord. Tu as mis ton assiette et tes couverts dans l'évier ?

– Oui !

– Alors tu peux sortir, mais seulement dix minutes. Tu rentres avant que papa s'en aille, d'accord ? »

Le petit garçon fit oui de la tête et s'élança vers la porte.

« Tes chaussures ! » lui rappela Carrie en prenant sa fille sur la hanche.

L'arrivée d'Elise, un « accident », dix ans après le premier enfant, avait été assez épuisante au début. Mais à mesure que leur trio apprenait à devenir une famille de quatre, Bill et Carrie s'étaient rendu compte que la différence d'âge permettait au grand frère de faire de petites choses : « Scott, garde la petite pendant que je m'habille et que je fais le lit », par exemple. À partir de là, tout était devenu plus gérable.

Elle était en train d'essuyer des traînées de purée patate douce-avocat sur la chaise haute lorsqu'elle entendit du bruit à la porte.

« M'man ? » lança Scott avec une pointe d'inquiétude dans la voix.

Elle trouva son fils face à un inconnu sur le perron. L'homme avait encore la main en l'air, le garçon l'avait surpris avant qu'il ait eu le temps d'appuyer sur la sonnette.

« Bonjour », dit Carrie en passant Elise sur son autre hanche, tout en avançant imperceptiblement pour se placer entre lui et son fils. « C'est pour quoi ?

– Je suis de CalCom. Vous avez bien appelé pour votre connexion Internet ?

– Ah, oui, bien sûr ! Entrez donc. » Gênée par sa première réaction, elle espéra qu'il n'avait rien remarqué. « Pardon. Je n'avais jamais vu un réparateur arriver à l'heure, alors en avance, n'en parlons pas. Scott ! » Son fils se retourna au bout de l'allée. « Dix minutes. »

L'enfant hocha le menton et partit en courant.

« Je m'appelle Carrie », se présenta-t-elle en refermant la porte.

Le technicien posa son sac de matériel dans l'entrée et, sous le regard de Carrie, observa le salon. Haut plafond, un escalier menant à l'étage. Ameublement de bon goût et fleurs fraîches sur la table basse. Sur la cheminée, des photos de famille prises au fil des années, les plus récentes sur la plage au coucher du soleil. Scott était une version miniature de Carrie : la brise de mer soulevait leurs cheveux châtain chocolat, et le même grand sourire plissait leurs yeux verts. Bill, qui dépassait Carrie de presque une tête, tenait une Elise nouveau-née dans ses bras, la peau de lis de la petite contrastant avec son bronzage sud-californien. Le réparateur se retourna avec un petit sourire.

« Moi, c'est Sam, dit-il.

– Sam, répéta-t-elle en lui retournant son sourire. Je peux vous offrir quelque chose à boire avant de commencer ? J'allais me faire un thé.

– Du thé, volontiers. Merci. »

Elle l'emmena à côté. La lumière naturelle emplissait la cuisine ouverte sur une pièce à vivre où des jouets traînaient un peu partout.

« Merci d'être venu un samedi. On m'a dit que c'était ça ou pas avant des semaines. » Elle remit la petite dans sa chaise haute. Elise tapa des poings sur la tablette avec un grand sourire édenté.

« Oui, on est un peu débordés. Ça fait longtemps que vous n'avez plus de réseau ?

– Depuis avant-hier, répondit-elle en emplissant la bouilloire d'eau. English Breakfast ou thé vert ?

– English Breakfast, merci. »

L'allume-gaz crépita et la flamme vint entourer le brûleur. « C'est normal que notre maison soit la seule à avoir un problème ? J'ai demandé à quelques voisins qui sont aussi chez CalCom, et tout va bien chez eux. »

Sam haussa les épaules. « Rien d'anormal. Ça peut venir du routeur, ou alors du câblage. Je vais lancer des diagnostics. »

Un pas lourd résonna dans l'escalier. Carrie connaissait par cœur les bruits qui allaient suivre : une valise et une sacoche de pilote posées par terre, puis des semelles rigides traversant l'entrée. En quelques pas, il fut dans la cuisine. Chaussures noires cirées, pantalon impeccablement repassé, veston, cravate. Au-dessus de sa poche de poitrine, deux ailes – l'insigne de Coastal Airways – et son nom brodé en dessous, BILL HOFFMAN. Une paire d'ailes identique ornait le devant de la casquette à galon doré qu'il posa doucement sur le plan de travail. Son entrée avait quelque chose de bizarrement théâtral, et Carrie ne put que remarquer le contraste entre l'autorité qu'il dégageait et le reste de la maison. Elle n'avait jamais remarqué ça ; au quotidien, il ne gardait pas son uniforme pour passer à table, bien sûr. Et c'était sans doute dû au fait qu'il y avait une autre personne dans la pièce, un homme qui ne le connaissait pas, qui ne connaissait pas leur famille. En tout cas, c'était très perceptible ce jour-là.

Bill mit les mains dans ses poches en adressant un signe de tête poli au technicien, puis reporta son attention sur Carrie.

Les lèvres pincées, les bras croisés, elle soutint son regard.

« Sam, vous voulez bien...

– Oui, je... euh, je vais tout installer », répondit-il à Carrie avant de les laisser seuls.

La pendule au mur égrenait les secondes. La petite Elise cogna un anneau de dentition couvert de bave contre la tablette et le lâcha par terre. Bill alla le ramasser, le rinça à l'évier et l'essuya avec un torchon avant de le remettre entre les mains impatientes de sa fille. Derrière Carrie, la bouilloire commença à siffler doucement.

« Je t'appelle sur FaceTime en arrivant à l'hôtel pour savoir comment le match s'est...

– New York, c'est ça ? le coupa-t-elle.

– Oui. New York ce soir, Portland dem...

– Il y a une pizza-party pour l'équipe après le match. Vu les trois heures de décalage horaire, tu seras couché le temps qu'on rentre.

– D'accord. Alors demain matin à la prem...

– Demain matin, j'ai un truc avec ma sœur et les enfants, dit-elle en haussant les épaules. Bref, on verra. »

Bill prit une grande inspiration, et les quatre galons de ses épaulettes remontèrent légèrement. « Tu sais que j'étais obligé de dire oui. Je ne l'aurais pas fait si quelqu'un d'autre me l'avait demandé. »

Carrie fixait le sol. La bouilloire se mit à siffler, et elle éteignit le gaz. Le bruit diminua peu à peu, jusqu'à ce qu'à nouveau on n'entende plus que le tic-tac de la pendule.

Bill consulta sa montre et poussa un juron étouffé. Il embrassa sa fille sur le sommet de la tête. « Je vais être en retard.

– Tu n'as jamais été en retard », répliqua Carrie.

Il mit sa casquette. « Je t'appelle quand j'aurai passé la police. Où est Scott ?

– Dehors. Il joue. Il va revenir d'une minute à l'autre pour te dire au revoir. »

C'était un test, et Bill le savait. Carrie l'observait, retranchée derrière la ligne invisible qu'elle avait tracée entre eux. Il jeta un coup d'œil à la pendule.

« On se reparle avant que je décolle », insista-t-il en sortant de la pièce.

Carrie le suivit des yeux.

La porte s'ouvrit et se referma, et le silence retomba sur la maison. Carrie s'approcha de l'évier et regarda le feuillage du grand chêne remuer dans la brise. Au loin, la voiture de Bill démarra.

Derrière elle, un raclement de gorge. Elle essuya ses joues à la hâte et se retourna.

« Désolée, dit-elle à Sam avec une mimique gênée. Bref. Vous avez dit English Breakfast. » Elle ouvrit le sachet de thé et le lâcha dans une grande tasse. Elle versa l'eau fumante. « Du lait, du sucre ? »

Comme il ne répondait pas, elle releva la tête.

Il parut étonné par sa réaction. Il s'attendait sans doute à ce qu'elle crie. À ce qu'elle lâche la tasse, qu'elle se mette à pleurer, peut-être. Certainement à quelque chose d'assez spectaculaire. Quand une femme, chez elle, dans sa cuisine, se retourne face à un homme qu'elle connaît depuis quelques minutes et qui braque sur elle une arme à feu, une réaction un peu forte paraît naturelle. Carrie avait senti ses pupilles se dilater par réflexe, comme si son cerveau avait besoin de mieux voir la scène pour confirmer que c'était bien en train d'arriver.

Il plissa les paupières, comme pour dire : *C'est tout* ?

Le cœur de Carrie tambourinait dans ses tympans. Un engourdissement froid descendit peu à peu du haut de son échine jusqu'à l'arrière de ses genoux. Son corps entier, son existence entière, étaient réduits à une sensation de bourdonnement.

Mais il n'avait pas à le savoir. Ignorant l'arme à feu, elle se concentrait sur l'homme en s'efforçant de ne rien lui montrer.

La petite Elise fit la moue et jeta de nouveau son anneau par terre avec un cri aigu. Sam fit un pas vers elle. Carrie sentit ses narines se dilater.

« Sam, dit-elle calmement, lentement. Je ne sais pas ce que vous voulez, mais allez-y. Prenez tout. Je ferai n'importe quoi. Mais je vous en supplie… ne faites pas de mal à mes enfants. »

La porte s'ouvrit et se referma en claquant. Une peur panique lui serra la gorge lorsqu'elle prit son souffle pour crier. Sam arma le pistolet.

« M'man, papa est parti ? lança Scott depuis l'autre pièce. Sa voiture n'est plus là, je peux continuer à jouer ?

– Faites-le venir », souffla Sam.

Carrie se mordilla la lèvre.

« Maman ? » répéta Scott avec son impatience d'enfant.

Elle ferma les yeux. « Viens ici. Dépêche-toi, Scott.

– Mais, m'man, je peux pas rester jouer dehors ? Tu m'avais dit que… »

Il se figea en voyant l'arme. Ses yeux passèrent de sa mère au pistolet, puis du pistolet à sa mère.

« Scott », dit-elle en lui faisant signe d'approcher.

Sans quitter l'arme du regard, il traversa la cuisine. Carrie le poussa fermement derrière elle.

« Peut-être qu'il n'arrivera rien du tout à vos enfants, dit Sam. Ou peut-être que si. Mais ce n'est pas moi qui vais en décider. »

Les narines de Carrie se dilatèrent encore plus. « Qui, alors ? »

Sam sourit.

Bill sentait les regards posés sur lui.

C'était l'uniforme. Ça ne ratait jamais. Il se tint un peu plus droit.

Bill avait toutes sortes de qualités et de défauts, mais le consensus, apparemment, voulait qu'il soit quelqu'un de *gentil*. Ses profs et ses coachs de sport pendant sa scolarité, les filles avec qui il était sorti, les amis de ses parents… tout le monde le voyait comme le type gentil par excellence. Ça ne le dérangeait pas. C'était vrai, après tout. Mais lorsqu'il endossait son uniforme, quelque chose changeait. *Gentil* n'était plus sa description par défaut. Le terme figurait encore sur la liste, mais parmi d'autres.

Des passagers redressèrent la tête lorsqu'il doubla l'interminable file d'attente du contrôle de sécurité de l'aéroport international de Los Angeles, mais il leur suffisait d'un coup d'œil pour que l'indignation se mue en curiosité. On ne s'habillait plus comme ça. Cela remontait à une époque où les voyages aériens étaient encore un privilège rare, un événement majeur. L'uniforme, volontairement maintenu tel quel, entretenait une certaine mystique d'un autre temps. Il imposait le respect. La confiance. Il proclamait un certain sens du devoir.

Bill s'approcha de l'agente de sécurité assise seule derrière un petit comptoir discrètement placé en retrait. Il scanna le code-barres imprimé au dos de son badge ; la machine émit un bip et l'ordinateur se mit au travail.

« Beau temps, ce matin, dit-il en présentant son passeport.

– C'est encore le matin ? » répliqua la femme en étudiant les informations imprimées à côté de sa photo. Elle les compara avec celles du badge, puis glissa le passeport sous une lumière bleue. Des hologrammes et des caractères cachés apparurent dans la zone vierge du document. Relevant les yeux, elle vérifia que le visage devant elle était le même que sur les pièces d'identité.

« Dans l'absolu, je suppose que non, dit Bill. Ça l'est juste pour moi.

– Eh bien pour moi, c'est surtout vendredi : j'ai hâte que la journée soit finie. »

La photo du badge et les informations associées apparurent sur l'écran de son ordinateur. Après une triple vérification de tous les documents, elle lui rendit le passeport.

« Bon vol, commandant Hoffman. »

De l'autre côté du point de contrôle, Bill dépassa les passagers qui remettaient leurs chaussures et rangeaient leurs liquides et leurs ordinateurs portables dans leurs bagages à main. Il avait fait son dernier vol avec une hôtesse qui refusait de prendre sa retraite parce qu'elle ne voulait pour rien au monde être dépouillée de ce privilège. L'idée de voyager en simple mortelle la révulsait : l'attente, l'interdiction d'emporter des liquides, la limitation à deux bagages à main – systématiquement passés aux rayons X, et non une fois de temps en temps de manière aléatoire… En voyant un homme en chaussettes se faire palper des épaules aux chevilles, Bill dut reconnaître qu'il la comprenait.

Trouvant un peu d'intimité devant une porte d'embarquement inoccupée, il appela chez lui, comme promis. Tout en suivant des yeux, sur le tarmac, un véhicule qui transportait des plateaux-repas pendant que des bagagistes en gilet fluo s'affairaient sous la soute, il écouta sonner au bout du fil. Un avion se mit en mouvement vers les pistes tandis qu'au loin un autre décollait.

Carrie et lui se disputaient rarement : ils étaient donc très démunis quand ça leur arrivait. Elle avait de bonnes raisons de lui en vouloir : Scott devait disputer son premier match de baseball dans la catégorie Benjamins, et Bill avait promis d'y être. Il avait même veillé à ne pas avoir de vol sur son planning ce jour-là ni les deux jours avant et après. Mais quand le patron vous demande, comme une faveur personnelle, d'assurer un courrier, on ne dit pas non. On ne peut pas dire non. Bill était le troisième pilote le plus expérimenté de la compagnie. Lorsqu'il avait été embauché, personne n'était même sûr que la boîte allait durer. Les start-up de l'aviation n'y arrivent presque jamais. Il était quand même resté. Et à présent, presque vingt-cinq ans plus tard, la compagnie était une réussite totale, tant pour les passagers que pour les actionnaires. Coastal Airways, c'était son bébé. Alors, quand le boss disait qu'il fallait être là… on disait oui. Un « non » n'était tout simplement pas envisageable.

C'est ce qu'il avait expliqué à Carrie. Ce qu'il lui avait tu, en revanche, c'était que le match de Scott ne lui avait pas traversé l'esprit quand O'Malley lui avait demandé s'il était disponible. Et que cela n'aurait rien changé, quand bien même il y aurait pensé.

Il y eut plusieurs sonneries, puis : « Bonjour, vous êtes sur la boîte vocale de Carrie. Je ne suis pas disponible, mais... » En raccrochant, il aperçut la photo de famille sur son écran de veille avant de rempocher son téléphone.

Puis il vit son reflet dans la vitre. Il étudia ses cheveux bruns, abondants. Ses tempes, dont le saupoudrage de gris trahissait son âge. Ses yeux, d'un bleu sombre et intense.

Bill tapa sur le buzzer placé au centre de la table basse.

« Les yeux ! Mes yeux.

– C'est ton dernier mot ? Attention, c'est le point de la victoire !

– Elle a dit que regarder dans mes yeux, c'est comme prendre un bain de minuit. Quand on ne voit pas le fond. Mais que c'est excitant. Donc, oui. Mes yeux. C'est mon dernier mot. »

Carrie en resta bouche bée.

Bill se pencha en avant. Il sentait sa propre haleine chargée de bière. « Je t'ai entendue dire ça à une copine au téléphone un jour. Mais je ne te l'avais jamais dit ! Si tu savais comme je t'aime, ma douce... » Il lui envoya un baiser.

Les femmes lancèrent des acclamations, les maris le charrièrent.

« Bien, Carrie, enchaîna l'hôte de la soirée. Il a dit : "Ses yeux." À toi de nous donner ta réponse : qu'est-ce que tu préfères physiquement chez ton mari ? »

Les joues de Carrie rosirent. En pouffant de rire, elle montra un morceau de papier sur lequel elle avait écrit : Ses fesses.

Tout le monde explosa de rire. Et c'était Bill qui riait le plus fort.

Il resserra son nœud de cravate. *Je suis quelqu'un de bien*, se remémora-t-il fermement. Un instant, il revit la mine désappointée de Carrie lorsqu'il était sorti de la cuisine. Il chassa l'image de sa tête et détourna les yeux vers un avion qui décollait.

2.

En descendant de la passerelle d'embarquement sur le tarmac, Bill leva une main pour protéger ses yeux du soleil éclatant. Les feuilles d'automne et les gelées matinales couvraient déjà la majeure partie du pays, mais à Los Angeles l'été semblait éternel.

La visite prévol extérieure : une vérification standard effectuée avant chaque décollage. Observer l'appareil d'un bout à l'autre, chercher le détail qui cloche, le signe visible d'une pièce endommagée ou de tout autre problème mécanique. Pour la plupart des pilotes, ce n'était qu'une injonction de la FAA parmi d'autres. Pour Bill, c'était une religion. Une main posée sur le carénage d'un des réacteurs, il ferma les yeux. Il écarta les doigts, inhala et exhala lentement, métal et chair en communion, les deux tièdes au toucher.

Il allait fêter ses dix-huit ans dans moins d'un mois mais, ce jour-là à l'école de pilotage, Bill sut qu'il se trouvait face à un rite de passage plus important encore.

« Bien. Quand on enregistre un plan de vol, sais-tu pourquoi on écrit "âmes à bord" et pas "personnes à bord" ? » lui demanda son instructeur.

Il fit non de la tête.

« Parce que comme ça, en cas de crash, les secours savent exactement combien de corps chercher. Ça évite la confusion entre différents intitulés comme "passagers", "équipage", "nourrissons". Juste le nombre de corps, *mon gars. » L'instructeur claqua des doigts. « Ah ! Et en plus, il arrive qu'on transporte des macchabées dans la soute, donc ils doivent être au courant qu'il ne faut pas les compter. Bon, une fois que c'est fait… »*

Bill ne trouva pas le sommeil cette nuit-là. Couché sur le dos, à contempler le ventilateur qui tournait sans relâche, il écouta son petit frère ronfler doucement à l'autre bout de la chambre. Les rideaux blanc cassé, agités par la chaude brise estivale de l'Illinois qui entrait par la fenêtre ouverte, faisaient danser les ombres sur le mur.

Dans la chambre encore enténébrée, il s'habilla et sortit sans bruit. Il pédala entre les champs de maïs jusqu'au minuscule aérodrome. Deux avions étaient posés sur le tarmac ; la tour de contrôle, déserte et silencieuse, s'élevait au loin. Les avions étaient de petits monomoteurs, comme ceux sur lesquels il avait fait son initiation au pilotage. Le genre d'appareils qu'il allait abandonner pour des engins plus lourds, à plus gros moteurs, transportant de bien plus grandes charges. Bill s'accouda à la barrière pour les observer, presque les défier.

Ou bien étaient-ce eux qui le défiaient ? Tandis que les étoiles pâlissaient et que l'aube peignait ses traînées roses et orangées dans le ciel, il eut l'impression que les questions s'inversaient.

Pourrait-il porter le poids du devoir ? Serait-il à la hauteur de la tâche ?

Tout semblait en ordre. Pneumatiques en condition, purges et drains sans fuites, capteurs correctement positionnés, pas de fractures, pas de fissures. Percevant un mouvement du coin de l'œil, Bill recula légèrement de sous l'avion. Là-haut, dans le cockpit, son copilote Ben Miro lui faisait signe pour le prévenir qu'il était arrivé. Le sourire de Bill s'envola lorsque le jeune homme brandit par la fenêtre sa casquette de baseball à l'effigie des Yankees. Il secoua la tête avec une grimace dégoûtée. Ben lui montra son majeur avec un grand sourire.

Son inspection terminée, Bill remonta vers la passerelle en continuant de contempler son avion. La queue de l'Airbus A320, fièrement ornée du logo rouge et blanc de Coastal Airways, l'emplit d'orgueil... puis il repensa à Carrie. Il tapa le code pour déverrouiller la porte de la passerelle et consulta son téléphone.

Pas de SMS, pas d'appel en absence.

Ses yeux durent s'accoutumer à l'éclairage au néon lorsque la porte se referma derrière lui. Il trébucha sur le sac d'un passager et s'excusa avec un petit rire étonné en constatant que l'homme, furieux, le toisait de haut – ce qui n'était pas courant, étant donné que lui-même mesurait un bon mètre quatre-vingt-dix. À la vue de l'uniforme, le géant se radoucit immédiatement.

La file des passagers s'étirait jusque dans l'avion. Bill slaloma entre les valises et les poussettes avec un sourire aimable. Enfin, il prit pied dans l'Airbus et jeta un rapide coup d'œil vers le fond de la cabine, où régnait un éclairage tamisé dans les tons rose et violet : l'ambiance night-club branchée était une caractéristique de la compagnie.

« Alors, on embarque ? » lança-t-il à la chef de cabine, qui, sur la pointe des pieds, cherchait quelque chose dans le haut des placards du galley. Jo, une femme menue, déjà plus toute jeune, se retourna, et son regard surpris s'illumina lorsque Bill se baissa pour l'embrasser. Ses épaisses frisettes noires lui chatouillèrent la joue et il reconnut le parfum vanillé qui émanait de sa peau sombre.

« C'est mon parfum personnel, dit Jo. Comme ma mère, et sa mère avant elle. Vois-tu, le jour où une Watkins fête ses treize ans, toutes les femmes de la famille se rassemblent en son honneur. C'est interdit aux hommes ! Juste les dames. On s'installe à la cuisine. On bavarde, on fait la popote, on... on ressent *les générations de femmes. »*

C'était une musique, sa façon de parler. Bill savourait chacune de ses voyelles étirées, charmé par ses intonations chantantes et ses accents toniques imprévisibles. Il la questionnait toujours sur son enfance, rien que pour entendre ses traces d'accent est-texan revenir en force, ce qui était toujours le cas quand Jo évoquait son passé. Bill termina sa bière et fit signe au barman de renouveler les consommations.

« Je n'oublierai jamais mon arrière-grand-mère me prenant des mains ma bouteille de soda et la posant devant nous, sur le plan de travail », continua-t-elle en souriant dans son verre de vin, comme si elle voyait son souvenir s'y dérouler. « Seigneur, les mains de cette femme. Elle n'était pas grande, mais elle avait de ces mains...

« Enfin bref, elle n'a pas dit un mot, elle m'a juste tendu cette boîte dorée, brillante, avec un nœud bleu roi. Je savais ce que c'était, on le savait toutes. Je me rappelle les mille précau-

tions que j'ai prises pour défaire le nœud, et quand j'ai ouvert la boîte... il était là. Mon flacon de Shalimar à moi. Je l'ai reniflé. Ça sentait ma maman. Et sa maman à elle. Ça sentait celle que j'étais et celle que j'allais devenir. »

« Je ne savais pas que tu étais sur cette rotation, dit Jo.

– Je l'ai prise hier soir. Comme il n'avait pas de remplaçant sous la main, O'Malley m'a demandé de filer un coup de main.

– Regarde-moi ça, l'homme de confiance du big boss ! dit-elle tout en souriant aux passagers qui embarquaient.

– Ah, tu vois ? Tu piges, toi. Tu pourrais le faire comprendre à Carrie ? »

Jo haussa un sourcil circonspect. « Eh bien, ça dépend. Tu rates quoi pour être ici ?

– Le premier match de Scott chez les Benjamins. J'avais promis d'y être. »

Elle fit la grimace.

« Je sais, souffla Bill. Mais que voulais-tu que je fasse ? Je ne suis pas un père absent. Quand je suis là, je suis vraiment là. Simplement, j'ai un boulot qui fait que quand je bosse, je suis loin. Je me rattraperai au retour. »

Il attendit une bénédiction, mais Jo était occupée à verser les boissons prédécollage de la première classe. Elle releva les yeux au bout d'un petit instant.

« Oh pardon, tu me parlais ? Je te croyais en train d'expliquer ça à ta femme. Ou à ton fils. Ou... à toi-même. » Elle souleva le plateau de boissons. « Tu n'as pas tort, mon cher. Seulement, tu ne t'adresses pas à la bonne personne. »

Jo avait raison. Comme toujours.

« Un café ? lui lança-t-elle par-dessus son épaule avant de partir servir ses passagers.

– Tu connais la réponse ! »

Sur ces mots, Bill s'en alla dans le cockpit.

« Voilà le patron ! » lança Ben. Ils se serrèrent la main et Bill prit le siège de gauche. Dans l'espace exigu, des boutons, des molettes et des interrupteurs noirs et gris couvraient pratiquement toutes les surfaces. Ici et là, une tache de rouge ou de jaune. Ces boutons étaient les messagers de tout ce qui pouvait mal tourner, les rabat-joie sur un vol tranquille.

« Pardon pour le retard, dit Ben. Même le samedi, les bouchons à L.A., c'est l'enfer.

– Ça arrive. »

Bill décrocha le micro de son support à gauche de son siège. Il se racla la gorge. « Mesdames, messieurs, bonjour et bienvenue à bord de ce vol direct pour l'aéroport international John-F.-Kennedy à New York. Je suis le commandant Bill Hoffman, et je vais avoir le plaisir de vous y emmener en compagnie de Ben, mon copilote, et d'une formidable équipe en cabine qui fera tout pour assurer votre confort, bien qu'elle soit là avant tout pour votre sécurité. Jo sera à l'avant, Michael et Kellie à l'arrière. La durée du vol est estimée à cinq heures vingt-quatre minutes, et le temps est dégagé. Si nous pouvons faire quoi que ce soit pour vous rendre ce vol plus agréable, n'hésitez pas à nous le faire savoir. Pour le moment, installez-vous confortablement, profitez des divertissements disponibles à votre siège et, comme toujours, soyez remerciés d'avoir choisi Coastal Airways. »

« T'as vu Kellie ? La nouvelle, à l'arrière ? lui demanda Ben.

– Non, pourquoi ? »

Le copilote, qui était en train de taper des coordonnées dans le système de gestion de vol, s'interrompit pour faire quelques gestes salaces, le mouvement de ses hanches ne laissant aucune ambiguïté. Bill fit une mine désabusée. L'époque d'avant Carrie, où lui aussi était un jeune copilote coureur de jupons, lui faisait l'effet d'une autre vie. Ben s'immobilisa lorsque Jo entra dans le cockpit avec un café fumant.

« Et vous, un café ? » demanda-t-elle au copilote. Elle passa sa tasse à Bill en sachant déjà comment il le voulait : noir et sans sucre.

« Non, m'dame, mais je prendrai volontiers un verre une fois arrivé à New York.

– Riche idée ! dit-elle en pointant l'index vers lui. On va pouvoir y aller, on n'en attend plus que deux. Ça ne vous embête pas, un jeune visiteur pendant qu'on termine ? »

Bill, se retournant sur son siège, vit qu'un petit garçon l'observait derrière les jambes de Jo.

« Pas du tout. Entre, mon grand. »

L'hôtesse s'en alla, et le commandant fit signe à l'enfant d'avancer. Son père lui chuchotait des encouragements à l'oreille.

« Il est un peu timide, mais il adore les avions. On va tout le temps se garer près de l'aéroport pour les regarder décoller et atterrir.

– Le parking du fast-food, juste à côté de la piste nord ? Mon fils et moi, on faisait ça aussi quand il avait l'âge du vôtre. Ça nous arrive encore de temps en temps. » Bill se promit d'emmener Scott après ce courrier. « Alors, mon bonhomme, tu veux savoir à quoi ça sert, ces boutons ? »

Quelques minutes plus tard, Jo passait la tête dans le cockpit. « On est parés, Bill, annonça-t-elle en lui tendant les derniers formulaires.

– Bien, petit, il est temps qu'on s'y mette. Merci d'être venu nous voir. Est-ce que tu veux des ailes ? » Bill fouilla dans sa sacoche, posée à gauche de son siège, et en exhuma une paire d'ailettes en plastique. Retirant la pellicule avec une emphase très officielle, il les colla sur le tee-shirt de l'enfant. Celui-ci baissa la tête pour les admirer, puis la releva, éclata de rire et enfouit son visage dans les jambes de son père. Bill sourit avec un pincement de nostalgie en repensant à Scott au même âge, une époque qui lui semblait bien lointaine. Le papa remercia à voix basse et ils allèrent regagner leurs places.

Âmes à bord, se rappela Bill en revérifiant les chiffres du devis de centrage. Il signa la feuille et la rendit à Jo pour qu'elle la passe à un agent au sol qui attendait à l'entrée. Peu après, la porte de l'avion se referma avec un bruit sourd pendant que les passagers raccrochaient leurs téléphones et s'installaient.

« *Checklist before start*, Bill ? » s'enquit Ben.

Une alerte apparut sur le téléphone de Bill. Espérant un SMS de « Carrie portable », il fut déçu de ne trouver qu'une pub pour sa salle de gym. Derrière eux, Jo désactiva l'attache magnétique qui maintenait la porte du cockpit ouverte.

« La cabine est prête pour le pushback », annonça Jo. Elle attendit. Bill se retourna pour lui adresser un signe du menton en levant le pouce. Sur ce, elle referma la porte et les deux hommes se retrouvèrent seuls.

Bill régla son téléphone sur le mode avion, excluant ainsi Carrie. Elle savait bien qu'il disposait d'un temps limité, qu'une fois à bord il ne pourrait pas vraiment lui parler, avec

Ben juste à côté de lui. Il se sentait puéril d'être si contrarié. Mais il l'était. Si elle voulait des excuses, elle aurait dû le rappeler pendant qu'il était encore au sol. Il lui enverrait un SMS une fois arrivé en palier, mais il ne pouvait rien faire de plus jusqu'à l'atterrissage à New York.

« Bien. *Checklist before start.* »

Ben sortit la fiche plastifiée. « Carnet de route, détachement, immatriculation... »

Bill tendit la main au-dessus de sa tête pour éteindre le voyant « Attachez vos ceintures ». L'appareil, revenu à l'horizontale, filait vers l'orient : une masse d'humanité suspendue dans les limbes.

La voix d'un contrôleur aérien éclata dans le cockpit : « Coastal 416, contactez L.A. Center un-deux-neuf-point-cinq-zéro.

– Coastal 416, s'identifia Bill, L.A. Center sur un-deux-neuf-point-cinq-zéro. Bonne journée. »

Ben se pencha à gauche pour atteindre une molette sur le panneau de contrôle de la console inférieure. À mesure qu'il la tournait dans le sens des aiguilles d'une montre, des chiffres défilèrent vers la nouvelle fréquence. Le contrôleur qui allait répondre à l'autre bout de la ligne les guiderait pour traverser son secteur, après quoi il confierait l'avion au contrôleur suivant. Ainsi, d'un bout à l'autre du pays, les communications de l'appareil au sol passeraient de l'un à l'autre tel un relais.

Bill attendit que son copilote se soit arrêté à 129.50 et pressa le bouton de transfert. « Los Angeles Center, bonjour », dit-il dans le micro sans cesser de surveiller le panneau indiquant altitude, direction et vitesse. « Coastal 416, niveau trois cent cinquante, trois-cinq-zéro.

– Bonjour Coastal, maintenez trois cent cinquante, trois-cinq-zéro. » Bill raccrocha le micro et appuya sur un bouton sur la console devant lui. Un voyant vert s'alluma au-dessus de l'étiquette « AP1 », confirmant que le pilote automatique était engagé. Desserrant les sangles d'épaule de son harnais à cinq points et inclinant son siège, Bill se détendit pour le vol en palier.

« Monsieur ? Monsieur ? »

Le passager fixait l'écran intégré dans le dossier du siège devant lui. Jo remua les doigts devant ses yeux. Il retira vivement ses oreillettes et prit le verre de vin qu'elle lui tendait.

« Pardon, s'excusa-t-il en retournant à son écran.

– Un match important ? » s'enquit-elle en faisant passer une eau pétillante sans glaçons à la jeune femme, probablement étudiante, assise à côté de lui.

« Vous plaisantez ? répliqua l'homme avec un fort accent new-yorkais. Le septième match de la Série mondiale ? Un peu, que c'est important !

– J'imagine que vous êtes pour les Yankees.

– Depuis le jour de ma naissance », affirma-t-il avant de remettre ses écouteurs pour entendre les commentaires d'avant-match. À côté de lui, la fille envoyait un SMS à son copain. On arrive à 22 h 30, tu peux venir me chercher ? Elle regarda clignoter les trois petits points et sourit en lisant la réponse.

Au quatrième rang de la classe tourisme, un passager tourna une page de son livre. Le rayon de sa lampe de plafond agaçait son voisin, qui essayait de dormir sur le siège du milieu. De l'autre côté du couloir, une femme munie d'un ordinateur portable cliqua sur « envoyer » ; son mail arriva quelques secondes plus tard dans la boîte de réception de son patron à Los Angeles. Le type assis côté hublot se tortillait sur son siège en se demandant combien de temps il pouvait attendre avant de faire lever toute la rangée afin d'aller aux toilettes. Derrière lui, un ronflement sonore s'exhalait de la bouche ouverte du « passager volumineux » qui avait demandé un extenseur de ceinture de sécurité au moment de l'embarquement. Un enfant en bas âge avançait d'un pas chancelant à côté d'eux dans le couloir. Sa mère le tenait mains levées pour qu'il ne soit pas renversé par les légers mouvements de l'avion.

De l'autre côté de la porte du cockpit, les pilotes communiquaient avec le contrôle aérien, ajustant l'altitude ou la vitesse de l'appareil lorsqu'ils en recevaient l'ordre. Ils consultaient les mises à jour des bulletins météo et gardaient l'œil sur les vastes étendues qui s'ouvraient devant eux, les déserts immenses, les cimes enneigées, la procession des paysages spectaculaires de l'Ouest américain. Mais pour l'essentiel, ils passaient le temps exactement comme leurs passagers. Ben lisait sur sa tablette et envoyait un SMS de temps en temps ; Bill mâchait une barre de céréales en potassant la partie informatique du stage d'entraînement semi-annuel qui l'attendait quelques semaines plus tard.

L'arrivée d'un mail fit tinter son ordinateur portable. Le message venait de Carrie – mais il n'y avait ni objet ni texte, seulement une pièce jointe. *Bizarre*, pensa Bill en cliquant dessus. Il n'était pas rare qu'elle lui envoie des photos des enfants ou d'une activité qu'il était en train de rater à la maison, mais étant donné la manière dont ils s'étaient quittés, il s'étonnait qu'elle le fasse maintenant.

En voyant la photo, il cligna plusieurs fois des paupières sans comprendre. Il reconnaissait le canapé et la télé. Les livres, les photos encadrées. Il voyait la bouteille de bière là où il l'avait laissée la veille au soir, après avoir regardé avec Scott les Dodgers perdre le sixième match, et il devinait le grand chêne dans le jardin, qui projetait son ombre sur le sol de la pièce à vivre ensoleillée.

Tout cela avait un sens pour lui.

Ce qui n'en avait aucun, c'étaient les deux silhouettes debout au milieu de la pièce.

Pieds nus, jambes nues, les bras en croix ; les mains humblement ouvertes vers les cieux, dans une prière impuissante et muette. Des capuchons noirs lui cachaient les visages, mais il n'avait nul besoin de voir le vernis rose sur les ongles de pieds de la femme pour savoir que c'était Carrie, ni de recevoir aucune indication pour reconnaître les jambes maigrichonnes de son fils.

Il se pencha en avant pour essayer de comprendre ce que Carrie portait sur elle. Son corps était engoncé dans une sorte de gilet garni sur toute sa surface de poches contenant de petites briques d'où sortaient comme des câbles multicolores. Il avait déjà vu de tels gilets aux infos, sur des vidéos floues envoyées par des terroristes suicidaires mettant en scène leur martyre ultime. Mais sur le moment, son cerveau fut incapable d'assimiler la vue d'un objet si pervers sanglé autour du corps de sa femme.

Puis sa bouche s'assécha d'un seul coup. Pris de vertige, il posa une main sur sa tablette pour retrouver l'équilibre.

Il ferma les yeux quelques secondes en espérant que, quand il les rouvrirait, la photo ne serait plus là. Ou qu'il allait se réveiller et comprendre que ce n'était qu'un rêve. Il pouvait peut-être tout reprendre à zéro, d'une manière ou d'une autre. Ou simplement... disparaître.

En rouvrant les yeux, il eut un haut-le-cœur.

La photo de sa femme, vêtue du gilet explosif, debout à côté de leur fils dans leur living-room, était encore là.

Un second mail arriva.

Mets tes écouteurs.

Sur ce, un appel par FaceTime surgit à l'écran.

3.

Bill fouilla dans sa sacoche à la recherche de ses écouteurs. Il enfonça avec difficulté le jack dans le petit trou à l'avant de l'ordinateur, et dut s'y reprendre à deux fois pour faire tenir l'une des oreillettes blanches dans son oreille gauche – le côté que Ben ne pouvait pas voir. Ses doigts tremblants eurent du mal à guider le curseur pour prendre l'appel. Il finit par réussir à cliquer sur le bouton vert, et vit l'image vidéo de son propre visage glisser vers l'angle inférieur gauche.

L'homme qui apparut avait les traits émaciés, les sourcils fournis et d'épais cheveux bruns. Son teint était légèrement basané, ses lèvres réduites à une fine ligne. Il devait avoir dans les trente-cinq ans, et Bill se dit qu'il le reconnaissait vaguement – sans savoir d'où. L'inconnu sourit, dévoilant des dents blanches, bien alignées.

Lui aussi portait un gilet explosif.

« Commandant Hoffman. Bonjour. »

Bill resta muet. Le contrôle aérien envoya une indication. Ben répondit. « Coastal 416, bien reçu, Denver Center. On monte à trois cent soixante-dix, trois-sept-zéro. » Il tourna une molette sur la console centrale jusqu'à ce que l'altimètre indique trente-sept mille pieds et tira dessus pour confirmer la commande. L'avion réagit aussitôt et commença lentement à monter. Ben observa quelques instants l'horizon, étouffa un bâillement et retourna à son téléphone.

Sur l'écran de Bill, l'intrus affichait un sourire narquois. Quelque part dans le fond, Elise hurlait. « Tu n'es pas seul. Bien sûr. Alors je te propose quelque chose. Quand tu voudras me parler, tu m'envoies un mail. Je te répondrai à voix haute. Ah, et à l'avant de ta sacoche, tu trouveras un filtre de confidentialité pour ton écran. Vas-y, prends-le. »

La sacoche.

La sacoche qu'il avait posée, tout à l'heure, à côté des affaires du réparateur du câble.

C'était lui.

Les dents serrées, il chercha l'objet. C'était donc comme ça que ce type s'était introduit dans la maison, et qu'il avait introduit quelque chose dans l'avion. Il était sorti de la pièce quand Bill était entré dans la cuisine : c'était à ce moment-là qu'il avait glissé le filtre dans la sacoche. Comment s'appelait-il, déjà ? Carrie l'avait dit à un moment. Bill ne se souvenait plus s'il s'était présenté ou non.

Il trouva une mince feuille translucide qu'il clippa à son écran. Puis il se mit à taper, épouvanté par l'étendue de tout ce qu'il ignorait. Un « ding » résonna à l'autre bout. Bill vit bouger les yeux de l'intrus lorsque celui-ci lut son mail.

Où est ma famille ?

« Tout le monde va bien, répondit le type. Bon, maintenant… »

Bill, refusant de l'écouter, se remit à taper à toute vitesse.

Je peux les voir ? S'il vous plaît.

« S'il vous plaît ! Et poli, avec ça. Mais non. Parlons-nous d'homme à homme une minute. »

Rien à discuter tant que je n'aurai pas vu ma famille.

L'homme lut le message et leva les yeux au ciel. « C'est pénible, un entêtement pareil. »

Il se pencha en arrière et fit un signe vers la cuisine. Dans sa main, Bill vit clairement un détonateur. Sans fil, avec un capuchon de sûreté en plastique au-dessus d'un bouton rouge : ce n'était pas un bricolage artisanal, loin de là.

Carrie et les enfants apparurent à l'écran, et Bill faillit suffoquer. Les cagoules noires avaient été retirées, mais sa femme comme son fils étaient ligotés et bâillonnés. Elise ne pleurait plus. Carrie s'efforçait de la tenir sur sa hanche, mais sans son habituelle grâce maternelle, gênée comme elle l'était par le gilet et par ses liens. L'homme rapporta une chaise de la cuisine et fit signe à Carrie de s'y asseoir avec la petite. Il reprit son siège à côté d'elle tandis que Scott restait debout à côté de sa mère.

« Bien, dit l'homme, les coudes sur le bureau. Vous n'êtes pas un imbécile, commandant Hoffman. Je peux t'appeler Bill ? »

Bill resta muet, les yeux rivés sur son écran.

L'intrus sourit. « Alors, Bill. Tu as déjà compris l'évidence, j'imagine. Voici le reste. Tu vas crasher ton avion, ou je vais tuer ta famille. »

Le bâillon de Carrie étouffa un son affreux, entre cri et gémissement.

« Si tu en parles à qui que ce soit, continua l'homme, ta famille meurt. Si tu envoies qui que ce soit chez toi, ta famille meurt. » Il changea son détonateur de main. « Ce n'est pas compliqué. Tu crashes ton avion, ou je les tue. À toi de choisir. »

Une douleur froide et creuse apparut à la base de l'échine de Bill. Il priait pour que la rançon ne soit que de l'argent, mais il se doutait que ce ne serait pas si simple. Dès l'instant où il avait vu la photo, il avait su que son cockpit était compromis. Su que d'une manière ou d'une autre l'avion lui-même était en péril. Il ne sentait plus ses mains au-dessus du clavier.

Je ne vais pas crasher cet avion et vous n'allez pas tuer ma famille.

« Faux, dit l'homme après avoir lu son message. L'une de ces deux choses va arriver. Tu choisis laquelle. »

Je répète, mec. Je ne vais pas crasher cet avion et tu ne vas pas tuer ma famille, point final.

Ce manque de respect manifeste crispa le visage à l'écran. « Je m'appelle Saman Khani. Appelle-moi Sam. Je me suis présenté ce matin, mais tu t'en battais les couilles, du technicien du câble. »

« Chicago Center à Coastal 416, Delta vingt-quarante-quatre signale des turbulences légères à modérées à trente miles devant vous, juste au nord-ouest de votre cap. »

Cette intrusion du contrôle aérien fit sursauter Bill, étonné que le reste du monde continue comme si de rien n'était.

« Eh ben, vieux, on dormait ? rigola Ben en faisant défiler l'affichage jusqu'à localiser le radar météo. Coastal 416, reçu, Chicago Center, RAS pour l'instant, mais on va procéder comme indiqué. On vous rappelle si on a besoin de trouver un air plus calme.

– Je, euh... je crois que la cellule orageuse devait faiblir vers l'heure qu'il est, dit Bill pour tenter de feindre la normalité. Elle devait se déplacer... vers le nord..., continua-t-il en indiquant le radar, avant de retourner à son écran.

– Ouais, fit Ben. Dis, ça ne t'ennuie pas si on appelle la cabine pour une pause ?

– Hein ? »

Ben inclina la tête sur le côté. « Je peux aller pisser ? Dis donc, t'es sûr que ça va, toi ?

– Ah ! Oui oui, tout va bien. Tu peux juste te retenir une minute ? J'ai un truc à finir.

– Pas de problème. Je pisserai dans une bouteille si ça devient urgent. »

Le rire de Sam emplit l'oreillette de Bill. « C'est un peu comme une journée “Amenez votre famille au bureau”, tu sais ? » dit-il. Carrie tressaillit lorsqu'il posa une main sur son épaule. Voyant qu'un nouveau mail arrivait, il l'ouvrit et le lut à haute voix. « “Je pense que mon copilote ne serait pas d'accord pour que je crashe l'avion...” Ouais. T'as pas tort. C'est pour ça que tu devras le tuer d'abord. »

Pour Bill, ce fut comme un coup de poing dans le ventre.

Ben et lui n'avaient volé que deux ou trois fois ensemble, mais il l'aimait bien, ce petit jeune. Un pilote très compétent. Futé, capable de lire entre les lignes. Sa confiance en lui frôlait l'arrogance, mais c'était plutôt un atout dans le cockpit. Ils avaient échangé des piques sur leurs équipes sportives préférées. Bill avait été surpris d'apprendre que Ben était végétarien. Le jeune homme n'était pas marié, mais il avait sûrement des parents et amis qui appréciaient son humour. Une copine ? Il sortait peut-être avec une hôtesse.

Et Bill était censé le tuer. Le tuer en premier. Se débarrasser de lui pour anéantir ensuite tout le monde à bord. La nausée commençait à bouillonner dans son ventre.

Alors qu'il était en train de taper, Sam l'interrompit : « Tu te demandes certainement *comment* tu dois le tuer ? »

Les doigts de Bill s'arrêtèrent.

« Au bout du compte, il finira comme tous les autres, évidemment. Puisque tu vas crasher l'avion. Mais il risque d'essayer de t'en empêcher. Donc, dans ta sacoche – au fond de la grande poche – il y a un flacon de poudre blanche. Au moment de ta dernière pause pipi avant d'atterrir, tu mets simplement la poudre dans son café, ou son thé, enfin bref. Deux gorgées, et tu voleras en solo. »

C'est quoi, cette poudre ?

Sam ignora délibérément la question. « J'allais oublier ! dit-il en levant le doigt. Dans la poche d'à côté, tu trouveras une petite bonbonne en métal. Une fois ton copilote neutralisé – mais avant le crash, évidemment –, tu la secoues, et de l'autre main tu ouvres la porte du cockpit. Tu tournes le capuchon pour ouvrir la valve, tu lances la bonbonne dans la cabine. Tu refermes la porte, tu crashes l'avion, fin. »

Bill, sonné, fixa un instant l'écran avant de répondre.

Il y a quoi dans la bonbonne ?

« Tu poses beaucoup de questions, mais ça n'a aucune importance, s'esclaffa Sam. Je ne vais pas te dire ce que c'est que la poudre blanche pour le copilote. Et je ne vais pas te dire ce qu'il y a dans la bonbonne pour la cabine. Tu comprends, on n'a même pas encore abordé le meilleur, vu que tu ne poses pas une seule question intéressante. Par exemple, tu pourrais demander : “Sam, où veux-tu que je crashe l'avion ?” »

Pas la peine. Je ne le crasherai pas.

« Ah ! Donc c'est ton choix ? dit Sam en élevant le détonateur. Tu choisis l'avion ? »

Carrie serra Elise plus fort contre elle. La nuque de Bill se hérissa.

Je n'ai pas fait de choix.

Sam lut le message en fredonnant. « Bon, dans ce cas, si tu ne fais pas de choix, tu vas continuer comme prévu. C'est-à-dire te poser à JFK. Ce qui *est* un choix. Donc… » Il rajusta son gilet, changea encore son détonateur de main. « Si c'est ce que tu… »

Bill se remit à taper furieusement.

D'accord. Tu veux que je le crashe où, cet avion ?

Sam sourit largement. Croisant les bras sur la table, il se pencha vers la webcam. « Je ne vais pas te le dire. »

En voyant l'homme se renverser en arrière pour rire à gorge déployée, Bill sentit ses ongles presque percer sa peau dans ses poings serrés.

« Ah là là, c'est trop drôle, dit Sam. Écoute, pour le moment, continue à suivre ton cap. C'est vrai, quoi, on ne voudrait pas attirer les soupçons. En dehors de nous deux, personne ne doit savoir ce qui se passe, tu te rappelles ? Je te donnerai les détails quand tu en auras besoin. Pour l'instant, ne t'occupe pas de la cible. Sache juste qu'à un moment l'avion va dévier de la route prévue. »

Bill tapa aussi vite que ses doigts le lui permettaient.

Ce n'est pas comme conduire une voiture. Je ne peux pas changer de cap sans provoquer d'autres problèmes. Surtout si tu veux que personne ne sache ce qui se passe. Pas le temps de t'expliquer les détails de la navigation aéronautique. Crois-moi, c'est tout. J'ai besoin de savoir où on va.

Il pria pour que cet homme ne soit pas pilote. Ce qu'il lui avait écrit n'était pas tout à fait un mensonge… mais pas l'entière vérité non plus. Si le type savait piloter, il ne se laisserait pas avoir.

Sam battit plusieurs fois des paupières, fronça les sourcils, puis regarda droit dans la caméra et se racla la gorge. À l'évidence, il cherchait à gagner du temps.

« Je ne vais pas te donner la cible, mais je vais te donner la zone », finit-il par concéder.

Bill vit qu'il observait le cockpit couvert de boutons et de molettes. Avant ses décollages, il avait autorisé assez de visites guidées à des passagers béotiens pour savoir que l'homme se sentait hors de son élément. Sam prit sa respiration, puis marqua une pause.

« D.C. »

Les épaules de Bill s'affaissèrent un peu. Évidemment. C'était logique. Washington D.C. était assez proche de New York pour qu'une déviation de dernière minute soit presque impossible à contrer. Il n'avait pas besoin qu'on lui révèle la cible : c'était sans doute la Maison Blanche. Peut-être le Capitole.

« Je ne te donne pas encore le lieu exact, poursuivit Sam, et je ne te dirai pas non plus quelle est cette poudre blanche mystère, mais je vais te donner un indice. Après tout, j'ai besoin que tu restes en vie. Donc, quand tu ouvriras la bonbonne avant de la lancer dans la cabine, tu sais ? À ta place, je mettrais un masque à oxygène. »

Un gaz toxique, donc. Bill regarda, à travers le pare-brise, les couches de fins nuages qui passaient sous l'avion. Il imagina la cabine emplie d'un nuage similaire, fait de… de quoi ? On lui demandait – non, on lui *disait* – de gazer son propre avion, ses propres passagers.

Et si je refuse de lancer la bonbonne ?

Sam pencha la tête sur le côté, comme pour réfléchir. Il tourna les yeux vers la femme et les enfants de Bill.

« Voyons… J'ai besoin de les garder en vie jusqu'à la fin du vol. Mais… » Une mèche de cheveux était tombée devant le visage de Carrie. Il la repoussa derrière son oreille. « Je n'ai peut-être pas besoin qu'ils restent *tous* en vie ? Ou en un seul morceau ? »

Les doigts de Bill se crispèrent à lui faire mal sur la tablette. Il y avait trop de choses qu'il ne savait pas, qu'il ne comprenait pas. Il aurait voulu que ça s'arrête ; il aurait voulu hurler. Il sentit le sang lui monter au visage. Sa lèvre supérieure se couvrit de sueur ; il l'essuya du dos de la main.

« Bill, relax, le nargua Sam, visiblement ravi de le voir si agité. Tu te donnes bien trop de mal pour trouver une solution alors que… attention, *spoiler* : il n'y en a pas. Laisse tomber, va, pas la peine de jouer les héros. Tu *feras* un choix. Ta famille, ou l'avion. Et si c'est l'avion que tu sacrifies, jeter la bonbonne fait partie du deal. Un point, c'est tout. » Il se pencha en avant, posa sur le bureau ses doigts entrelacés qui tenaient toujours le détonateur. « Et aussi, Bill ? Tu sais quoi ? Je ne suis pas un imbécile. Sois certain qu'il y a un plan B à bord. D'une manière ou d'une autre, tu le feras, ce choix. »

Après avoir rougi, Bill se sentit blêmir.

Il y a un plan B à bord.

Les âmes innocentes. Qui, parmi elles, ne l'était pas ?

Qui les surveillait, l'équipage et lui, et faisait son rapport à ce fou ? Quelqu'un d'armé ? Avec une bonbonne pleine de poison, déjà, à l'arrière ? Allait-il lâcher ce gaz ? Tuer le personnel en cabine, puis se précipiter dans le cockpit, éliminer Ben et forcer Bill à faire son choix ? Il n'arrivait plus à suivre ses propres pensées, tant elles passaient fébrilement d'un scénario à l'autre.

Quelles sont vos revendications ?

Sam lut le message et écarta les mains. « Comment ça ? Je viens de te le dire. »

Tu m'as dit les conditions. Mais ce que vous voulez, c'est quoi ?

Cela le fit rire. « Bill, qu'est-ce que tu ne piges pas, au juste ? On ne veut rien. On ne veut pas d'argent. Pas d'échange de prisonniers. Pas d'influence politique. On n'est plus en 1968, mon vieux. Ce n'est pas un détournement du style : "Emmenez-moi à Cuba." Ce n'est pas QAnon qui cherche des gosses dans une pizzeria ou un autre délire de suprématistes blancs débiles. Et pas non plus une connerie djihadiste avec paradis et soixante-douze vierges à la clé. Rien à voir avec tout ça. »

Il approcha la tête de l'écran.

« Tout ce que je veux, c'est voir ce que fait un type bien – un bon Américain – quand il se trouve dans une situation où personne ne gagne. Ce que fait un type comme toi quand il doit faire un choix. Un avion plein d'inconnus ? Ou ta famille ? Tu vois, Bill, c'est vraiment le choix qui m'intéresse. Toi. Toi, choisissant qui survivra. C'est *ça*, ce que je veux. »

Bill resta pétrifié. L'homme riait aux éclats.

« C'est trop bon de voir à quel point ça te fait flipper ! Savoir qu'on ne peut pas m'acheter. Ni négocier avec moi. Ça te terrifie de savoir que tout ce que je veux au monde, c'est précisément ce qui est en train de se passer. »

Les hommes se regardèrent dans le blanc des yeux. Bill avança ses mains tremblantes pour taper une question.

Pourquoi ? Pourquoi tu fais ça ?

Mais il effaça la phrase. Si cet homme répondait, ce serait de toute manière selon ses termes. Il tapa une autre question, mais l'effaça également. Il fallait qu'il comprenne ce qu'il avait devant lui pour savoir comment régler le problème.

Elise poussa un gémissement. Il releva les yeux pour la voir.

Il comprit qu'il n'arriverait à rien en continuant ainsi : il ne faisait que perdre du temps. Il allait devoir changer de tactique.

Il tapa encore une phrase, et cette fois cliqua sur « envoyer ».

Comment savais-tu que je serais sur ce vol ?

« Comment j'ai fait en sorte que tu sois sur ce vol, tu veux dire ? Bah, il s'avère que ton chef pilote, Walt O'Malley, est un bon gros pervers. Il n'a pas fait de difficulté à me garantir que tu serais là : il ne tenait pas à ce que les photos de petits garçons de son disque dur soient rendues publiques. »

Bill sentit la trahison lui brûler le cœur. Son boss, son collègue. Son ami. Vingt-trois ans qu'ils travaillaient ensemble. La pourriture pouvait toucher tous les niveaux, jusqu'au sommet.

Ses pensées commencèrent à échapper à son contrôle : rien à quoi se raccrocher, rien pour les arrêter. Il était impuissant dans son propre cockpit. Impuissant en tant qu'homme et en tant que protecteur de sa famille. Menacé chez lui, menacé à bord. L'idée de découvrir les autres manières dont il avait pu être dupé le terrifiait.

Fermant les yeux, il crut qu'il allait vomir. Il inspira profondément, écarta largement les mains puis serra les poings, répétant le geste tout en se concentrant de plus en plus sur l'image du sang courant dans ses veines. Peu à peu, son pouls se ralentit.

Pourquoi moi ?

Sam marqua une pause, puis tourna les yeux vers la caméra qui maintenait le lien entre eux. « Quelle arrogance, espèce de con. Tu te crois visé personnellement ? Tu n'es qu'un pion dans l'histoire ! »

Les 149 âmes innocentes que tu veux tuer, elles vont se sentir visées personnellement.

« Bah, bien sûr. On prend toujours ça personnellement, Bill. Et pas qu'un peu ! Mais tu sais ce qui est dingue, avec la mort ? C'est qu'elle n'a *rien* de personnel, justement. Tout le monde meurt. Personne n'y échappe. C'est la seule chose au monde qui soit équitable. Parfois on est jeune, parfois vieux, parfois c'est mérité, parfois non. Mais merde, de quoi on parle, de toute manière ? La mort n'arrive pas juste aux “méchants”, la mort n'en a rien à foutre. » Il secoua la tête en marmonnant pour lui-même. « Des âmes innocentes, putain… »

Ses yeux se posèrent sur Scott. « Regarde ton fils, Bill. »

Bill refusa. Quelques secondes s'écoulèrent.

Soudain, Sam tapa des deux poings sur la table. Carrie serra Elise avec un sanglot.

« Re-garde-ton-fils ! »

Scott fixait l'objectif bien en face. Des larmes silencieuses roulaient sur ses joues, ses petits poings serrés semblaient vouloir défier le monde. Il essayait tellement fort d'être courageux ! La gravité de l'homme qu'il deviendrait, perchée précairement sur ses jambes frêles de jeune garçon, se devinait déjà. Le père et le fils, l'homme fait et l'homme en devenir, se contemplaient à travers une lentille minuscule.

« Commandant Hoffman, reprit Sam d'une voix douce, est-ce qu'il a été sage, ce petit ? Est-ce qu'il a mérité ça ? » Il secoua tristement la tête. « Tu parles d'innocence comme si ça avait un sens pour le monde. Mais on est tous des pions, servant les intentions de quelqu'un d'autre. »

Il se renversa en arrière, les bras croisés sur son gilet explosif.

« Le choix est entre tes mains. Moi, j'ai déjà fait le mien. »

Bill entendit la porte des toilettes se refermer, là-bas dans la cabine. Il songea à Jo et à ses collègues qui vaquaient à leurs occupations. Il songea aux passagers qui se préoccupaient juste de se rendre là où ils devaient aller. Il imagina les gens à Washington ; les sénateurs et les membres du Congrès discutant de législation pendant que leurs assistants leur passaient la documentation. Les vigiles souriant aux enfants en sortie de classe. Les familles lisant les plaques sous les statues et les tableaux. Rien que des gens normaux menant une vie paisible. Il songea à sa fille, Elise, qui n'avait pas encore fait ses premiers pas. À son fils, Scott, qui voulait juste jouer.

Pour la première fois, il s'autorisa à *réellement* regarder Carrie.

« Je croyais que tu détestais les chats, dit Carrie.

– Tout à fait. »

Elle sourit en le regardant caresser Wrigley qui ronronnait. Elle lui tendit une bouchée de pad thaï au bout de ses baguettes, et Bill se pencha en travers du canapé pour la prendre. Un petit morceau de poulet tomba sur ses jambes nues à elle, étendues sur ses genoux à lui. Humphrey Bogart en noir et blanc traversa l'écran de la télé, et Bill ramassa le bout de poulet pour l'engloutir.

À l'autre extrémité de la pièce, à côté de la porte, son badge de la compagnie traînait par terre à côté de sa valise encore fermée. Des formes noires – chaussures, chaussettes, slip, ceinture – étaient entassées en désordre près du mur, avec une culotte en dentelle rouge par-dessus. Cachées sous sa veste d'uniforme, des copies à corriger jonchaient le sol, et le stylo rouge de Carrie, sur la table, devrait attendre le lendemain, quand il serait reparti. Au loin, derrière les fenêtres, la tour Sears semblait lui envoyer des clins d'œil approbateurs. Bill se portait volontaire pour tous les vols pour O'Hare qui se présentaient. Chicago était devenue son escale préférée.

« Tu crois au coup de foudre ? lui demanda Carrie tout en regardant le film.

– Oui. »

Il avait répondu sans hésiter, et elle rougit. Audrey Hepburn sirotait un expresso en parlant de la pluie à Paris. « Ah ? Qu'est-ce qui t'y fait croire ? » fit-elle en reprenant une bouchée de pad thaï.

Il se tourna vers elle, perplexe. « Enfin… toi ! »

Elle s'immobilisa, déglutit. « Ah oui ?

– La première fois que je t'ai vue, au barbecue. Dès que tu es entrée dans le jardin. Oui.

– Oui… quoi ? » Ils n'avaient encore jamais parlé d'amour. « Oui, j'ai su que je voulais coucher avec toi. »

Elle lui donna un petit coup de poing dans le bras.

« Non », dit-il en se déplaçant sur le canapé pour lui faire face. Bogart et Hepburn étaient en voiture, assis côte à côte. « Enfin, si, mais... »

Carrie haussa un sourcil inquisiteur.

« Écoute, la première fois que je t'ai vue, j'ai su que je te voulais. Mais pas seulement que je te voulais. Je devais t'avoir. C'était... animal.

– Continue.

– Bon. » Il soupira. « L'être humain est programmé pour une chose, hein ? La survie. C'est notre principal instinct. Et à un niveau subconscient, instinctif, on est attiré par, et on désire, ce qui servira le mieux notre survie. D'accord ? Alors ce que je dis, c'est que, dès que je t'ai vue, mon corps entier, au niveau cellulaire, a hurlé OUI ! Et voilà. Le coup de foudre. Je ne dis pas que j'étais juste un type qui cherchait à tirer son coup. Ce que je dis... » Il jeta un œil à l'écran pour trouver le temps de traduire ses pensées. « Bon Dieu, Carrie. Je suis là, en train de caresser un chat. Et d'accepter des vols pourris pour Chicago. Et je pourrais envisager de déménager ici si tu le voulais. Mais le plus bizarre, c'est que j'ai envie de tout ça.

« Carrie, tu commences à me manquer à la seconde où je sors par cette porte. Je vole le plus vite possible pour arriver à l'hôtel et pouvoir t'appeler. La compagnie va finir par se douter de quelque chose, avec tout le carburant que je crame ! J'adore cette tache minuscule dans ton œil gauche. J'adore t'entendre dire que tu as un problème d'addiction au beurre de cacahuètes. J'adore savoir que tu penses – on se demande bien pourquoi – que Buzz Aldrin aurait dû être le premier à marcher sur la Lune mais que Neil Armstrong l'a poussé au dernier moment pour prendre sa place. Et le fait que tu transpires à grosses *gouttes quand tu es nerveuse mais pas du tout quand tu as chaud. J'adore ça aussi. C'est bizarre. Mais j'adore. »*

Elle rit, laissant échapper une larme. Il la préleva et la lécha sur son doigt. « Mon corps l'a su tout de suite. C'est toi, Carrie. Donc, oui. Je crois au coup de foudre. »

Le menton tremblant, elle se cramponnait désespérément à ce qui lui restait de prudence.

« Je me sers de ton oreiller, dit-elle avec un rire, en s'essuyant les yeux sur sa manche. Quand tu pars, la nuit qui suit. Je dors sur l'oreiller qui t'a servi. Il est trop gonflé et me fait mal au cou. Mais il garde ton odeur. »

Il lui prit l'assiette des mains et la posa sur la table basse. Étendu à côté d'elle, le bras autour de sa taille, il inhala le parfum de son shampooing à la noix de coco. Lui en caleçon, elle en sweat-shirt, ils restèrent silencieux un long moment, à écouter le film derrière eux.

« Bill ?

– Hmmm ?

– Je croyais que tu détestais les câlins. »

Carrie regardait Bill à travers la webcam. Une larme roula sur sa joue et vint mourir contre son bâillon.

Tu ne vas pas tuer ma famille. Et je ne vais pas crasher cet avion.

Il cliqua sur « envoyer » et baissa à demi l'écran.

« C'est bon, dit-il à son copilote. J'ai besoin de sortir aussi. Ça t'ennuie si j'y vais en premier ?

– Je t'en prie, honneur aux anciens. »

Bill appuya sur un bouton et un « ding » étouffé résonna de l'autre côté de la porte.

« Vous m'avez prise de vitesse, fit la voix de Jo dans le haut-parleur du cockpit. J'allais justement vous appeler. C'est l'heure de la pause ?

– Oui, m'dame, dit Bill en reculant son siège.

– D'accord, quand tu veux. » Elle raccrocha.

« Tu as le contrôle ? demanda Bill.

– J'ai le contrôle », confirma Ben.

Les mains de Bill tremblaient encore légèrement lorsqu'il déboucla son harnais et se leva. Quitter le cockpit lui donnait encore davantage l'impression d'abandonner les siens. Il essaya – en vain – de chasser de sa tête l'image de sa femme et de son fils de l'autre côté de l'écran. Ligotés. Bâillonnés. Impuissants. Attendant de lui qu'il fasse quelque chose.

Rajustant son uniforme, il vérifia par l'œilleton que Jo était en position de blocage. Elle était bien là, les bras croisés, fermement campée sur ses pieds, face à la cabine. Si jamais un individu se ruait vers le cockpit pendant que les pilotes entraient ou sortaient, il faudrait qu'il lui passe sur le corps. Avec son mètre cinquante et ses quarante-six ans. Le personnel de cabine exécutait souvent la procédure de sécurité post-11-Septembre sans grande conviction : si un terroriste voulait vraiment foncer à travers la porte ouverte, ce n'était pas une hôtesse ou un steward qui allait l'arrêter. Mais Jo, elle, la prenait au sérieux. Des années plus tôt, un copilote l'avait appelée, en plaisantant, son « ralentisseur à terroristes de quarante kilos ». Elle avait veillé à lui faire regretter sa blague. Jo considérait qu'en se plaçant devant cette porte, elle déclarait : plutôt mourir que laisser passer quelqu'un.

Et Bill savait qu'elle ne plaisantait pas.

Une fois la porte refermée, elle se retourna vers lui. Son sourire disparut aussitôt qu'elle vit sa tête. Comme il ne disait rien, ce fut elle qui parla.

« Qu'est-ce qu'il y a ?

– Quoi ? » fit-il.

Elle pinça les lèvres sans le lâcher des yeux.

« Quoi ? » répéta-t-il tout en scrutant la cabine derrière elle.

Si tu en parles à qui que ce soit, ta famille meurt. Si tu envoies qui que ce soit chez toi, ta famille meurt.

Il ne pouvait pas prendre ce risque. Il ne pouvait pas parler à Jo.

Il fallait pourtant bien qu'il envoie quelqu'un chercher les siens, qu'il envoie quelqu'un à la maison. Il ne pourrait jamais organiser ça depuis le cockpit, où il était surveillé à chaque seconde. Et de plus, une menace inconnue se cachait quelque part dans la cabine, avec Jo et son équipage. Comment ne pas la mettre en garde ? Et le gaz ! La cabine devait se tenir prête à réagir à une attaque, s'il fallait en arriver là.

Bill ne crasherait pas l'avion, il le savait… mais il devrait peut-être faire semblant. Lancer la bonbonne de gaz faisait partie du jeu. S'il refusait de le faire, Sam en déduirait que son choix était de sauver l'avion. Sa famille mourrait.

Une terreur glaciale déborda de son cœur pour se répandre dans son corps. Si personne au sol ne pouvait sortir sa famille de là, il allait devoir gazer la cabine. Il fallait donc que l'équipage en cabine se tienne prêt. Ils allaient devoir protéger les passagers… de lui-même.

« Bill ? » La voix de Jo semblait à des kilomètres.

Si tu en parles à qui que ce soit, ta famille meurt.

Il contempla le reste de l'avion, les cent quarante-quatre inconnus assis sur leurs sièges. Cent quarante-quatre agresseurs potentiels. La rage courait dans son corps, mêlée à la peur. Qu'y avait-il encore qu'il ignorait ?

Les yeux de Jo, pleins d'inquiétude, ne le lâchaient toujours pas. « Bill ? » dit-elle avec un peu plus de force.

Si tu en parles à qui que ce soit, ta famille meurt. Comment pourrait-il regagner le cockpit en laissant son équipage exposé, vulnérable ?

Jo posa une main bienveillante sur son front et appuya doucement. La chaleur de cette main lui fit l'effet d'une décharge électrique.

Il avait besoin d'aide. Sa famille aussi. Il n'y arriverait pas seul.

« Jo, souffla-t-il. On a un problème. »

4.

Jo se raccrocha d'une main au comptoir du galley pour garder l'équilibre.

Bill s'était efforcé de maintenir les apparences d'une conversation normale, et l'avait accompagnée d'un air tranquille jusqu'au galley. Une fois à l'abri des regards, il s'était éclairci la gorge et lui avait tout raconté.

Elle le regardait maintenant bouche bée. Elle secouait lentement la tête, mais pas par déni. Elle comprenait qu'à partir de cet instant, rien ne serait plus comme avant.

« Répète-moi tout ce que tu viens de dire.

– Non. Pas le temps. Écoute. Mon cockpit, mes communications : il surveille tout par FaceTime. J'ai une oreillette pour que Ben n'entende pas, mais... »

La voix de Bill s'estompa peu à peu à ses tympans. Elle avait le regard perdu dans la tasse de café qu'elle venait de verser pour la vieille dame du siège 2C, et qui était en train de refroidir sur le comptoir. Du café qu'elle avait fait dans une autre vie, lui semblait-il à présent. Sa vie d'avant que Bill ne lui explique la situation.

La vapeur s'élevait en volutes et en tourbillons dansants, et les néons violets du plafond se reflétaient dans les petites bulles à la surface du liquide noir. Elle observait tout cela d'une manière abstraite : la vapeur gracieuse, les intonations d'une voix lointaine, le mouvement fluide des lumières et des ombres. Un état semblable au rêve, comme derrière un voile : c'était ainsi qu'elle voyait la réalité. Elle qui n'était pas somnambule, elle se demanda si c'était l'effet que ça faisait.

« Je devais prendre le risque, était en train d'expliquer Bill. Il m'a dit qu'il les tuerait si j'en parlais à quelqu'un. Mais il faut bien que l'équipage et toi... »

Sa voix faisait référence à quelque chose de flou. Une famille ? Quelle famille ? La sienne ? Non, Michael et les garçons étaient à la maison. En sûreté. Elle s'imagina à l'intérieur d'une des petites bulles. À l'insu de son équipage, des autres passagers, elle s'y glisserait sans bruit, et la bulle lui ferait un cocon. Rien n'y entrerait, rien n'en sortirait. Elle s'assiérait, les genoux remontés contre la poitrine, et laisserait simplement les autres continuer sans elle. Elle ressentait le silence de la bulle, la légèreté de son propre corps voguant à la surface du café. Peut-être pourrait-elle partir dans les tuyaux, minuscule et cachée, et s'évader ainsi en secret ? Suivre le mouvement, sans aucun moyen de diriger son chemin et sans aucune envie de le faire. Un sourire involontaire, totalement hors de propos, se dessina sur ses lèvres. C'était un tel soulagement d'être si petite !

« Qu'est-ce que tu viens de dire ? » demanda-t-elle soudain, coupant la parole à Bill.

Il eut l'air un peu perdu, comme si lui non plus ne savait plus ce qu'il avait raconté.

« Je... je disais que je ne savais pas comment envoyer quelqu'un chez moi. Je ne peux tout bonnement pas appeler le FBI.

– Toi, non, répondit-elle. Mais moi, si. »

L'agent du FBI Theo Baldwin jeta la plante desséchée dans la poubelle sous son bureau en se demandant depuis combien de temps elle était dans cet état.

« Il faut les arroser, Theo, tu sais ? lui lança l'agent Jenkins en passant pour rejoindre la salle de pause.

– J'en prends bonne note. »

Sur ces mots, il ouvrit le premier dossier de la pile. Il rapprocha sa chaise de son bureau, et reçut un SMS au même moment. En voyant qui était l'expéditeur, il pressa le bouton sur le côté de l'appareil : l'écran vira au noir.

Un peu plus loin, dans un bureau entièrement vitré, sa nouvelle chef de service téléphonait en marchant de long en large. La porte était fermée, mais Theo n'avait pas besoin du son pour comprendre que la conversation n'avait rien d'agréable. Il détourna vivement les yeux quand elle surprit son regard.

Theo aimait venir au bureau le samedi. C'était calme. Il pouvait se débarrasser vite fait de la paperasserie barbante pour pouvoir se concentrer sur les cas intéressants. Il tourna la première page d'un document, mais revint aussitôt au début en se rendant compte qu'il n'avait rien saisi.

Jetant son stylo sur sa pile de dossiers, qui en fait ne présentaient aucun intérêt ni caractère d'urgence, il se frotta les paupières.

De qui se moquait-il ? Il n'avait pas de cas intéressants à traiter. Venir le samedi n'était qu'un effort à peine voilé pour se faire bien voir. Non, même pas ça. C'était une lamentable tentative de rédemption. Il était au FBI depuis près de trois ans, mais cette modeste ancienneté ne comptait plus. Six mois plus tôt, le compteur avait été remis à zéro.

Ça n'aurait pas dû faire tant d'histoires. C'était une descente tout ce qu'il y a d'ordinaire dans un repaire de dealers. Leurs renseignements étaient en béton : ils savaient exactement qui se trouvait dans la maison, à quel endroit, ce qu'ils avaient fait, les condamnations qui les attendaient. C'était pratiquement bouclé avant même de commencer.

Mais, avant le lever du jour, la maison s'était retrouvée criblée de balles, et la réputation de Theo comme étoile montante du FBI, torpillée. Il n'avait essayé qu'une fois de se justifier d'avoir enfreint le protocole. Ensuite, il s'était sagement tu et avait gardé la tête basse. Agir sur « une intuition » était aussi bien vu que dire qu'une fée vous avait chuchoté des tuyaux à l'oreille. Cinq audiences disciplinaires, deux semaines de suspension sans solde, un avenir professionnel incertain : Theo n'avait plus le choix. Il ne lui restait plus qu'à pointer, suivre le règlement, et espérer qu'on le pardonnerait un jour.

Il but une gorgée de café et se replongea dans la paperasse.

Jenkins ressortit de la salle de pause avec un paquet de chips. « À ton avis, on ne devrait pas s'inquiéter d'être les seuls couillons qui n'aient rien à faire un samedi ? »

Le téléphone de Theo s'éclaira de nouveau sans qu'il le voie. « Si tu veux mon avis, dit-il en s'adossant à sa chaise, on est les seuls couillons qui soient vraiment dévoués à leur boulot.

– Et moi, je pense qu'on ferait mieux de se trouver des gonzesses, répliqua Jenkins la bouche pleine. Viens, allons boire un coup. Et dire aux filles qu'on est des agents du FBI : ça fait toujours son effet. »

Le téléphone de Theo se manifesta encore. C'est alors qu'il découvrit sept messages non lus de sa tante Jo. L'estomac serré, il envisagea aussitôt le pire. Sa mère, la sœur de Jo. Il lui était arrivé quelque chose. Ou peut-être les fils de Jo, qui étaient pour lui plus des frères que des cousins.

« Alors ? On y va ? » insista Jenkins, appuyé à la cloison de son poste de travail.

Theo regardait fixement son téléphone. C'était tellement invraisemblable qu'il dut tout relire deux fois. Si les messages avaient émané de n'importe qui d'autre, il aurait eu des doutes.

Mais il connaissait bien sa tante Jo.

Attrapant son badge, repoussant sa chaise, il ne se soucia pas de la pile de dossiers qui se renversait, ni des papiers qui se répandaient doucement au sol.

Bill ferma sans bruit et poussa le loquet vers la droite. L'éclairage des toilettes augmenta aussitôt. Il resta un instant sur place, figé, comme s'il avait oublié ce qu'il était venu faire. La porte en plastique léger protesta en couinant lorsqu'il y appuya le front. Sa cravate pendait de son cou.

Jamais il n'aurait pu anticiper un scénario pareil. Jamais il n'avait discuté d'une telle menace avec ses collègues. Il n'y avait aucune page là-dessus dans le manuel, aucun protocole à mettre en place, aucune checklist à suivre. Sa formation lui paraissait maintenant naïve à un point gênant. Les dispositifs de sécurité étaient prévus uniquement pour des attaques physiques, dans l'appareil.

Bill se tourna vers le miroir. Il se sentait comme un petit bonhomme déguisé en pilote. L'uniforme ne semblait plus lui aller. Voyant les ailettes dorées sur sa poche de chemise, il se posa une question qui ne lui était jamais venue à l'esprit : était-il digne de cet uniforme ? L'avait-il jamais été ?

Il urina, pressa le bouton d'évacuation, et le puissant bruit de succion le fit tressaillir. Le lavabo ne lui parut pas moins hostile : l'eau glacée agressa ses mains impuissantes.

Ceci serait son seul moment de solitude. Il fallait qu'il trouve maintenant. Qu'il trouve la solution. Il s'approcha du miroir comme pour chercher la réponse de l'autre côté.

Il ne trouva rien.

Tout en attrapant quelques serviettes en papier, il s'énerva contre la persistance entêtée des besoins pressants. Son corps n'aurait pas pu faire une exception, là ? Il ne voyait donc pas qu'il n'y avait pas une seconde à perdre ?

Le robinet fuyait. Des gouttes d'eau tombaient une à une dans le lavabo. Elles battaient leur rythme, comme un minuscule tambour. Trois gouttes, tic-tic-tic. Un silence. Puis une, puis deux. Leur écoulement ne semblait obéir à aucune logique.

Bill les observa quelques instants, et ses pupilles se dilatèrent à mesure que les pièces s'emboîtaient dans sa tête. Ses mains cessèrent de trembler. Son souffle se ralentit. Il se redressa.

C'était tiré par les cheveux. Mais c'était une idée.

Repoussant le loquet vers la gauche, Bill retourna au travail.

La chef de Theo regarda longuement le téléphone avant de le jeter sur son bureau. Il atterrit à côté de sa plaque,

MICHELLE LIU, DIRECTRICE ADJOINTE, qui reflétait vivement la lumière de l'écran. Se passant les deux mains sur le crâne, elle attacha ses épais cheveux noirs en une queue-de-cheval bien nette. Elle tira dessus pour la serrer à fond, puis croisa les bras.

« Vous êtes sérieux, dit-elle.

– Malheureusement. »

Elle se remit à faire les cent pas. Cela faisait déjà trois mois qu'elle était détachée au bureau de Los Angeles, mais la période avait été relativement calme et Theo n'avait pas réellement eu l'occasion de la voir dans le feu de l'action. Il savait qu'elle était au FBI depuis douze ans et que son mauvais caractère était bien connu. Mais ce qu'il ignorait, c'est pourquoi elle semblait furieuse de la situation qu'il lui présentait. À moins qu'elle lui en veuille personnellement ? Il n'aurait su dire.

« Vous savez que ça ne concerne pas que nous, dit-elle. La Sécurité nationale. Le ministère de la Défense. La police métropolitaine. La police de l'Air. L'Agence nationale de sécurité dans les transports. La Défense aérospatiale. La Maison Blanche. Theo, si on y va… on fait descendre le président dans la Salle de crise. »

Il sentait son cœur battre dans ses tympans. « Je dis : allons-y. »

Elle souffla avec humeur, plissa les yeux. « Vous voulez que je donne l'alerte sur un attentat imminent à Washington D.C. Vous voulez que j'envoie l'unité de libération d'otages en plein jour dans un quartier résidentiel de Los Angeles. Et tout ça sur la base d'un renseignement que vous et vous seul avez reçu par texto. De votre tata. »

Theo ne répondit pas, mais ne détourna pas les yeux non plus. Il se sentit rougir. Liu se mordillait la joue. Il savait qu'elle était en train de le jauger.

Ses notes aux examens crevaient le plafond et son ambition était sans égale… mais Liu avait certainement été briefée sur le fiasco dont il s'était rendu responsable. Un agent du style « l'intuition d'abord, le renseignement après » était un danger, pas un atout. C'était ce qu'il l'avait entendue dire à un collègue, et même s'il n'en était pas certain, il aurait pu jurer qu'elle l'avait regardé après avoir dit ça. Jusque-là, sa tactique avait été de le noyer dans la paperasserie, le temps de se faire une meilleure idée de lui.

Et voilà que soudain, patatras.

C'était peut-être ça qui la mettait en colère.

« Écoutez, dit-il, je sais que la situation est… inédite. Tout ce que je vous demande, c'est de me faire confiance en premier et de vérifier après. Je sais que, venant de moi, c'est beaucoup demander. Mais je connais ma tante. Il faut la croire.

– *La* croire ? Je ne la connais pas.

– Très juste. Mais pourquoi simulerait-elle une chose pareille ? Elle a tout à perdre. Son emploi, sa réputation. Écoutez-moi. C'est bien réel.

– Et si ça ne l'est pas ?

– Et si ça l'est ? » répliqua-t-il, un peu trop fort, se hâtant d'ajouter : « Vous prenez un risque dans un cas comme dans l'autre. Mais il n'y a mort d'homme que dans l'un des deux cas. »

Elle faisait toujours les cent pas. Theo jeta un coup d'œil à la pendule.

« Madame, sans vouloir vous manquer de respect... cet avion est en vol en ce moment même. Le temps du pilote et des passagers est compté. Celui de la famille aussi. »

Liu ferma les yeux, inspira profondément, souffla en poussant un juron.

« Alertez les unités SWAT. Qu'elles interviennent immédiatement, on fera le point en route avec l'unité otages. Mettez tout le monde sur le pont. Et, Theo ? dit-elle en l'arrêtant alors qu'il sortait déjà du bureau. N'oubliez pas. Deuxième avertissement. Il n'y en aura pas de troisième. »

Jo feuilletait la liste des passagers, qui lui fournissait un instantané de toutes les personnes présentes à bord. Elle venait de scruter la dernière page lorsque Bill sortit des toilettes.

« Alors ? » fit-il.

Elle regarda sur son téléphone si Theo lui avait répondu. « Pas encore. Et aucun passager ne travaille chez Coastal. » Elle ouvrit le tiroir sous la cafetière, posa la liste sur son rouge à lèvres et son livre, et le referma. C'était Bill qui lui avait demandé de vérifier ce détail. Peut-être y avait-il à bord une autre taupe interne à la compagnie ? C'était peut-être ça, le plan B ? Mais ça n'avait rien donné.

Jo, cependant, savait que les a priori étaient dangereux dans ce type de situation. Bill croisa les bras et tourna les yeux vers le galley du fond, au bout de la cabine chichement éclairée.

« Tu te fies aux autres PNC ? demanda-t-il.

– Absolument. Bon, notre troisième, Kellie, est toute nouvelle. On vient de faire connaissance. Elle était de réserve, et c'est comme ça qu'elle s'est retrouvée sur ce vol. Mais mon intuition me dit que oui.

– D'accord, alors on se tient à ça.

– Et Ben, tu lui fais confiance ?

– Totalement. Mais ce n'est que mon intuition.

– Alors on se tient à ça.

– Attends après la pause pour en parler aux deux autres. Et ne dis surtout rien à Ben quand il sortira.

– Je croyais que tu lui faisais confiance.

– Oui. Mais qu'est-ce qu'il pourrait faire pour moi ?

– Et en plus... on ne sait pas ce qu'il pense de toi.

– Exactement. S'il se dit que je vais le buter... » Bill se racla la gorge. « Écoute, je ne peux pas courir le risque qu'il décide de prendre la situation en main. C'est trop dangereux pour ma famille. » Il jeta un coup d'œil à la porte du cockpit. « Faut que j'y retourne, bon Dieu.

– D'accord, mais attends une seconde. Qu'est-ce qu'on fait pour les passagers ? »

Bill et Jo regardèrent les sommets des têtes dans la cabine. Tout le monde était en train de lire, de dormir, de visionner un film. Tout avait l'air normal, il n'y avait rien de louche. Personne ne les observait, personne ne semblait se soucier d'eux.

Mais ils n'étaient pas si naïfs.

« Les passagers ne doivent rien savoir, Jo. Si le terroriste est au courant, il va m'obliger à faire un choix. Bon, ils vont forcément se douter de quelque chose, vu que vous allez devoir trouver un moyen de les protéger. Mais ils ne doivent pas connaître toute la situation. Washington ? Non. Et ils ne doivent pas savoir pour ma famille. Savoir le choix qu'on m'impose. Ils supposeraient immédiatement que je vais choisir ma famille. C'est impossible qu'ils nous fassent confiance. »

Elle ne répondit rien.

« Tu sais que je ne vais pas le crasher, cet avion, hein ? »

Leur première escale ensemble remontait à une vingtaine d'années. C'était à Seattle. L'équipage entier rentrait à l'hôtel après un tour en ville lorsqu'un ivrogne avait grommelé une injure raciste en passant à côté d'eux. Étant la seule Noire de l'équipage, Jo avait compris qu'elle était visée, mais n'avait rien dit. Bill, en revanche, avait fait connaître le fond de sa pensée. Le lendemain, il avait dû laisser le copilote assurer les trois vols de la rotation parce que ses doigts cassés l'empêchaient de tenir le manche.

Les retards, les pannes, les passagers indisciplinés. Elle lui avait passé un million de plateaux-repas récupérés en première classe et lui avait servi le double de cafés. Lors du 11-Septembre, elle avait été une des premières personnes qu'il avait cherché à joindre. Quand il avait perdu son père, elle lui avait envoyé des fleurs. Leurs familles échangeaient des cartes de vœux tous les ans. Après plus de deux décennies à voler ensemble, Bill n'était plus un simple collègue. C'était un ami, c'était la famille. Jo *connaissait* Bill.

« Oui. Je sais que tu ne vas pas le crasher. »

Mais quelque chose remua au fond de ses tripes lorsqu'elle le dit.

Son téléphone vibra sur le comptoir métallique. En lisant le message, elle sourit. « Le FBI est en route vers chez toi. »

À ces mots, Bill la prit par les deux épaules et l'embrassa sur le front, les yeux pleins de larmes de soulagement. Puis il décrocha l'interphone pour appeler le cockpit, mais s'arrêta avant d'appuyer sur le bouton. « Le FBI va s'occuper de ma famille, et nous on va s'occuper de l'avion. J'essaierai de communiquer, mais c'est sans garantie. Vous risquez d'être livrés à vous-mêmes. Gardez l'œil ouvert. Vous savez que vous n'êtes pas seuls. »

Jo fit oui de la tête.

« Le plus probable, continua Bill, c'est que je vais devoir entrer dans son jeu. Je ferai tout mon possible pour ne pas lancer cette bonbonne de gaz. Mais je n'aurai peut-être pas le choix. Partez de l'idée qu'une attaque arrivera du cockpit, sauf si le FBI met ma femme et mes enfants à l'abri avant. Il les tuera s'il pense que j'ai choisi l'avion.

– D'accord.

– La cabine doit être prête, compris ?

– Elle le sera, *captain*.

– Jo, bon Dieu ! Je suis peut-être le *captain*, mais une fois que cette porte se sera refermée, je ne pourrai plus rien pour vous. Tu saisis ? C'est *ta* cabine. » Son regard était plus intense que jamais, ce qui la galvanisa. « Tu as ma parole que je ne crasherai pas cet avion. Mais comment je vais m'y prendre, ça, je ne le sais pas encore. En tout cas, à vous de trouver le moyen de préparer cette cabine à une attaque. C'est bien compris ? »

Jo hocha la tête en silence pendant que Bill appelait le cockpit pour demander à Ben l'ouverture de la porte. Elle se mit en position de blocage. Le pilote et la chef de cabine se retrouvèrent dos à dos, lui tourné vers l'avant, elle vers l'arrière.

« Je te fais confiance, Jo. On a le contrôle de l'appareil. »

La porte s'ouvrit et se referma derrière elle. Jo se retrouva seule. Seule dans *sa* cabine.

5.

« Rien de neuf ? demanda Bill.

– Rien de neuf.

– J'ai le contrôle.

– Tu as le contrôle. »

Ben déboucla son harnais et recula son siège. Il se baissa et enjamba la console centrale. Rajustant son pantalon et rentrant sa chemise, il vérifia par l'œilleton que Jo bloquait toujours. Derrière lui, Bill avança son siège, remit son harnais, et le contrôle de l'avion repassa du copilote au commandant de bord.

Bill avait une fenêtre de moins de cinq secondes.

Moins de cinq secondes pendant lesquelles l'écran de l'ordinateur était encore baissé et Sam ne pouvait pas le voir. Cinq secondes où Ben était occupé et n'allait pas lui demander ce qu'il faisait. Cinq secondes pour presser et relâcher les boutons de réception adéquats. Cinq secondes pour activer la fréquence de secours de la radio. Cinq secondes pour baisser à fond le volume du casque de Ben, de manière qu'il n'entende pas le canal secondaire. Une ligne de boutons gris, avec des lignes blanches, attendait ses commandes sur la console centrale, à côté de son genou.

De tout le vol, ces cinq secondes étaient son unique chance de mettre en place le seul dispositif qu'il ait pu imaginer pour se sortir de cet enfer.

« Ouverture de la porte », dit Ben. La porte s'ouvrit et se referma en claquant.

C'était fait. Ça ne lui avait même pas pris l'intégralité des cinq secondes. Mais son plan allait devoir attendre.

Bill rouvrit son ordinateur.

Carrie berçait Elise, la joue doucement posée sur la tête de la petite endormie. Scott, toujours debout près d'elle, avait maintenant les yeux secs. Ni l'un ni l'autre ne regardait vers la caméra.

« Ah, te revoilà ! l'accueillit Sam. Tiens, regarde ça. »

Un e-mail atterrit dans sa boîte de réception.

« Hello ! fit Jo avec un sourire convaincant, en se retournant après avoir entendu la porte. Comment ça va, là-dedans ?

– Bah, la routine habituelle. Une vie de rêve, quoi ! plaisanta Ben en entrant dans les toilettes.

– Vous voulez manger un morceau, boire quelque chose ?

– Juste un café, merci.

– Vous le prenez comment ?

– Deux doses de crème, un sucre. »

Aussitôt qu'il se fut enfermé, Jo s'empara du pot rempli de café frais et le vida discrètement. Elle remit une dose dans la cafetière en prévoyant d'attendre le son de la chasse d'eau pour la lancer. Elle voulait laisser à Bill le plus de temps possible.

« Qu'est-ce que c'est ? » demanda Bill en lisant le mail. Seul dans le cockpit, il pouvait parler tout haut, sans oreillette et sans clavier, et il se dépêcha de le faire, sachant que ces conditions n'allaient pas durer.

« C'est une déclaration que tu vas enregistrer toi-même », répondit Sam.

Bill continua de lire, de plus en plus incrédule. « Mais... qu'est-ce que tu vas faire de ça ?

– L'envoyer aux chaînes d'info. Plus tard. Après le crash. »

Au lycée, le prof d'histoire de Bill avait projeté en classe des films en noir et blanc montrant des prisonniers de guerre américains au Vietnam lisant des aveux forcés après avoir été battus et torturés par leurs geôliers. La nuit qui avait suivi, son petit frère l'avait secoué, l'air paniqué ; Bill s'était réveillé dans un lit trempé, la voix rauque d'avoir crié. Le regard vide des prisonniers l'avait poursuivi jusque dans ses rêves.

« Je ne vais pas lire ça. »

Sam le toisa d'un air sombre. « Carrie, dit-il en jetant un coup d'œil dans sa tasse, mon thé est froid. Vous voulez bien m'en refaire ? »

Regardant tour à tour Sam et la caméra, Carrie s'efforça de comprendre si c'était un piège. Elle recula sa chaise et dit quelque chose à Scott, mais le bâillon étouffait sa voix. L'enfant sembla comprendre et prit gauchement sa petite sœur endormie dans ses bras, avec mille précautions. Sa mère et lui se mouvaient lentement, conscients de la présence des explosifs autour du corps de la jeune femme. Carrie sortit du champ pour se rendre dans la cuisine. La terreur suffoqua Bill à la vue de ses enfants seuls avec leur ravisseur.

Il aurait voulu hurler à Scott de s'enfuir. De prendre sa sœur et d'aller chercher de l'aide chez un voisin. De s'éloigner de cet homme, des explosifs. Et, juste au moment où il allait le faire, Sam passa la main sous son gilet et en sortit un pistolet. Il le pointa tranquillement sur les enfants. Scott resserra ses bras autour d'Elise.

« Bill, dit-il, connais-tu l'histoire du tigre et du corbeau ? »

Derrière le rideau du galley, Jo, concentrée sur son téléphone, envoyait une rafale de SMS à son neveu sans prendre le temps de se relire.

Non, copilote pas au courant, on ne dit RIEN aux passagers

Les autres PNC pas encore, leur dirai après la pause

Sais pas quoi faire pour le gaz. On trouvera une idée.

Non, sais pas ce que c'est. Sûrement un sale truc.

envoyez spécialistes décontamination nous attendre à JFK

Dans les toilettes, la chasse d'eau se déclencha. Jo lança la cafetière. Elle savait que cela lui donnerait au moins quatre minutes, mais elle tâcherait de les faire durer.

je t'écris qd je peux mais là je vais avoir bcp à faire. toi aussi

Je t'aime Theo.

« Ce n'était pas une question rhétorique, dit Sam. Connais-tu...

– Non. »

Sam sourit et prit ses aises sur sa chaise. « Il était une fois un tigre qui était le roi de la jungle. Un jour, un corbeau décrivit un cercle au-dessus de sa tête et vint se poser sur une branche. “Tigre, dit-il, s'il te plaît, montre-moi ce que voient tes yeux de roi.” Le tigre chassa l'oiseau d'un puissant coup de patte qui faillit lui arracher une aile. “Hors de ma vue ! rugit-il. Je suis le roi de la jungle. Tu es trop idiot pour voir ce que je vois.” Alors, le corbeau s'en alla tristement.

« Le lendemain, le corbeau revint, vola en cercle et dit : “Tigre, je t’en prie, tu vois certainement des choses extraordinaires. S’il te plaît, montre-moi ce que voient tes yeux de roi.” Mais le tigre rit et bomba son large poitrail devant le pauvre volatile. “Pourquoi devrais-tu voir ce que voient mes yeux de roi ? Tu es trop petit. Va-t’en !”

– Bon Dieu, on perd du... » grogna Bill, les dents serrées. Mais il s’interrompit et inspira profondément en serrant et relâchant ses poings. Il reprit plus calmement : « Écoute. Discutons une minute...

– Et donc le lendemain, poursuivit Sam, le tigre était couché tranquille sur une branche. Soudain, elle se brise, et le roi de la jungle est précipité dans le torrent furieux en dessous. Il se voit emporté par le courant. Le corbeau apparaît alors au-dessus de lui. “À l’aide ! crie le tigre à l’oiseau. Au secours !” Le corbeau l’observe qui se débat dans l’eau. “Comment pourrais-je t’aider, ô roi de la jungle ? Je suis trop idiot et trop petit.” Mais alors... »

Sam se tut lorsque Carrie réapparut, une tasse fumante à la main. L’étiquette du sachet de thé pendait sur le côté ; elle se balança au bout de son fil lorsque Carrie posa la tasse devant Sam avant de se rasseoir.

« Alors ! reprit Sam avec un sourire triomphant, en rangeant le pistolet sous son gilet. Le corbeau s’abat et arrache les yeux du tigre avec son bec. Le roi de la jungle se retrouve sans défense, et sa puissante tête est engloutie. “Maintenant, dit l’oiseau en s’envolant, je verrai ce que voit le roi de la jungle.” »

Le silence retomba dans la pièce et vint emplir le cockpit.

« Si tu crois que... » commença Bill.

Mais à ce moment-là, Sam agrippa violemment le bras de Carrie et l'étira en travers du bureau, en se levant si vite que sa chaise se renversa à grand bruit. Elise se réveilla en hurlant.

« Tu n'as pas saisi la morale de l'histoire, Bill. » Carrie se crispa. Bill voyait les doigts de Sam s'enfoncer dans sa chair. « La morale de l'histoire, c'est que j'aurai ce que je veux. C'est toi qui choisis ce qui sera sacrifié en route. Fais la vidéo. »

Attrapant la tasse de thé, il la vida sur la chair tendre de Carrie. Ses hurlements étouffés par le bâillon se mêlèrent à ceux de sa fille.

L'image disparut : Sam avait raccroché.

Bill saisit les côtés de son ordinateur à deux mains. Pantelant, il fixait l'écran noir. Il resta ainsi un temps indéterminé, les yeux perdus dans le néant. Ce fut la porte des toilettes, s'ouvrant et se refermant dans la cabine derrière lui, qui l'arracha à sa stupeur.

Ben n'allait pas tarder à revenir.

Jo était en train d'ouvrir une dosette de crème lorsque Ben sortit des toilettes. Une fine brume laiteuse vint éclabousser ses doigts couleur d'ébène : un effet inévitable de la pressurisation en cabine. Elle s'essuya sur une serviette en papier et indiqua la machine.

« Le café était froid, je vous en refais du tout frais. Ça y est presque. »

Le copilote jeta un coup d'œil en direction du cockpit.

Le protocole de la FAA et de la compagnie préconisait d'entrer et sortir rapidement, mais la FAA n'avait pas d'espions à bord aujourd'hui. Jo pariait sur le fait que ce pilote, dans son arrogante jeunesse, était plus du genre à se rebeller qu'à suivre le règlement à la lettre. Et en effet, à son grand soulagement, il s'accouda au comptoir du galley.

« Vous comptez sortir ce soir ?

– Bah, non, fit-elle. Demain à Portland, oui, certainement. Mais pour le premier soir de la rotation, je vais aller me coucher direct, j'ai du sommeil à rattraper. Dix-neuf ans que je suis avec mon mari, vous savez ? On pourrait penser que je n'entends plus ses ronflements.

– C'est pour ça, entre autres, que je reste célibataire.

– J'imagine ! »

Jo vit que Ben cherchait des yeux la jeune hôtesse dans le fond. « Et vous vivez loin de l'aéroport ? demanda-t-elle.

– Non, à Long Beach.

– Oh, j'y ai habité quand je suis arrivée à L.A. Vous bossiez où, avant Coastal ? Ça fait combien…

– Trois ans en janvier. Avant, j'étais dans une compagnie régionale basée à Buffalo. » Il regarda un instant le bouton de la cafetière.

« On y est presque », dit Jo avec un petit clin d'œil en posant une main sur sa hanche et l'autre sur la poignée du pot de café. « Mais dites-moi… »

Derrière elle, son téléphone vibra sur le comptoir.

Le pied de Bill tressautait compulsivement. Le regard perdu dans les champs de maïs en contrebas, il n'avait pas cligné des yeux depuis presque une minute. La détresse de Carrie ébouillantée par l'eau du thé résonnait toujours dans sa tête. Des images plus sombres encore de ce qui risquait d'arriver aux enfants lui venaient à l'esprit sans qu'il puisse les arrêter.

« Eh merde », marmonna-t-il en rouvrant le dernier mail de Sam.

Il s'empara de son téléphone, ouvrit l'appareil photo, le régla en mode vidéo, et retourna l'objectif de manière que son propre visage emplisse l'écran. Puis il tint son téléphone à bout de bras à côté de l'écran de l'ordinateur pour lire comme sur un téléprompteur. Son image tremblait. Inspirant profondément pour stabiliser sa main, il appuya sur le bouton d'enregistrement.

Jo remplit la tasse en regardant le café tournoyer avec la crème, les ténèbres et la lumière se mêlant pour donner une teinte fauve. Absorbée par cette tâche quotidienne qui lui apportait un léger répit, elle faillit ne pas voir Ben qui décrochait l'interphone pour appeler Bill.

Elle agit avant de penser : la main trempée de café brûlant, elle poussa un cri de douleur. La tasse lui échappa, se cassa contre l'acier du comptoir et répandit du liquide partout. Elle recula d'un bond pour éviter les éclaboussures.

« Hou là ! Ça va ? » lança Ben en raccrochant l'interphone.

Jo fit la grimace et rit. « À part mon amour-propre, oui, je crois. » Elle secoua sa main, l'examina sous la lumière. « Bon, votre café est bien chaud, en tout cas. Vous voulez bien aller me chercher des serviettes en papier ? Ce serait gentil. »

Pendant qu'il retournait dans les toilettes pour lui rendre ce service, elle se hâta de jeter un coup d'œil à son téléphone. Le SMS venait de Theo. Presque arrivés chez lui. Elle lâcha le téléphone dans sa poche et se mordit la lèvre pour dissimuler un petit sourire.

« Ah, merci, dit-elle en prenant les serviettes. Je vais éponger ça vite fait. »

Bill regardait les secondes défiler sur la vidéo en cours d'enregistrement. Il se racla la gorge. « Je m'appelle Bill Hoffman, commandant de bord, et je suis coupable. Coupable d'abus de pouvoir, de manipulation et d'exploitation. Je suis coupable d'avoir réprimé tout un peuple qui ne demande que la souveraineté et la dignité. Je suis coupable d'avoir déserté et trahi un proche allié alors qu'il avait sacrifié onze mille de ses propres soldats dans le combat contre Daech, simplement parce que je le lui avais demandé. Je suis coupable d'avoir fermé les yeux pendant que des armes chimiques étaient utilisées contre des civils innocents. »

Une goutte de sueur coula de sa tempe. Il l'essuya.

« Le crash du vol 416, le chaos et la mort qui l'accompagneront ne sont qu'un minuscule aperçu des peines et des souffrances que le peuple kurde a injustement endurées par ma faute. Aujourd'hui, du poison emplira vos poumons et la panique envahira vos sens pendant que vous suffoquerez, cherchant un air frais qui ne viendra jamais. L'odeur putride de la chair en décomposition assaillira vos narines quand votre précieuse peau d'Américains pourrira jusqu'à l'os. Vos yeux, brûlants et injectés de sang, vous sortiront de la tête, agrandis par la terreur, quand vous verrez vos péchés s'incarner dans vos corps. Vous tremblerez dans la promesse vide de vos privilèges, et comprendrez que vous n'avez rien d'exceptionnel. Que vous aussi allez mourir. Et, dans vos derniers instants emplis d'horreur, vous vous rappellerez que des milliers d'hommes, de femmes et d'enfants kurdes sont partis avant vous, emportés par les mêmes souffrances atroces – et cela, à cause de vous. De vous et votre ignorance. Votre indifférence. Votre refus de vous laisser déranger par l'empathie. Alors maintenant, vous et moi allons payer.

« Ce pitoyable simulacre est encore très éloigné de la justice que méritent les Kurdes, mais c'est le mieux que je puisse faire. Donc, au nom... »

Sa voix se mit à trembler.

« Au nom des États-Unis d'Amérique... et au nom de ma famille... je me présente devant vous avec du sang kurde sur les mains et je demande pardon au peuple kurde par mon sacrifice et le sacrifice du vol 416. »

L'interphone résonna dans le cockpit et Bill mit fin à l'enregistrement. Il contempla fixement son visage figé sur l'écran du téléphone. Puis il enfonça un bouton de la console centrale.

« Oui, fit-il d'une voix égale.

– Ici Ben. Prêt à rentrer.

– Une seconde, le contrôle aérien me parle. »

Sur son téléphone, il ouvrit ses mails, joignit la vidéo à un nouveau message, tapa l'adresse de Carrie et cliqua sur « envoyer ». Puis il posa le téléphone à côté de son ordi, baissa l'écran pour faire rentrer Ben... mais se ravisa.

Il rouvrit l'ordinateur et alla dans ses mails. Il afficha le dossier « envoyés » pour s'assurer que le message était bien parti. Mais le dernier message envoyé datait de presque vingt minutes, avant la pause. Celui avec la vidéo n'était pas là.

« Merde », souffla-t-il.

Il rafraîchit la page. Toujours rien.

Jo tambourinait des doigts sur son poignet tout en observant la cabine depuis sa position de blocage. Elle se doutait que Bill s'efforçait de gagner du temps.

À l'arrière, Kellie traversa le galley.

« Je pense qu'elle aussi est solo », dit malicieusement Jo par-dessus son épaule.

Ben était occupé à envoyer des textos. Il releva la tête : visiblement, il ne voyait pas du tout de quoi elle parlait. « Hein ? »

Jo indiqua l'arrière d'un coup de menton.

« Ah ! Vous croyez ?

– Je crois bien, oui. Vous voulez que je la fasse venir ? » Jo espérait qu'elle parlait d'un ton naturel.

Bill savait que Ben attendait derrière la porte pendant que Jo bloquait. La pause avait déjà été longue – il se doutait bien que Jo avait tout fait pour la prolonger – et, s'il ne rouvrait pas bientôt, il allait s'attirer les soupçons. Ceux de Ben, et ceux du personnage inconnu qui devait le surveiller. Il rafraîchit encore la page. Sans effet.

Jo regarda Kellie qui riait en se touchant les cheveux. La jeune femme prit un magazine pour l'apporter au steward. Les courbes sous son uniforme étaient impressionnantes, même vues de loin, à l'autre bout de l'avion.

Ben jeta un coup d'œil à la porte du cockpit, puis se retourna vers la blonde.

« Je ne sais pas, la pause a déjà été assez… Ah ! Bill. Oui, prêt. »

Il raccrocha l'interphone avec un dernier regard vers le fond, où Kellie disparut hors de sa vue.

« À la prochaine pause, d'accord, madame la marieuse ! » Il fit un clin d'œil à Jo et s'engouffra dans le cockpit.

« Eh bien, tu t'étais perdu ? plaisanta Bill.
– Elle est bavarde, cette Jo. »
Bill ouvrit son ordinateur. Le mail avec la vidéo figurait en première ligne du dossier « Envoyés ».

Jo entendit le verrouillage de la porte derrière elle. Elle souffla et se dépêcha de décrocher l'interphone, les yeux tournés vers le galley arrière.

Les passagers étaient tous à leur place, sauf une jeune femme qui revenait des toilettes. En se rasseyant, elle se fondit à nouveau dans la masse ; les sommets des têtes oscillaient de temps en temps à l'unisson des mouvements de l'avion, évoquant un peu des moutons tassés à l'arrière d'un camion. Jo observait ces inconnus en se demandant quel coup du sort avait amené chacun d'eux ici et maintenant. Les gens ne payaient pas pour quitter leur zone de confort sans motif. Chacun des individus présents à bord avait une bonne raison d'y être. Elle se demandait qui, parmi eux, s'était laissé entraîner à aller voir des amis, qui se rendait à un mariage. À un enterrement. Qui partait en voyage d'affaires, en vacances. Qui rentrait chez soi.

Qui était venu pour détourner un avion.

Mais, sur les cent quarante-quatre passagers, tous ne constituaient pas une menace, loin de là. Donc, sachant ce qu'elle savait, était-ce juste de laisser les innocents dans l'ignorance ? Leur parler de la situation mettrait la famille de Bill en danger, bien sûr. Mais ces familles-là, à bord, ne méritaient-elles pas mieux ?

Voilà qu'il revenait, ce grondement sourd dans ses tripes. Elle avait refusé de l'écouter la première fois, mais maintenant il était plus fort, inévitable.

Jo savait que Bill ne crasherait pas l'avion. Sa confiance en lui était solide comme un roc. Non, le problème n'était pas là.

Le problème était le suivant : elle craignait que *lui* ne puisse pas se fier à elle.

Le terroriste tuerait sa famille s'ils informaient les passagers. Ça, c'était clair.

Mais comment l'équipage pourrait-il ne rien dire ? Comment pourrait-il ne pas donner à ces innocents tous les avantages possibles pour se protéger ? En leur cachant la situation, en faisant les choix pour eux, en les privant de leur autonomie ? Ça ne tournait pas rond. Ça ne semblait pas juste.

Stop.

Jo s'arracha à ce raisonnement en décrochant brutalement l'interphone. Ils protégeraient les passagers, ils trouveraient une solution. Mais ils le feraient à leur insu. Elle ne pouvait pas trahir Bill comme ça.

Elle regarda ses collègues dans le galley du fond. Kellie portait un plateau chargé de boissons. Elle rit à une blague du steward avant d'aller les distribuer. Jo leur enviait leur ignorance.

Elle enfonça un bouton, et un voyant vert s'illumina à l'arrière avec un signal sonore sur deux notes. Jo regarda le steward traverser le galley pour décrocher.

« Room service, j'écoute ?

– Salut, Daddy. Écoute, on... » Elle s'interrompit. Pas par téléphone. Il fallait qu'elle leur parle de vive voix. « Prends Kellie avec toi et venez ici. Il faut que je vous parle. »

6.

En faisant attention au gilet explosif, Carrie rapprocha son bras de ses yeux.

Sa peau était mouillée, mais intacte.

Le vieux sachet de thé, celui de la première tasse de Sam, reposait dans une flaque sur le bureau. Le reste de thé froid détrempait le devant du tee-shirt et le pantalon de Carrie. Ses propres cris de terreur résonnaient dans sa tête, obsédants, tant ils avaient été superflus.

Quand Sam lui avait attrapé le bras, la chaleur de la tasse qu'elle venait de lui passer lui picotait encore les doigts. Elle savait que l'eau était brûlante. Elle s'attendait à une douleur effroyable. Si bien que quand le liquide avait frappé sa peau, ses thermorécepteurs s'étaient emballés, envoyant des ondes de choc dans son corps entier. La réaction n'avait pas duré, mais il avait fallu cette seconde à son cerveau pour identifier la sensation de température comme étant froide, et non chaude. Le temps que Carrie comprenne le tour de passe-passe exécuté par Sam, la connexion avec Bill était déjà coupée. La dernière image qu'il en gardait était sa femme se faisant torturer. Ou du moins, c'était ce qu'il croyait.

Je t'en prie, Bill, ne fais pas de bêtise. Reste fort. Ne cède pas. Il ne m'a pas fait mal. Chéri, s'il te plaît. Ne cède pas.

C'était moins une prière qu'une supplication, qu'elle espérait réussir à lui communiquer malgré tout.

L'ordinateur familial émit un petit bruit.

« Alors, c'est fait ? » demanda Sam depuis la cuisine.

Carrie tourna les yeux vers l'écran. Sa boîte de réception contenait un nouveau message avec une pièce jointe volumineuse. Elle fit oui de la tête.

« C'est bien, il est intelligent, commenta Sam en revenant. Bon, si on se distrayait un peu ? » Ouvrant le mail, il lança la vidéo. Le visage de Bill apparut à l'écran et sa voix combla le silence de la maison. Carrie écouta, mais ne put se résoudre à regarder.

Elle regarda plutôt Sam.

Buvant une gorgée du thé chaud qu'elle venait de lui apporter, il grimaça, souffla sur la vapeur. Il jeta le vieux sachet de thé dans la tasse vidée, qu'il rapporta à la cuisine et déposa dans l'évier tel un invité particulièrement poli.

Il revint avec un torchon et essuya le bureau sans rien dire avant de reprendre le bras pâle et mince de Carrie entre ses doigts. Il le sécha, en tenant le torchon d'une main et le détonateur de l'autre. Il regarda son jean trempé. Il se détourna alors et plaça le torchon dans ses mains liées. Il disparut dans les toilettes, mais revint un instant plus tard avec un mouchoir en papier. Scott berçait doucement sa sœur sur ses genoux. La petite s'était enfin tue, épuisée par ses propres pleurs. Le nez du jeune garçon coulait jusque dans son bâillon. Il avait pleuré presque aussi fort qu'Elise quand Sam avait attrapé le bras de sa mère.

Sam s'approcha de lui et tint le mouchoir contre son nez. « Souffle », dit-il. Scott obéit, et l'homme replia le mouchoir pour lui essuyer la lèvre.

Il n'était pas possible d'échapper à la voix de Bill, brisée par l'émotion. Carrie pivota vers l'écran. « *Au nom des États-Unis d'Amérique… et au nom de ma famille… je me présente devant vous avec du sang kurde sur les mains et je demande pardon au peuple kurde par mon sacrifice et le sacrifice du vol 416.* » La vidéo s'arrêta et Carrie fixa un long moment le visage figé de son mari. Puis, tournant la tête, elle surprit Sam en train de l'observer.

Elle soutint son regard. Une énergie électrique emplissait la distance entre eux pendant que chacun s'efforçait de déchiffrer l'autre. Carrie percevait que ses réactions, ou son absence de réaction, ne correspondaient pas à ce qu'il avait imaginé. Était-ce une bonne chose, ou pas ? Elle n'arrivait pas à le déterminer. Il ne paraissait pas agressif ni hostile, en tout cas pas avec elle ni avec les enfants. Non, il semblait plutôt… curieux. C'était le meilleur adjectif qui lui venait. Il semblait essayer de la reconstituer comme un puzzle, comme s'il découvrait peu à peu quelle pièce allait où.

« Quand j'ai dit à votre mari que ça n'avait rien de personnel, j'étais sincère. »

Les lèvres de Carrie restèrent crispées sur le bâillon.

Sam, qui déambulait dans la cuisine, paraissait envisager l'espace avec une sorte de détachement clinique. Il ouvrit le tiroir à couverts, le referma, puis répéta l'opération avec celui qui contenait les ustensiles plus gros. Il s'arrêta devant le frigo, se pencha pour regarder les photos et les dessins d'enfants. Il étudia le bulletin scolaire de Scott et lui jeta un regard approbateur par-dessus son épaule, puis s'intéressa au calendrier. Il pointa le doigt sur la date du jour.

« "Réparation Internet, 11 h 30." Voilà, on y est, dit-il avec un rire. Au fait, votre connexion n'a rien. J'ai posé un brouilleur sur le côté de la maison avant-hier soir. Je l'ai déjà éteint, bien entendu. Ah, et c'est aussi moi qui prends les rendez-vous pour le réparateur. C'est à moi que vous avez parlé au téléphone l'autre jour. Pour info, le rendez-vous n'a jamais été officiellement enregistré. Et en plus, c'est mon jour de congé. Et CalCom croit que je m'appelle Raj. » Il sourit, clairement content de lui. « Ce que j'essaie de vous dire, c'est... qu'ils n'ont pas de raison de se douter de quoi que ce soit. Personne ne va venir vous sauver. »

Carrie ne réagit pas. Elle écouta sans rien dire, et communiqua qu'elle avait compris en hochant légèrement le menton. Le sourire de Sam se dissipa lentement. Elle se demanda quel genre de réaction il attendait d'elle.

Il continua sa visite de la cuisine et, en arrivant devant l'évier, regarda quelques instants par la fenêtre avant de se retourner. Il s'appuya au plan de travail, les bras croisés.

« Carrie. Savez-vous où se trouve l'Italie ? »

Tout d'abord, elle ne mordit pas à l'hameçon. Puis, avec hésitation, elle fit oui de la tête.

« Et l'Australie ? »

À regret, elle hocha de nouveau la tête. Il fit de même, en regardant par terre. Pendant un long moment, il ne dit rien. Enfin, il se redressa.

« Je vous libérerai, vos enfants et vous, je le jure devant Dieu, dit-il. Carrie, je sortirai d'ici pour ne pas revenir... si vous pouvez me montrer le Kurdistan sur une carte. »

Carrie vit un espoir fugace éclairer un instant ses traits tendus. Mais plus longtemps elle restait sans bouger, plus cet espoir s'éloignait. Il secoua la tête, clappa de la langue, tapota le détonateur contre son bras.

Elle voulut parler, mais n'émit que des sons inintelligibles sous le bâillon. Sam réfléchit un instant, puis s'approcha d'elle et pencha la tête juste devant la sienne.

« Vous n'allez pas me faire regretter ça. Compris ? »

Il défit le bâillon. Le bouchon de tissu trempé de salive tomba sur ses genoux. Elle étira sa mâchoire.

« Vous avez... » Enrouée, elle se racla la gorge. « Vous avez combien d'enfants ? »

Sam la regarda sans comprendre. « Quoi ? »

Carrie indiqua Scott du menton. « Personne ne mouche un enfant comme ça s'il ne l'a jamais fait. »

Sam eut l'ombre d'un sourire. Il la dévisagea un long moment avant de retourner à l'évier, avec son thé, pour regarder par la fenêtre.

Pendant quelque temps, personne ne dit rien. Sam céda le premier, choisissant ses mots avec soin.

« Je n'en ai pas. J'avais des frères et sœurs. Je suis l'aîné de six enfants. J'avais dix-huit ans à la naissance du dernier, et je devais partir de chez moi peu après. Je devais... hum. Des projets. J'avais des projets. »

Il prit une gorgée de thé. Elise babilla. Il l'observa d'un air mélancolique.

« Quatre jours avant la date de mon départ, mon père est mort. Ma mère était handicapée et, même si elle pouvait faire beaucoup de choses, elle avait besoin d'aide. Cinq jeunes enfants, Ahmad n'avait que quatre mois... » Il se tut, secoua la tête.

Ahmad. Carrie nota le nom dans un coin de sa tête. Le petit dernier. La pire blessure.

« Je ne pouvais pas partir. Je savais que ce n'était pas possible. » Il haussa les épaules. « Alors je suis resté. Pendant dix-sept ans, je me suis occupé de ma mère, et avec elle j'ai élevé mes frères et sœurs comme mes enfants. Les plus petits se souvenaient à peine de notre père, voire pas du tout. C'était moi, leur papa. »

Sam contemplait son thé comme s'il observait un autre monde. Carrie ne s'immisça pas dans ses pensées. Elle attendit qu'il revienne de lui-même. Quand il le fit, sa voix était douce et triste.

« Et après, je suis parti », conclut-il. Il n'ajouta rien.

« Et... si ce n'est pas indiscret... Que leur est-il arrivé ? »

Sam inclina la tête sur le côté.

« Vous parlez d'eux au passé, se justifia Carrie. Que leur est-il arrivé après votre départ ? »

Les images suscitées par cette question frappèrent Sam avec tant de force qu'il fit réellement un pas en avant. Ses yeux s'emplirent de larmes.

Carrie en resta interdite, et elle parvint à bafouiller : « Pardon. Je... Je ne voulais pas... »

Elle était allée trop loin. Jetant un coup d'œil à Scott et à Elise, elle s'inquiéta de ce que l'homme risquait de faire s'il craquait.

Il croisa les bras dans un geste qui semblait défensif, presque blessé. Dans n'importe quelle autre situation, elle aurait éprouvé une envie maternelle de le réconforter. Cela semblait presque injuste qu'il soit exposé ainsi.

Il prit la parole d'une voix faible. « Je... »

Devant la maison, des freins de voiture lancèrent un crissement strident. Sam attrapa le pistolet sur le plan de travail et le pointa vers l'entrée. Les yeux grands ouverts, il respirait par la bouche. Les signes de douceur et de vulnérabilité que Carrie avait entraperçus s'étaient volatilisés.

Sam traversa la cuisine et se planta de l'autre côté de la pièce à vivre par rapport à Carrie, assise devant l'ordinateur. « Vous pouvez voir devant par les fenêtres ? lui demanda-t-il.

– Je pourrais de là-bas », répondit-elle en tendant ses mains liées vers le passage donnant sur le salon. Il lui fit signe d'y aller.

En se déplaçant, elle entendit un gros moteur qui démarrait. Arrivée près du mur, elle se pencha de manière à voir à travers l'une des baies vitrées, celle de gauche. De hauts massifs bouchaient la vue, mais elle aperçut le toit d'un camion UPS marron qui repartait de chez le voisin d'en face.

« C'était une livraison », dit-elle en se retournant vers Sam.

Il n'avait pas l'air convaincu. Il réfléchit, puis pointa son arme vers les enfants. La gorge de Carrie se serra.

« Allez fermer les rideaux, ordonna-t-il avec un geste vers le salon. Et vite ! »

Le cœur battant, elle courut au salon. Elle ferma hermétiquement les rideaux puis se hâta de retourner vers la cuisine. Elle ne s'était absentée que quelques secondes, mais fut quand même submergée par le soulagement en voyant les enfants au même endroit, sains et saufs.

Elle dissimula tout cela, cependant. Elle se répéta que Sam n'obtiendrait rien d'elle. Il la regarda regagner tranquillement son siège devant l'ordi, et se renfrogna de plus belle. Son expression avait quelque chose de profondément perplexe. Il l'observa encore un peu avant de parler, d'une voix glaciale. Le pistolet était toujours pointé vers les enfants.

« Je ne suis pas sûr que ça me plaise de vous voir si calme. »

7.

Jo se campa fermement sur ses pieds en attendant que ses collègues viennent à l'avant. Elle avait tâché de garder une voix tranquille en les appelant. Les pauvres, ils ne se doutaient pas de ce qui allait leur tomber dessus.

« Qu'est-ce qu'il y a ? C'est l'heure de la prière ? Qu'est-ce qui se passe ? » demanda Big Daddy. Jo, qui ne l'avait pas vu arriver, sursauta. Le badge du steward avait beau indiquer MICHAEL RODENBURG, tous ceux qui le connaissaient chez Coastal l'appelaient Big Daddy – et tout le monde chez Coastal le connaissait. Un mètre soixante, cinquante-deux kilos tout mouillé, il était arrivé avec la première promotion de la compagnie. C'était l'un des plus fidèles piliers de Coastal Airways, son troisième employeur depuis le début de sa longue carrière (dont il ne dévoilait jamais l'année exacte). Il n'était jamais à court d'anecdotes folkloriques sur les hôtesses et les stewards, dont nul n'osait remettre en question l'authenticité. Les passagers comme les équipages soit l'adoraient, soit se demandaient quoi faire de lui. Il n'empêche, on lui pardonnait toujours tout.

« Où est Kellie ? demanda Jo.

– Elle arrive.

– Bien. Écoute. On se trouve dans une situation... intéressante. D'accord ? Je vous expliquerai ça quand elle sera là, mais toi et moi, on est les vieux de la vieille. Il va falloir qu'on assure, parce que je ne sais pas comment Kellie va réagir.

– Réagir à quoi ? » demanda alors l'intéressée en passant le rideau du galley.

Big Daddy joignit ses mains. « Bon, la bleusaille, écoute-moi. La formation, c'est terminé. On est en plein dedans. Mais, quoi que dise Jo, souviens-toi d'une chose : un avion, ça vole sans problème avec un seul moteur, et si au moins soixante-quinze pour cent des personnes à bord s'en tirent en vie, je considérerai ça comme une réussite.

– Ça n'aide pas, ce que tu dis là, commenta Jo. Bien. On se trouve face à quelque chose qui... Je... Il va falloir qu'on... » Elle soupira. « Les amis, ce n'est pas banal, ce qui nous arrive. »

Elle s'accrocha pour continuer, arrachant le pansement aussi vite et aussi clairement que Bill l'avait fait avec elle. Les deux autres l'écoutèrent en silence, sans bouger un muscle et sans réaction apparente.

Une fois qu'elle eut fini de parler, Kellie regarda tour à tour Jo et Big Daddy, comme si elle assistait à un match de tennis. Les deux membres expérimentés de l'équipe, eux, se dévisageaient en silence, les yeux écarquillés, la bouche pincée. Pendant le briefing préparatoire, Jo avait demandé à Kellie depuis combien de temps elle volait. La jeune recrue avait répondu un peu plus d'un mois. Jo se rendait compte que la pauvre fille n'avait sans doute encore jamais affronté le moindre incident médical à bord.

« Je m'occupe du service, ne vous en faites pas pour ça », proposa-t-elle.

Les autres en restèrent interloqués.

« Que... Comment ça ? demanda Jo.

– Eh bien, pendant que vous gérez la crise et tout ça. Je peux me charger des repas et des boissons. »

Jo lui répondit avec douceur. « Écoute, ma belle. Les tâches habituelles... les repas, les boissons, les sourires... Tu sais que ce n'est pas pour ça qu'on est là, n'est-ce pas ?

– Non, bien sûr, mais il faut quand même que ce soit fait. Donc, ce que je dis, c'est que je peux m'en charger pour mieux vous laisser vous occuper de... du reste, quoi. »

Devant Jo, elle enfila des gants en latex et secoua un sac-poubelle. « Je vais collecter les ordures et euh... vous savez, assurer le service. Il vaut mieux que je ne sois pas dans vos pattes, de toute manière. Je suis tellement nouvelle que je... je ne ferais que vous gêner, sûrement. »

Jo l'attrapa par le bras et la tira en arrière. Une grosse larme roula sur la joue de la jeune hôtesse et tomba sur sa robe rouge, juste au-dessus de son insigne ailé.

« Kellie. Ce n'est pas notre boulot, le service. C'est juste un petit plus. »

La formation initiale de Jo remontait à des années, mais cela ne changeait rien. Elle revoyait précisément ses cinq semaines d'entraînement, comme si elle avait suivi les cours avec Kellie le mois dernier. Un apprentissage intensif, validé par des examens écrits. Premiers secours et autodéfense. Répétition, encore et toujours, de l'évacuation de centaines de passagers d'un avion en feu, ou d'un amerrissage forcé. Ses camarades et elle, essoufflés et en sueur, hurlant des ordres jusqu'à se casser la voix pour orchestrer la survie. Tout apprendre sur les différents types d'incendies et les différentes manières de les combattre. Les produits dangereux, les crises cardiaques, les détournements. Les régulations fédérales et la police de l'air. Les turbulences. Les terroristes. Et tout cela dans un tube en métal pressurisé, à trente-huit mille pieds d'altitude et à neuf cents kilomètres-heure. Cinq semaines d'entraînement, et sur ces cinq semaines, une seule journée consacrée aux repas, aux boissons et à l'hospitalité. Jo observa l'hôtesse débutante qui cherchait son souffle : elle sut qu'à cet instant même Kellie comprenait en quoi consistait *réellement* son travail.

La jeune hôtesse jeta un coup d'œil vers l'arrière de l'appareil, puis tourna la tête, à droite, à gauche : elle repérait toutes les issues. Elle chercha ensuite à se dégager de la poigne de Jo.

« Où veux-tu aller, ma belle ? »

Kellie regardait fixement vers le fond. Elle n'avait pas de réponse.

Big Daddy s'éclaircit la gorge. Il ferma les yeux et inhala profondément par le nez. « D'accord. Voilà ce que j'ai à dire, moi. Quand tout sera terminé et qu'on descendra de ce zinc à Kennedy, vous voyez ? Il faudra que quelqu'un porte mon sac, parce que moi, je serai en train de pousser ce truc-là (il indiqua sans ambiguïté le chariot des boissons alcoolisées) directement jusqu'à ma chambre d'hôtel. »

Jo se tourna vers Kellie avec un regard qui voulait dire : *Et toi ?* Elle attendit.

« Je ne suis pas prête pour quelque chose d'aussi énorme, murmura la jeune femme. Je suis encore en période d'essai ! »

Jo se retint de rire. Dans un moment pareil, la pauvre petite craignait d'être mal notée par son superviseur. « Je sais bien, ma belle. Ce n'est pas juste, hein ? Mais c'est comme ça. »

Ils gardèrent le silence un instant, digérant les informations. Kellie sécha ses larmes, acceptant les serviettes en papier que lui tendait Daddy. Elle se moucha, se racla la gorge, essaya de sourire. Les autres firent poliment semblant de ne pas voir que ses joues tremblaient.

« Moi, je suis plutôt whisky, dit-elle de sa voix juvénile. Alors je dis prem's pour quelques whiskys sodas.

– Parfait, l'approuva Jo. Whisky soda pour toi, une bouteille entière du chardonnay de la première classe pour moi, et, je suppose, le reste du chariot pour Daddy.

– Amen, confirma ce dernier.

– Mais en attendant ? Il faut qu'on prépare cet avion et les cent quarante-quatre passagers à une attaque chimique en vol et à un atterrissage d'urgence. D'accord ? Bien, j'ai une idée...

– Excusez-moi ? » la coupa une voix derrière eux. Ils firent un bond de surprise. C'était l'homme assis côté gauche et hublot au rang numéro deux. « C'est possible d'avoir quelque chose à grigno...

– Non, trancha Daddy, on est occupés. Vous avez mangé votre poulet il y a une demi-heure, vous ne risquez pas l'hypoglycémie. » Il tira les rideaux du galley au nez du passager interloqué et se retourna vers ses collègues. « Quoi ? » dit-il en voyant la tête de Jo. Puis il leva les yeux au ciel et passa la tête dans la cabine. « Je plaisantais, bien sûr. Jo a du pop-corn, des chips, des amandes, des bonbons oursons et des petits carrés de chocolat. »

Chips et soda en main, le passager regarda les trois PNC avec suspicion avant de regagner son siège. Big Daddy tira le rideau derrière lui. « Bon, ça suffit, ces bêtises. Je ne veux plus voir personne ! Jo, c'était quoi, ton idée ? »

Elle réfléchit aux nombreux problèmes qui les attendaient. L'attaque au gaz. Washington. La famille de Bill. La taupe inconnue à bord. Il y avait énormément d'éléments à gérer, mais la plupart échappaient entièrement à leur contrôle. Ils ne pouvaient pas se permettre de perdre du temps et de l'énergie à se soucier de tout.

« OK. Il se passe beaucoup de choses, mais le problème sur lequel il faut qu'on se concentre, c'est l'attaque ici, en cabine. On n'a aucune idée de ce que ce sera, donc partons sur le scénario catastrophe, et on verra bien.

– Du gaz sarin, dit Daddy. De la ricine. Du VX. De l'anthrax. Du cyanure. Mon Dieu, et si c'était de la toxine botulique ?

– Non, quand même… tu parles d'armes chimiques de guerre, là. Ces types ne peuvent pas avoir mis la main sur des trucs pareils.

– Euh, ils ont réussi à détourner un vol commercial domestique dans le monde d'après le 11-Septembre. Je ne pense pas qu'on puisse exclure quoi que ce soit.

– Alors disons que c'est un de ces gaz, intervint Kellie. Qu'est-ce qui va arriver ? À nous, je veux dire. Si on le respire. »

Daddy agita les mains. « Je suppose qu'on peut s'attendre à une respiration difficile ? Une paralysie musculaire ? Des douleurs abdominales, des vomissements, de la diarrhée ? Une perte de connaissance ? L'écume aux lèvres ? Et, euh... bon. La mort. »

Jo se pinça l'arête du nez. « En bref : on ne veut pas respirer ça. Donc, voilà mon idée. Les passagers auront besoin d'oxygène propre...

– Les masques, souffla Kellie.

– Oui ! Exactement. Tout le monde à bord a une réserve d'oxygène juste au-dessus de la tête. Il suffit qu'on relâche les masques. »

Ouvrant un compartiment sous son strapontin, elle en sortit la petite lame métallique fixée à l'intérieur. Cet outil de déclenchement manuel n'était guère qu'un trombone très cher et déplié en ligne droite. Elle le tint en l'air pour leur faire admirer la pièce d'équipement d'urgence la plus petite et la plus insignifiante de tout l'avion. Sa seule fonction était de libérer les masques au-dessus des sièges – manuellement, rangée par rangée – dans le cas improbable où ils ne tomberaient pas automatiquement. Aucun d'entre eux ne s'en était jamais servi et n'avait jamais imaginé le faire un jour.

« On doit partir du principe que l'attaque surviendra peu avant l'atterrissage, juste avant l'approche finale. Mais soyons prêts à l'avance. Le plus tôt serait le mieux, pour être honnête. On ne sait pas quelles résistances on va rencontrer parmi les passagers, et ça prendra du temps même si tout se passe à la perfection. Ce qui veut dire qu'on ne devrait pas trop tarder à s'y mettre.

– Mais qu'est-ce que vous allez dire dans votre annonce ? demanda Kellie.

– Mon annonce ? »

Kellie écarta les mains. « Quoi, on va libérer les masques, comme ça, sans rien leur dire ? Et… espérer qu'ils ne s'aperçoivent de rien ?

– Eh bien, vois-tu, c'est justement là qu'il faut qu'on trouve une idée. Car, bien sûr, on ne peut pas leur expliquer ce qui se passe. »

Les deux autres restèrent bouche bée. Daddy leva la main.

« Josephina, une question. Qu'est-ce que tu racontes ?

– On ne peut rien leur dire. Si on le fait, le terroriste tue la femme et les enfants de Bill.

– Et c'est tout à fait affreux, et j'en suis désolé. Mais ces gens, alors ? On va les laisser se faire surprendre par un attentat alors qu'on sait pertinemment qu'il se prépare ? »

Jo secoua la tête. « Ce n'est pas juste la famille de Bill, le problème. Le type a du renfort à bord, vous vous souvenez ? Ici. Avec nous. » L'angoisse lui faisait élever la voix. Elle calma sa respiration et passa la tête par le rideau pour observer la cabine. Deux personnes attendaient leur tour aux toilettes à l'arrière. Un homme, debout dans le couloir, berçait son bébé. Rien qui sorte de l'ordinaire.

« Écoutez, il faut qu'on garde les infos pour nous. Personne ne doit savoir qu'il se passe quelque chose.

– D'accord, dit Kellie. Donc, je répète ma question. On va libérer les masques et leur faire des sourires polis ? Comme si c'était un truc totalement normal à faire en vol ? »

Jo soupira. « Je sais. Je sais ! Écoute, je n'ai pas réponse à tout. La seule chose que je sache, c'est que ces masques doivent être sortis, point barre. Il faut qu'on donne à ces gens le nécessaire pour survivre. Commençons par là, d'accord ? »

Daddy fit un geste de capitulation et Kellie acquiesça en silence. Les moteurs bourdonnaient, loin à l'arrière un bébé pleurait, et quelqu'un en première classe referma un casier à bagages. Les trois PNC regardaient par terre.

Réprimant un petit cri, Daddy plaqua une main sur sa bouche. Une étincelle brillait dans ses yeux, comme pour dire : Eurêka !

« Le RFAC ! s'exclama-t-il. Comment est-ce qu'on a pu oublier l'article quatre point deux point sept du Règlement fédéral de l'aviation civile ? Voyons, il est très clair : au cas où le voyant du déclenchement automatique des masques à oxygène serait défectueux dans le cockpit, les PNC doivent libérer manuellement tous les masques afin que, dans l'éventualité fort improbable d'une décompression, les passagers aient accès à la réserve d'oxygène. »

Kellie battit des paupières. « Je ne connaissais pas ce règlement. Bon, si c'est ce qu'on doit faire, alors évidemment...

– Il vient de l'inventer », la coupa Jo.

Big Daddy fit une petite révérence.

« Vous voulez leur mentir ? demanda Kellie.

– Je le fais tout le temps. Ça ne fait pas partie de la formation initiale, je parie.

– Il a raison, intervint Jo. Si tu y as cru, ils y croiront aussi. Je pense que ça passera. L'important, c'est qu'ils aient les masques à portée de main. Faisons déjà ça, on verra après pour la suite.

– D'accord, dit Kellie. Allons-y, pour être débarrassés. Mais je ne vais pas faire l'annonce. Je vous laisse parler.

– Nous allons *tous* parler, dit Jo. On ne va pas faire d'annonce.

– Quoi ? s'étonna Daddy.

– On essaie d'être discrets, tu te rappelles ? Bill est toujours en contact avec le terroriste, et le copilote ne se doute de rien. Il ne *doit* se douter de rien.

– Les pilotes entendent les annonces ? s'étonna Kellie.

– Plus ou moins. Ils entendent quand on en fait une, sans distinguer clairement les mots. Mais s'ils le veulent, ils peuvent allumer l'audio et écouter. Simplement, en général ils s'en passent. Bref, moins on attire l'attention, mieux ce sera. Il faut que ce soit vraiment un non-événement. Pas seulement pour nous, mais pour la famille de Bill. »

Jo songea à Carrie. Au fil des années, il y avait eu assez de pique-niques de la compagnie et de fêtes de Noël pour que leurs deux familles finissent par se voir indépendamment du boulot. Sans être des amies très proches, elles gardaient le contact en prenant un verre ensemble de temps en temps. À la naissance de Scott, Jo avait donné à Carrie tout un tas de layette ayant appartenu à son fils, et elle adorait voir des photos du bébé dedans.

Elle chassa ces images de sa tête pour mieux se concentrer.

Theo prendrait soin de la famille.

Bill prendrait soin de l'avion.

Elle et ses collègues allaient prendre soin des passagers.

8.

Theo, tout en tapotant nerveusement son téléphone contre sa cuisse, regardait la circulation sur la 405 s'écarter pour laisser passer leur convoi. Trois SUV banalisés et un centre d'opérations mobile consistant en un fourgon sans fenêtre : c'était le maximum de subtilité qu'on pouvait attendre du FBI.

« Gyro et sirènes éteints dès qu'on sort de la voie rapide, dit Liu au chauffeur. Mesdames, messieurs, notre suspect ne se doute pas qu'on arrive. C'est notre seul et unique avantage. Voici la famille Hoffman. »

Elle se retourna sur son siège pour montrer sur une tablette une photo trouvée sur les réseaux sociaux. Les casques de combat de l'unité SWAT remuèrent : compris. « La mère s'appelle Carrie, les enfants Scott et Elise, respectivement dix ans et dix mois. La mère porte un gilet explosif. Le détonateur, sans fil, est dans les mains du suspect, également porteur d'un gilet. Bon, qu'est-ce qu'on sait sur lui ? Sexe masculin, trente à trente-cinq ans. Il travaille pour une compagnie du câble et il a un prénom étranger qui commence par un S, mais il se fait appeler Sam. »

Theo sentit le regard furieux de Liu sur lui. Il consulta son téléphone pour voir s'il y avait des nouvelles de sa tante, ou autre chose d'utile. Rien.

« Ceci est une mission d'exploration uniquement, compris ? Nous allons établir un périmètre et mener une reconnaissance. Tous nos renseignements sont transmis à l'unité de libération d'otages, avec qui nous sommes en communication et qui prépare un déploiement en ce moment même. Si des forces tactiques sont jugées nécessaires, on les attendra jusqu'à ce qu'il n'y ait plus le choix. »

Theo rajusta son gilet pare-balles. Il se sentait déjà de trop, et ce serait pire quand les spécialistes des otages arriveraient. Theo n'était qu'un agent de terrain. Il ne faisait pas partie du SWAT, ces brigades du FBI spécialisées dans les interventions musclées, et encore moins de la HRT – *Hostage Rescue Team* –, l'unité d'élite tactique du FBI entraînée à gérer des situations à très haut risque. La seule raison pour laquelle il suivait la mission était son statut d'agent de liaison entre l'avion et le sol. Liu le lui avait fait très clairement comprendre.

Ils quittèrent la voie rapide, et les sirènes se turent. Le silence soudain ne fit que renforcer l'appréhension de Theo et de ses compagnons.

« Localisation », demanda Liu via son système de communication, qui reliait toutes les unités. Quelqu'un du fourgon expédia la carte numérique sur sa tablette. Elle l'étudia avec une réprobation croissante.

« C'est pourri pour nous, fit une voix dans toutes les oreillettes. Un quartier résidentiel à Playa del Rey, juste à côté de Manchester Avenue. La maison est en face d'une intersection en T, avec des habitations sur trois côtés. Très peu d'espace sur les côtés ou à l'arrière pour travailler.

– Le devant est trop exposé, dit Liu. On ne peut pas y aller tous. Nous, l'unité Alpha, on va approcher de face, en remontant jusqu'à la 83e Rue. Unité Bravo, postez-vous derrière, dans la 82e ; unité Charlie, à l'est, sur Hastings. COM, garez-vous à l'angle de la 83e et de Saran. Une fois en position, venez au rapport et attendez mes ordres pour avancer à pied. Bien reçu, tout le monde ? »

Les chefs des unités confirmèrent et furent entendus dans les quatre véhicules, qui se séparèrent pour prendre leurs positions. Liu, Theo et les agents de l'unité Alpha continuèrent à longer Lincoln Boulevard. Ils s'arrêtèrent à un feu rouge et attendirent de tourner sur Manchester Avenue.

Theo vit par la fenêtre une famille qui sortait d'un restaurant. La HACIENDA DEL MAR, d'après l'enseigne délavée. Un adolescent tint la porte ouverte et sa mère arriva derrière lui, un *doggy bag* à la main. Le père maniait un cure-dents pendant que la petite sœur suivait d'un pas dansant. Le feu passa au vert et le véhicule redémarra, laissant cette scène derrière lui. Theo se demanda s'il arrivait aux Hoffman de manger là. C'était tout près de chez eux. Peut-être que la veille encore, comme cette famille, ils étaient gaiement sortis d'un restaurant sans se douter de ce qui les attendait.

« Unité Bravo en place », fit une voix quelques minutes plus tard. L'unité Charlie et le centre d'opérations mobile ne tardèrent pas à faire de même.

« Unité Alpha en train de tourner dans Berger Avenue, répondit Liu. Attendez qu'on vous rappelle. » Le SUV ralentit et s'arrêta contre le trottoir de droite.

Liu grommela un juron. Theo se tordit le cou pour mieux voir et comprit tout de suite.

« On voit que dalle, dit Liu. On va devoir se rapprocher beaucoup plus qu'on ne le pensait. Deux arbres et quelques buissons devant la maison. De quoi cacher deux, trois agents, pas plus.

– Ici Bravo, on a peut-être un accès », fit une voix.

L'unité Bravo se trouvait derrière la maison, dans la 82e Rue, et pouvait accéder au jardin des Hoffman en traversant celui des voisins. Le terrain des Hoffman semblait comporter plusieurs gros arbres et une petite structure, une sorte de cabane de jardin ou d'atelier, offrant une couverture possible.

« Reçu, dit Liu. Combien d'agents dissimulés ?

– Quatre, peut-être cinq. »

Liu hocha la tête pour elle-même. « Allez-y, Bravo.

– Reçu. On y va, fit une voix.

– Charlie, vous en êtes où ? »

Une voix essoufflée prit le micro. « On est derrière, en approche à pied vers l'ouest. Pas de civils en vue. On verra s'il est possible d'entrer par le côté une fois en position. »

Liu confirma, puis plus rien ne fut dit pendant quelques minutes, en attendant que les unités Bravo et Charlie soient en place. Par-dessus les buissons, Theo voyait le haut des fenêtres de devant, mais le soleil l'empêchait de distinguer si les rideaux étaient tirés. S'ils étaient ouverts, il n'y aurait aucun moyen d'approcher par-devant sans être à découvert, c'est-à-dire directement dans la ligne de mire. La zone fatale.

« Unité Bravo en place, fit une voix étouffée dans leurs oreilles. Mais visibilité zéro. Toutes les fenêtres sont obstruées à l'arrière.

– Reçu, dit Liu. Restez en position. Unité Charlie, je veux…

– COM à Alpha, la coupa une autre voix. On a un problème. Un civil à pied se dirige vers l'est, apparemment seul, il semble faire du porte-à-porte. »

Theo se pencha en avant et regarda vers la gauche. Un homme muni d'une écritoire à pince apparut. Il s'approchait d'une porte d'entrée, à deux maisons de chez les Hoffman. Il frappa, et une petite vieille lui ouvrit, visiblement déroutée par sa présence. Elle secoua la tête, et l'homme eut à peine le temps de lui fourrer un prospectus dans la main avant qu'elle ne lui referme sa porte au nez. Regagnant le trottoir, il s'arrêta pour pianoter un peu sur son téléphone avant de se lancer dans une conversation animée, en montant le volume de son oreillette Bluetooth. En bas de son écritoire, on voyait le même slogan que sur sa sacoche, en lettres bleues et rouges criardes : « VOTEZ CAMPBELL ! » Il se dirigea vers la maison suivante, la dernière avant celle des Hoffman.

« Merde, merde ! souffla Liu. Il faut qu'on l'arrête. »

Elle ordonna à l'unité Charlie de rester en place, puis se tourna vers sa propre équipe. Theo prit conscience que tous les agents, sauf lui, étaient en tenue tactique complète, avec les mots FBI SWAT en grandes lettres jaunes dans le dos.

« Rousseau.

– Madame ?

– Ôtez votre tenue, tout de suite. Vous interceptez. »

L'agent en resta coi. Il lui faudrait plusieurs minutes pour se débarrasser de son équipement. Il entreprit de retirer frénétiquement son équipement de protection, tout en suivant du coin de l'œil l'avancée du démarcheur. L'homme avait déjà frappé chez les voisins, et personne ne venait ouvrir. Il glissa un prospectus dans la fente à courrier.

« Il faut qu'on l'arrête, s'impatienta Theo, les mains pressées contre la vitre. Il ne doit pas y aller, c'est bien trop dangereux.

– J'ai cinq agents qui sont déjà dans le périmètre intérieur. On ne sait absolument pas ce qu'on a en face. Et tu veux nous démasquer ? fit Liu. Rousseau, plus vite ! »

Theo voyait l'agent se débattre avec ses sangles et ses attaches. Il n'y arriverait jamais à temps. Aucune chance. Les autres, dans le SUV, regardaient leur collègue se démener sans rien faire. Il n'en revenait pas. Le démarcheur allait sonner chez les Hoffman avant que Rousseau soit à moitié débarrassé de sa tenue, et personne ne semblait s'en rendre compte. Soit ils ne comprenaient pas, soit l'ordre d'attendre les rendait aveugles à l'urgence.

Il baissa la tête vers son propre équipement, qui se résumait à un simple gilet pare-balles. Arrachant les scratchs, il l'enleva, le laissa sur son siège et sauta du véhicule. Liu tambourina contre la vitre en lançant des jurons étouffés, mais Theo se ruait déjà vers la maison des Hoffman.

9.

Jo enfonça la tige métallique dans le petit orifice et poussa vers le haut. Le panneau du plafond pivota sur ses charnières ; quatre masques à oxygène tombèrent brusquement, tels des diables sortis de leur boîte.

« Vous pouvez me redire pourquoi c'est nécessaire ? » demanda la passagère côté couloir. Son voisin, côté hublot, ne cachait pas son mécontentement. Sa canette de soda et son sachet de chips étaient déjà vides.

« Désolée, ce n'est pas moi qui fais le règlement, répondit Jo. Un capteur indique aux pilotes que le système qui fait tomber les masques automatiquement ne fonctionne peut-être pas. Quand ça arrive, le protocole de sécurité exige que... »

Elle avait commencé au premier rang de la première classe, Daddy au niveau de l'aile, Kellie à la rangée dix-huit. Ils progressaient méthodiquement, informant les passagers sur le règlement, libérant les masques, esquivant les questions, puis avançant rapidement pour répéter le processus avec la rangée suivante.

Restez calmes et fermes, leur avait recommandé Jo avant qu'ils s'y mettent. C'était l'équipage qui donnait le ton. S'ils communiquaient que ce n'était pas grave, ce n'était pas grave. Ils ne manipulaient pas vraiment les passagers : ils géraient avec tact la perception de la situation, dans l'intérêt de l'avion entier. Jo était à la fois chef de cabine et mère de famille : elle savait qu'il n'y avait pas grande différence entre les deux.

Libérer les masques. C'était la première étape, la plus importante. Rendre l'oxygène accessible afin que les passagers puissent se protéger en temps voulu.

Deuxième étape : gérer la confusion et la résistance qui surgiraient inévitablement.

Troisième étape : gérer le « plan B » qui risquait de se présenter après les étapes un et deux.

Quatrième étape : se battre et survivre à l'attaque.

Cinquième étape : évacuer l'appareil dès l'atterrissage à JFK.

L'équipage avait décidé de se concentrer sur la première, qui, au regard de toutes les autres, paraissait au moins gérable.

Les masques jaunes suspendus au plafond envahissaient peu à peu l'espace. Lorsqu'elle avait terminé une rangée, Jo balayait rapidement la cabine du regard avant de passer à la suivante. Elle ignorait ce qu'elle cherchait. Ce ne serait pas un type avec un passe-montagne lui sautant dessus en criant « Les mains en l'air ! », elle s'en doutait bien, mais elle supposait que quelque chose se remarquerait. Pourtant, elle ne voyait rien. Elle se sentait déjà traquée, et cette fausse normalité lui tendait encore plus les nerfs.

À chaque rangée, les passagers sursautaient au moment où les masques tombaient, même s'ils s'y attendaient. Ils remerciaient Jo comme si elle venait de leur servir leur plateau-repas avec poulet chaud. Ils étaient perplexes et anxieux, ce qui était bien compréhensible.

Mais ils se résignaient.

Jo avait anticipé que cela se passerait ainsi. Après tout, la population d'un avion est un échantillon de la population générale, formant une courbe classique en cloche : quelques casse-pieds à un bout, quelques individus exemplaires à l'autre, et au milieu le gros du troupeau.

Assise sur son strapontin, elle profitait souvent du moment du décollage pour jauger le groupe rassemblé sur le vol. Elle tâchait de déterminer qui pourrait se rendre utile en cas d'urgence. Elle identifiait les passagers à surveiller, ceux qui montraient d'entrée de jeu un mépris pour la discipline. Mais elle en passait aussi par des questions telles que : *Bon, si jamais il arrive quelque chose, qui sera le comique de la bande ? Qui fera la diva ? Le rebelle ? Le héros ? Le lâche ?*

Je le savais, pensa-t-elle en voyant une femme approcher à grandes enjambées. Son mari, resté en arrière, tenait un bébé agité dans les bras.

« J'ai un enfant », déclara-t-elle sur un ton accusateur.

Jo jeta un coup d'œil par-dessus son épaule. « Et il est adorable. Félicitations.

– Ça vous amuse ? cracha la femme. Vous imaginez le traumatisme de mon enfant, exposé à ces... ces *choses* partout ? » Elle montrait les masques. « Il va en rester marqué à vie. »

Jo s'efforça de ne pas regarder vers le jeune couple accompagné d'un nourrisson qui se tenait tranquille, non loin d'elle. « Désolée pour le dérangement, madame. Malheureusement, le règlement...

– Je me fous de votre règlement.

– Mais la FAA, elle, ne s'en fiche pas. C'est pour la sécurité de votre bébé.

– C'est *moi* qui décide de ce qui est bon pour mon enfant ! » La femme se pencha sur le badge de Jo. « Jo quoi ?

– Pardon ?

– Votre nom de famille ? Soyez certaine que je vais écrire à la compagnie. »

Jo se cala sur ses pieds. « Attendez, que je comprenne bien. Vous allez écrire à la compagnie pour l'informer que non seulement cet équipage connaît le règlement sur le bout des doigts, mais qu'en plus il l'applique à la lettre ? » Elle marqua une pause. « Watkins. W-A-T-K-I-N-S. Vous voulez le mail de mon superviseur ? Je peux vous le mettre par écrit, si vous le souhaitez. Je veux être certaine que l'information arrive aux bonnes oreilles. »

La femme eut un rictus méprisant. « Je vous interdis de…

– Vous allez la fermer, oui ? intervint l'homme assis côté hublot, à côté du jeune couple. Elle fait son boulot, c'est tout !

– Ne me dites pas de…

– Il fait encore dans ses couches, votre môme. Il ne saurait même pas trouver son propre nez.

– Mon enfant…

– Madame, s'interposa Big Daddy en se glissant entre la femme et la rangée de passagers. Votre adorable petit garçon est là-bas, en train de se demander pourquoi sa maman s'énerve contre les gens. S'il vous plaît, regagnez votre siège et annoncez-lui la bonne nouvelle : Coastal va vous offrir plein de *miles* en dédommagement de ce traumatisme personnel épouvantable que vous, et personne d'autre, devez endurer.

– J'aurai…

– Chut ! la coupa-t-il en levant une main. Un mot de plus, et les autorités interceptent l'appareil.

– Mais…
– Karen, je vous jure…
– Je m'appelle Janice. »

Daddy plissa malicieusement le nez. « Vous êtes sûre ? »

Elle tourna les talons, furieuse, et alla se rasseoir à côté de son mari terrifié, sans doute à raison.

« Ne vous en faites pas, dit Big Daddy en s'adressant aux passagers assis autour de lui, je ne récompense pas son comportement. Tout ce qu'elle obtiendra, c'est un adolescent à problèmes plus tard. Jo, l'appareil est en règle à l'arrière, ajouta-t-il avec un salut militaire.

– Parfait, merci. » Elle se pencha ensuite pour lui parler tout bas. « Des passagers suspects ?

– Peut-être un, chuchota Daddy. Siège côté couloir, à droite, deux rangs derrière moi. La boule à zéro. »

D'un air détaché, elle se pencha légèrement pour jeter un rapide coup d'œil au bonhomme.

« Le grand ?

– Grand ? Quand il est allé pisser, il a dû se baisser pour passer la porte !

– Qu'est-ce qu'il a de suspect ?

– Bah… c'est juste une intuition. Kellie et moi, on se disait déjà qu'il avait l'air louche avant même que cette histoire ait commencé.

– OK, on le garde à l'œil. Fais venir Kellie. Je vais sortir le manifeste pour qu'elle puisse googler ce type et voir ce que ça donne. »

Daddy repartit vers l'arrière pendant que Jo finissait les dernières rangées, sans rencontrer d'anicroche. Elle était en train de libérer les derniers masques lorsque Kellie arriva.

« Je ne savais pas que vous aviez Rick Ryan en première », dit la jeune femme.

Suivant son regard vers l'avant de l'appareil, Jo vit le jeune de la rangée numéro deux côté hublot. Appuyé contre la porte des toilettes, il faisait défiler l'écran de son téléphone. Ce n'était plus vraiment un gamin – il devait plutôt avoir dans les vingt-cinq ans. Mais son bonnet, son sweat à capuche et ses tatouages envoyaient un message juvénile. Jo supposa que les personnes branchées et dans le coup devaient le considérer comme branché et dans le coup.

« Je suis censée savoir qui c'est ?

– Il a au moins dix millions de *followers* sur Instagram.

– Pourquoi ? »

Kellie haussa les épaules sans répondre.

« Mais il est célèbre pour quoi ? Qu'est-ce qu'il fait ?

– Aucune idée. Il est lui-même, quoi… »

Voyant qu'elles l'observaient, il leur fit signe d'approcher.

« Je te défends de lui demander un autographe, chuchota Jo à Kellie. Monsieur Ryan ! Vous désirez quelque chose ?

– Ouais. Vous pouvez m'expliquer ça ? »

Il leur tendit son téléphone. C'était un selfie de lui-même affublé du masque à oxygène. Kellie se pencha pour lire les détails : mille deux cents *likes*, deux cent quarante-trois commentaires. La photo était en ligne depuis six minutes.

« Merde, souffla Kellie.

– Expliquer quoi ? s'enquit Jo. Pardon, les jeunes, j'ai du mal à vous suivre.

– J'ai posté ça sur Insta. J'ai raconté ce qui se passait. Et tout le monde me dit : *Mec, c'est des conneries.* »

Jo se figea. « Comment ça, des conneries ?

– Votre histoire de règlement. Les gens disent que c'est bidon. Des gens qui bossent dans les avions, je veux dire. »

Les entrailles de Jo se serrèrent. Elle jeta un coup d'œil à Kellie, qui ne trouvait rien à dire.

« Monsieur Ryan… » commença Jo sans être bien sûre de la suite. Un signal sonore résonna alors dans la cabine ; un appel, rangée dix. « Pardon, monsieur Ryan, il faut qu'on aille voir, mais on va revenir vous expliquer.

– Qu'est-ce qu'on fait ? chuchota Kellie tandis qu'elles s'éloignaient. Merde, merde, merde.

– Du calme, lui répondit Jo à voix basse. De toute manière, il va bien falloir qu'on leur dise quelque chose. Il ne reste plus qu'à trouver quoi et à composer le message. Ça va aller, il nous faut juste un petit peu de temps. »

Jo semblait parfaitement maîtriser la situation mais, en éteignant le voyant d'appel au rang dix, elle s'aperçut que sa main tremblait. « Oui, monsieur ? » demanda-t-elle à l'homme qui occupait le siège du milieu.

Il désigna son écran individuel. « Oui, je voulais savoir : c'est quoi, cette histoire ? »

Jo avança la tête pour regarder. C'était le journal télévisé, et l'écran affichait la photo de Rick Ryan avec son masque : les nouvelles allaient vite, apparemment. En se redressant, elle découvrit la même image démultipliée sur un grand nombre d'écrans, de plus en plus à mesure que les passagers changeaient de chaîne. En quelques instants, elle fut partout. Une rumeur de doute et de dissentiment montait dans la cabine. L'énergie se modifiait.

« Alors ? insista le passager. Qu'est-ce que vous nous cachez ? Qu'est-ce qui se passe, bon Dieu ? » Des voix s'élevèrent pour le soutenir.

Jo se tourna vers Kellie, qui cherchait son regard. Il leur apparut soudain clairement, à toutes les deux, qu'elles étaient complètement, totalement, absolument foutues.

Jo ouvrit la bouche pour parler. Pas parce qu'elle savait quoi dire, mais parce qu'il fallait bien dire quelque chose.

« Je vais vous expliquer… »

Une alarme stridente, trois fois deux notes, lui coupa la parole. Kellie et elle se tournèrent vivement vers l'arrière : un voyant orange clignotait au-dessus des toilettes de gauche.

L'alarme incendie.

10.

Le démarcheur avait déjà remonté la moitié de l'allée des Hoffman avant que Theo ait pu seulement traverser la rue. Il siffla, mais l'homme baratinait dans son oreillette, inconscient du monde extérieur.

Theo ne pouvait quand même pas lui sauter dessus par-derrière. L'homme, pris par surprise, aurait sans doute réagi à grand bruit. En outre, si quelqu'un ouvrait la porte et le voyait se ruer vers la maison, l'opération entière serait compromise.

Le démarcheur disparut derrière un massif de fleurs. Theo franchit la rue à toutes jambes et s'engagea sur la pelouse des voisins de droite des Hoffman. Il sauta facilement une petite barrière blanche, chose qu'il n'avait pas faite depuis ses entraînements d'athlétisme au lycée. En se rétablissant sur la terrasse, il constata que les rideaux étaient grands ouverts. Il pria pour que la maison soit vide.

Le démarcheur frappa chez les Hoffman au moment où Theo s'emparait d'une chaise de jardin et la posait contre le mur de clôture qui séparait les deux terrains. Il monta dessus : il dépassait de la tête et des épaules.

L'homme lui tournait le dos, tête baissée, sans doute occupé par son téléphone. Theo lui fit de grands signes, en vain. Il guettait un mouvement dans la maison des Hoffman, mais les rideaux étaient tirés.

« D'accord, à plus ! » dit l'homme dans son oreillette en se tournant vers la porte. Theo était maintenant à la périphérie de son champ de vision : il agita les bras de plus belle. Si près de la maison, il ne voulait pas faire de bruit. Hélas, l'homme ne le voyait toujours pas ; il chercha quelque chose dans sa sacoche, son écritoire se prit dans une sangle et une liasse de prospectus tomba par terre.

Theo pivota sur la chaise pour observer le jardin où il se trouvait. Un peu plus loin à sa gauche, il y avait un grand panier plein de jouets de piscine. Une frite rose fluo en dépassait. *Parfait !* Il courut la chercher.

Remontant d'un bond sur la chaise, il tendit le long cylindre de mousse dans le jardin des Hoffman. Le démarcheur avait ramassé ses prospectus et soulevait le rabat de la fente à courrier, devant laquelle il était accroupi. L'éclair de couleur attira enfin son attention et il tourna la tête vers la droite. Il se figea en apercevant Theo derrière la clôture.

Theo tint son insigne en l'air et, le montrant du doigt, articula silencieusement « F-B-I » jusqu'à ce que l'homme hoche lentement la tête. Il était toujours accroupi, bouche bée, immobile, et le prospectus se mit à trembler dans sa main. Theo posa l'index contre ses lèvres. L'homme ferma la bouche. Theo mima avec ses doigts le geste de repartir dans l'allée et de s'éloigner de la maison, puis remit son index contre ses lèvres, en priant pour que l'homme comprenne.

Celui-ci, d'un mouvement de tête, lui indiqua que c'était le cas.

Lentement, il se remit debout en laissant ses prospectus s'éparpiller par terre. Il retira sa main de la fente à courrier, et le rabat retomba avec un cliquetis.

À cet instant, Theo fut renversé par une puissante onde de choc. La dernière chose qu'il vit, alors que ses pieds passaient par-dessus sa tête, fut une boule de feu orangée, tourmentée, filant vers le ciel. Violemment projeté contre la maison des voisins, il s'effondra sur la terrasse.

11.

Oubliez les masques à oxygène, oubliez l'attaque chimique : s'il y avait le feu à bord, l'avion s'écraserait de toute manière.

Jo se hâta vers l'arrière sans prêter attention aux mains tendues ni aux regards interrogateurs. Un incendie incontrôlable était la seule chose qui la pétrifiait encore de terreur. Du moins, jusqu'à aujourd'hui. Soudain, elle comprit : *C'était ça, le plan B du terroriste.*

Elle accéléra le pas.

Le voyant extérieur des toilettes était vert, indiquant qu'elles n'étaient pas occupées, ou du moins pas verrouillées. Tout en s'en approchant, elle plissa les yeux dans la pénombre de la cabine, guettant le moindre signe de fumée sous la porte ou devant la grille de ventilation juste au-dessus. Rien. Inspirant profondément par le nez, elle se prépara à une odeur de brûlé… mais non, rien non plus.

En faisant les derniers pas, elle se remémora méthodiquement l'emplacement des équipements d'urgence. Extincteur principal au halon et gants ignifugés : sous le strapontin de gauche, à côté des toilettes. Extincteur secondaire : sous le strapontin de droite.

S'il leur en fallait plus de deux, ils n'auraient plus qu'à s'en remettre à la Providence.

Arrivée à la porte, elle se pencha légèrement pour écouter. Silence. Elle tendit le bras gauche – son côté non dominant – et posa prudemment le dos de sa main sur le battant. Froid. Plus bas, même chose. Elle confirma encore en touchant le haut de la porte : sa surface entière était fraîche.

Il ne restait plus qu'à inspecter visuellement ce qui se passait de l'autre côté.

Elle prit sa respiration, se préparant au pire. Puis elle pressa la poignée et entrouvrit la porte, juste un peu, afin de faire entrer le moins d'oxygène possible. Avançant la tête autant qu'elle l'osait, elle glissa un œil à l'intérieur des toilettes.

Elle ouvrit alors la porte en grand. Rien. À part quelques feuilles de papier toilette par terre, tout était en ordre. Elle regarda dans la poubelle, renifla en profondeur, et allait soulever le couvercle du siège lorsqu'elle entendit son nom.

Elle fit volte-face : Kellie et Big Daddy étaient là. Ils faisaient barrage de leur corps pour empêcher les passagers de voir ce qui se passait. Kellie semblait contrariée. Daddy secoua une bombe aérosol et la tendit à Jo qui sortait des toilettes.

« Ne me remercie pas, et pitié, ne me tape pas », dit-il.

Jo lui arracha des mains la bombe de shampooing sec.

« C'est toi qui as déclenché l'alarme ?

– Je dirais plutôt que je vous ai sauvées de cette foule en colère, toutes les deux.

– Daddy, je te jure que… »

Un signal sonore résonna sur deux notes et une lumière rouge s'alluma au-dessus de leurs têtes. Jo décrocha furieusement l'interphone. Elle continua de foudroyer Big Daddy du regard, mais répondit aux pilotes d'une voix enjouée :

« Fausse alerte, messieurs. »

Bill sentit le soulagement lui picoter le crâne tandis que le sang redescendait dans son corps. Quand l'alarme incendie s'était mise à hurler dans le cockpit, accompagnée du voyant clignotant rouge et de l'alerte SMOKE/LAV/SMOKE sur le panneau de contrôle, les deux pilotes s'étaient redressés si brutalement en position de défense qu'ils en avaient presque eu le coup du lapin. Le dîner de Ben s'était renversé sur ses pieds.

Bill avait tout de suite supposé que c'était le plan du terroriste en cabine. Il avait pensé qu'une attaque se déroulait à l'arrière. Il avait même débouclé son harnais, comme s'il allait abandonner son poste et se précipiter pour prêter main-forte. Ben s'en était rendu compte et lui avait lancé un regard étonné, mais avait poursuivi la checklist et le protocole d'urgence. Ce que Bill aurait dû faire.

« Qu'est-ce qui a déclenché l'alarme ? demanda Bill dans l'interphone, en se raclant la gorge pour dissimuler le tremblement dans sa voix.

– Une passagère avec du shampooing sec en bombe. »

Ben leva les yeux au ciel, puis laissa sa tête retomber entre ses mains. « Tu peux lui dire qu'on est bien réveillés, maintenant.

– Nous aussi, répondit Jo. Désolée pour la frayeur. Vous n'avez besoin de rien ? »

Bill tourna les yeux vers Ben, qui fit non de la tête. « Non, ça va. Merci, Jo. Et, euh… et vous, besoin de rien ?

– Non non, c'est bon. Rien à signaler ici », souligna-t-elle avec une intention que seul Bill pouvait déceler.

Il se mordit la lèvre. Il aurait voulu hurler dans l'interphone, exiger des infos du neveu de Jo. Il n'avait aucune nouvelle de sa famille depuis que Sam lui avait raccroché au nez, et ce néant laissait toute la place dans sa tête pour les scénarios les plus atroces.

Bill remercia sa chef de cabine et raccrocha. Il s'entendit dire au copilote : « J'ai le contrôle et les communications, actions ECAM », et, tout en lançant la procédure de vérification des paramètres de sécurité, il vit ses doigts appuyer sur les bons boutons du tableau de bord jusqu'à ce que les voyants clignotants se soient éteints un à un, effaçant tout signe de l'alerte. Certains aspects de son conditionnement refaisaient surface tout seuls. Il était en pilotage automatique – mais avait encore le contrôle.

Tout juste.

« On arrête de tergiverser », dit Jo en attirant l'hôtesse et le steward tout au fond du galley, loin des passagers. Ils avaient travesti la vérité, raconté quelques bobards, ils étaient allés jusqu'à déclencher une alarme incendie, bon sang ! Désormais, il leur fallait un plan d'action digne de ce nom.

« Les masques sont descendus, continua-t-elle. Mais on ne va pas survivre à cette histoire en improvisant brillamment. Il faut qu'on décide, tout de suite, comment on va gérer ça, et ce qu'on va leur dire.

– Tout à fait d'accord, commenta Daddy. Je suis pour la vérité.

– Hors de question. » Une douloureuse image de Scott bébé, dans un petit body ayant appartenu à son fils, lui vint à l'esprit.

Daddy joignit les mains sous son menton, comme pour prier. Ou peut-être pour se retenir de la gifler, ce dont il semblait avoir très envie.

« Josephina, dit-il, les dents serrées. Explique-moi comment ça marche dans ta tête. Parce que cent quarante-quatre personnes surprises par une attaque en provenance du cockpit, ça ne finit pas bien, dans le film que je regarde, là. Ce que je vois, c'est une foule en colère. Et je la vois se retourner contre nous. Je les vois essayer de prendre les choses en main. Je les vois prendre d'assaut le poste de pilotage. »

Jo pointa le doigt vers la porte du cockpit à l'avant, blindée et renforcée au Kevlar.

« Tu sais qu'elle est infranchissable, dit-elle.

– Toi et moi, oui, on le sait. Mais eux non, et ils essaieront quand même. Si on les laisse dans le flou et que quelqu'un s'en prend à eux, il n'y a aucune chance que ça se termine bien, pour eux comme pour nous.

– Mais le type a un complice à bord. S'il sait qu'on sait…

– S'il sait qu'on sait ? répéta Daddy en élevant la voix. Jo ! L'avion est plein de masques. On refuse de répondre aux questions. Une photo est déjà en train de faire le tour d'Internet. Je pense que le secret est éventé, figure-toi.

– Mais la famille de Bill… »

Daddy tapa du poing sur le comptoir du galley, faisant sursauter les deux femmes. « Et tu te crois où, là, bon Dieu ? Dans un cargo ? Il y a *des gens* à bord, Jo. Des gens qui sont tous la famille de quelqu'un, eux aussi. Tu n'as pas le droit de dire qu'ils comptent moins que la femme et les gosses de Bill. »

Dans le silence choqué qui suivit cet éclat, la lèvre de Jo se mit à trembler. Elle savait qu'il avait raison. Elle le savait depuis le début. C'était ça, ce tiraillement d'appréhension dans ses tripes. Elle savait qu'ils en arriveraient là, forcément. Mais cela la rendait responsable, *elle*. Elle avait le sentiment qu'en disant la vérité aux passagers, elle faisait le choix à la place de Bill. Elle choisissait l'avion plutôt que sa famille. Cette trahison, non seulement celle de Bill mais aussi celle de Carrie et des enfants, pesait sur elle de manière écrasante. Elle devrait vivre le restant de ses jours en sachant qu'ils auraient perdu la vie à cause d'elle. Une boule dans sa gorge commençait à l'empêcher de respirer.

« Jo, réfléchis. Bill te l'a dit, à toi, insista Daddy. Donc il nous l'a dit. Lui non plus n'était pas censé faire ça, mais il savait bien qu'il le fallait. Il a compris qu'on devait savoir. C'était un risque, un risque calculé. Tout comme le dire aux passagers sera un risque calculé. Mais il le faut. Pas moyen de faire autrement. Le devoir de Bill, c'est de protéger l'appareil. Et le nôtre, c'est de protéger les passagers. »

Cette phrase de Bill trottait encore dans la tête de Jo : *C'est ta cabine.*

« C'est notre cabine », dit-elle à mi-voix.

Daddy acquiesça.

Ils ne dirent plus rien pendant quelques instants, et dans ce silence, Jo comprit qu'ils passaient un accord tacite.

Elle enfouit son visage dans ses mains le temps de respirer un peu. Prit une dernière inspiration.

« Ils n'ont pas besoin d'être au courant pour Washington. »

Daddy posa une main sur son épaule, qu'il pressa doucement. « D'accord.

– Et est-ce que je me trompe, intervint alors Kellie, ou est-ce qu'on ne leur dit pas non plus qu'ils n'ont que douze minutes d'oxygène ? »

Jo et Big Daddy secouèrent vigoureusement la tête.

« Je suis pour qu'on ne leur parle pas de ce qui échappe complètement à leur contrôle, trancha Daddy. Rien sur Washington et rien sur les réserves d'oxygène limitées. »

Une connexion se fit dans la tête de Jo. « C'est *ça*, la vérité, Daddy. C'est exactement ça. Ce que tu viens de dire sur ce qui échappe à leur contrôle. Voilà ce qu'ils ont besoin de savoir. Ils ont besoin de savoir qu'ils ne peuvent littéralement rien faire. »

Le bourdonnement des moteurs souligna son argument, ce rappel constant et incessant du lieu où ils se trouvaient et de leur situation. En embarquant, les passagers avaient déposé leur vie entre les mains de Bill. Et, tant que l'avion était dans les airs, c'était un choix sur lequel ils ne pouvaient pas revenir. C'était Bill qui décidait du sort de l'appareil. C'était le deal. À présent, ils n'avaient donc plus qu'à faire confiance au commandant de bord pour jouer son rôle et poser l'avion en un seul morceau.

« Prendre d'assaut le cockpit ? reprit-elle. Même s'ils le pouvaient, à quoi bon ? Personne d'autre ne peut piloter l'avion. »

Elle attendit une réplique qui ne vint pas.

« Pour neutraliser le terroriste ? continua-t-elle. Devinez quoi, il est pas là ! » Elle s'essuya les lèvres en mesurant peu à peu à quel point le contrôle leur échappait. « Notre meilleure chance de survie, c'est de faire confiance à Bill. Il faut que les passagers le comprennent. Il faut que le monde entier le comprenne, même ! Car tu as raison, Daddy. On n'est plus tout seuls. À cause de cette photo sur Internet, le terroriste et son complice mystère ne sont plus les seuls à savoir ce qui se passe. Le monde entier est au courant. Donc *tout le monde* doit comprendre que faire confiance à Bill est le seul moyen de s'en sortir. »

Big Daddy et Kellie acquiescèrent. Ils étaient d'accord. Ils savaient ce qu'ils allaient dire.

Mais un problème demeurait : comment ?

Ils ne pouvaient pas faire une annonce au micro. Mais ils ne pouvaient pas non plus se planter au milieu de la cabine et crier : l'avion était trop grand pour ça. S'ils procédaient rangée par rangée, la confusion et les malentendus générés par ce type de communication désorganisée entretiendraient la panique. S'ils avaient un espoir de voir les passagers réagir dans le calme et l'unité, cela ne pourrait venir que d'un message clair, bien affûté. Mais Jo ne voyait pas du tout comment s'y prendre.

Kellie eut une petite exclamation étranglée. Comme elle n'ajoutait rien, Big Daddy claqua des doigts devant ses yeux. « Petit Scarabée. Tu as quelque chose à nous dire ? »

Elle fixait le sol, visiblement concentrée. Lorsqu'elle releva la tête vers Daddy, ce fut avec une expression de surprise émerveillée, enfantine. Elle souriait largement. « En fait, oui. Je sais exactement comment faire pour leur parler. »

12.

Un bruit de trompette strident, qui montait et descendait sur toute la gamme, résonnait dans le crâne de Theo. La douleur présente dans son corps entier s'intensifiait à mesure que le son augmentait. Il avait derrière les yeux un battement si intense que la sensation devenait une couleur.

Étonné par une odeur de terre humide, il prit conscience qu'il gisait sur le ventre à même le sol. Des herbes fraîches lui chatouillèrent les lèvres lorsqu'il bougea. Il lui était presque impossible de respirer. Il resta la bouche ouverte en espérant que ça suffirait.

Pourquoi avait-il si mal, et où se trouvait-il ? Comment était-il arrivé là ? Les questions pleuvaient, mais en même temps aucune n'avait d'importance. Ne pouvait-il pas rester simplement allongé comme ça ? Se dissoudre dans un nuage de douleur jusqu'à ce que les questions s'effacent... oui... c'était sans doute la chose à faire.

Theo.

Quelqu'un prononçait ce mot, et sa sonorité l'émerveilla. *Theo.* Qu'est-ce que ça voulait dire ? La personne le répéta, plus près cette fois. Ça lui disait quelque chose. Il lui semblait qu'il aurait dû connaître la réponse.

Il ouvrit les yeux, mais les referma aussitôt. Le flot de lumière aurait pu, semblait-il, le déchiqueter de l'intérieur.

Allongé là, il examina ce qui se dessinait dans l'obscurité de ses paupières baissées, le contour en hologramme de ce qu'il avait aperçu pendant le bref instant où il avait laissé entrer le monde extérieur. Des gens courant vers lui. Un camion de pompiers, la lance déployée. Une balançoire suspendue à un arbre en feu.

Le bruit était une sirène. Le camion de pompiers était là pour la maison. L'explosion. Le démarcheur. La famille. Sa tante Jo. Tout lui revint en même temps.

Sa douleur s'évapora comme si elle n'avait jamais été là.

« Bougez pas », lui dit un des agents du SWAT. Theo roula quand même sur le côté. Mais il ne pourrait pas se lever. Il était incapable de remuer le bras.

« Vous êtes sans un sale état. Laissez les sauveteurs vous examiner. Waouh, c'est chaud », souffla l'agent en voyant son bras gauche, tordu selon un angle bizarre indiquant clairement que l'épaule était démise.

« Je vais bien. Qu'est-ce qui s'est passé ? Les agents, est-ce qu'ils...

– Liu les a retenus quand vous êtes intervenu. Ils vont bien.

– Et le type. Il a pu partir ? »

Le lent mouvement de tête de l'agent lui apprit tout ce qu'il avait besoin de savoir.

Theo enfouit la tête dans son bras indemne. Il n'avait jamais perdu personne. Pas un suspect, pas un passant innocent, pas un collègue – personne. Rien que le démarcheur, c'était déjà épouvantable. Mais si Liu n'avait pas retenu les autres agents ? S'ils s'étaient élancés derrière lui pour le couvrir ? C'était la première fois que son boulot prenait un tour tragique, et ça aurait facilement pu être bien pire.

Theo s'assit, encore sous le choc. Pendant leur formation, les agents étaient mis en garde contre ce genre de réaction. On leur apprenait à se détacher, à compartimenter, à repousser tout lien émotif avec la mission. Comme s'il existait un interrupteur pour simplement éteindre l'humanité en soi.

« On est venus le plus vite possible, lui disait l'autre agent. Et c'est vous qui vous êtes le plus démené pour sauver la famille. Ce n'est pas votre faute, d'accord ? Theo ? Theo. »

Theo le regarda et hocha le menton. Pas pour exprimer son accord, mais juste pour qu'ils puissent passer à la suite. « Aidez-moi à me lever. »

Assis à l'arrière de l'ambulance, Theo entendait vaguement la voix du secouriste, mais il n'écoutait pas. Il regardait les pompiers lutter contre l'incendie qui ravageait la maison des Hoffman, le foyer où d'habitude ils dînaient et regardaient des films en famille. Où leur bébé faisait la sieste.

« Ça va faire très mal. Vous êtes sûr de ne pas vouloir un sédatif ? »

Theo confirma d'un hochement de tête.

À Halloween, les gamins du quartier venaient y sonner pour réclamer un bonbon ou un sort. Nul doute qu'à Noël Bill installait des guirlandes lumineuses.

« C'est parti, à trois. Un, deux... » Theo serra les dents, mais n'émit pas un son lorsque la tête de l'os revint se loger dans l'articulation de l'épaule. Il rouvrit les yeux pour regarder la maison brûler.

Ce n'était plus une maison, c'était un tombeau. Ils étaient morts. Carrie. Scott. Elise. Et un innocent qui s'était trouvé au mauvais endroit au mauvais moment. Tous morts.

Il était censé les sauver. Il avait échoué.

Liu approchait de l'ambulance. Theo crut bien voir un éclair de sollicitude passer sur ses traits, pour disparaître aussitôt.

« Vous avez de la chance d'être en vie », lâcha-t-elle en le toisant de la tête aux pieds. Puis elle se tourna vers le sauveteur : « Ça ira pour lui ?

– Oui. Il a sans doute une commotion cérébrale, et il faudra quand même faire une radio du bras. À part ça, rien que des blessures superficielles.

– Parfait. Vous pouvez nous laisser une minute ? »

Le médecin s'éclipsa.

« Vous aviez raison, dit Liu d'une voix parfaitement neutre. Mais vous nous avez mis en danger, nous tous, et la mission avec. »

Theo soutint son regard, mais ne répondit rien.

« Rentrez chez vous. »

Il se leva d'un bond. « Non. Je sais que je n'ai pas...

– Stop ! lança Liu en s'avançant, ce qui l'obligea à se rasseoir. Vous étiez déjà sur la corde raide. Vous êtes bien trop proche de l'affaire pour continuer. Vous êtes émotionnellement compromis, ce qui vous pousse à des comportements imprudents. Ça vous rend dangereux. Allez à l'hôpital, et rentrez chez vous. C'est terminé. »

Theo ignorait si elle parlait de l'affaire ou de sa carrière. Quoi qu'il en fût, il ne dit mot.

Un agent s'approcha, et Liu lui décocha un regard contrarié. Il tendit son téléphone ; elle se pencha pour lire.

« Bordel de merde, dit-elle en le lui arrachant des mains pour mieux voir. L'étendue des dégâts ?

– C'est devenu viral. Ça passe sur toutes les chaînes d'info.

– La famille est mentionnée ? »

Apparemment, les réseaux sociaux étaient agités par des discussions sur les règlements de la FAA et des spéculations sur les véritables raisons de la libération des masques. Mais pas un mot sur Washington, sur la famille Hoffman ou sur une attaque au gaz dans la cabine.

Liu tourna le téléphone vers Theo. Il plissa les yeux dans la lumière vive, la tête encore embrumée. C'était une photo de Rick Ryan, cette pseudo-célébrité, avec un masque à oxygène d'avion sur le nez.

« Qu'est-ce qu'elle fout, votre tante ?

– Bah, je lui demanderais bien, mais j'ai été retiré de l'affaire. »

Les yeux de Liu devinrent deux fentes. « Alors vous comptez la jouer comme ça, hein ? »

Theo ne cilla pas. Utiliser l'accès à sa tante comme levier pour rester dans la course, c'était dangereux pour sa carrière. Mais de toute manière, Theo se doutait qu'il était déjà grillé au FBI, et sur le moment il s'en fichait complètement. La seule chose qui comptait, c'était d'aider Jo.

Ils se mesurèrent du regard. Liu se pencha vers lui, lentement, jusqu'à ce que leurs têtes ne soient plus qu'à quelques centimètres. « Un seul pas de travers, une seule désobéissance et je reprends votre badge à la fin de cette affaire, cracha-t-elle entre ses dents. Je vous le promets, Theo. Vous ne travaillerez plus jamais dans les forces de l'ordre. C'est bien compris ? »

Il porta deux doigts à sa tempe. « Oui, m'dame. »

La directrice se massa les paupières et se mit à faire les cent pas. Plusieurs agents arrivèrent alors. Theo leva un doigt pour les dissuader d'approcher. Liu, de toute manière, les ignorait : elle se tourna vers la maison en feu et souffla lentement, en posant ses doigts entrecroisés sur sa tête.

« Il faut qu'on sache si le pilote est au courant que sa femme et ses enfants sont morts, dit-elle au bout d'un moment. C'est l'info qui change tout. »

Elle pivota vivement pour s'adresser directement aux agents.

« La presse est là ?

– Oui, madame. Personne ne leur a encore parlé.

– Tant mieux. La ligne officielle est la suivante : une enquête est en cours, mais l'explosion est due à une fuite de gaz. » Les agents hochèrent la tête. « Est-ce que Coastal Airways a publié un commentaire sur la photo au masque ? Est-ce qu'ils ont confirmé le moindre problème sur ce vol ?

– Non. »

Le FBI avait informé la compagnie, la FAA et le contrôle aérien de la situation – mais demandé qu'ils attendent avant de fermer l'espace aérien, de clouer des avions au sol et de boucler des aéroports. Une réaction de panique devant ce genre de menace aurait eu des répercussions colossales, qui pouvaient encore être évitées si la police mettait la famille Hoffman en sûreté. L'ensemble des agences – y compris les responsables sur le terrain à Washington – se tenaient prêtes à mettre en œuvre les protocoles d'évacuation et de défense, mais elles étaient d'accord pour dire qu'il était plus prudent de laisser un peu de temps au FBI de Los Angeles.

« Malheureusement, dit Liu, on n'a pas su les mettre à l'abri. Ce qui fait qu'on se retrouve avec une femme et deux enfants décédés, et un pilote sous pression, dont on ne peut que deviner l'état mental. Plus un mort civil qui n'avait rien à faire là-dedans. Est-ce qu'on l'a identifié ? Sa famille a été contactée ? »

Un agent s'éloigna à grands pas en disant qu'il s'en chargeait. Liu soupira et se passa une main sur le visage.

« Theo, contactez votre tante. Je veux savoir ce qui se passe là-haut. Il faut que je sache si le pilote est au courant pour sa famille, et ce qu'il compte faire maintenant. »

Theo sortit aussitôt son téléphone.

« Je veux que les unités Bravo et Charlie dégagent de là, ainsi que le COM, continua-t-elle. Notre présence fait un effet louche, et je veux éviter les questions si possible. Regroupez-vous quelque part pas loin, on aura peut-être besoin de bouger rapidement. Mais en tout cas, je nous veux hors du champ des caméras. »

Elle se tut un instant en contemplant la maison.

« Maintenant que la famille est morte, on ne sait pas ce qui nous attend. Ça va sans doute impliquer la FAA, la Sécurité du territoire, le contrôle aérien, le FBI de la côte Est. Mais il y a beaucoup d'infos à rassembler, et on n'est sûrs de rien. »

Elle aussi prit son téléphone. Theo l'observait du coin de l'œil. Il y avait comme une hésitation dans la manière dont elle cliquait sur les touches. Il comprit qu'elle s'apprêtait à passer le coup de fil fatidique à la côte Est. L'appel pour les informer qu'elle avait failli. Que la famille était morte et que la menace n'était pas neutralisée. Il savait qu'après ce coup de fil, des évacuations de masse allaient commencer dans les institutions les plus importantes et les plus symboliques du pays. Les puissants seraient mis en lieu sûr, et les civils innocents obligés à fuir. La pagaille et la terreur allaient régner dans la capitale, et c'était elle qui devait passer cet appel. Theo comprenait, à présent, son accès de colère dans son bureau. Quoi qu'il arrive, cela retomberait sur elle.

Le capitaine des pompiers s'approcha du groupe. Liu s'interrompit, glissa son téléphone dans sa poche, et ses épaules semblèrent se détendre un peu.

L'homme retira son casque et s'essuya le front sur son bras. La sueur gouttait de son visage sur sa tenue.

« Le feu devrait être éteint dans l'heure qui vient. »

Liu le remercia. « Quand pourra-t-on procéder sans danger à la récupération ? »

Il inclina la tête. « La récupération ?

– Des corps. Quand peut-on aller les chercher pour identification ? »

Il eut l'air perplexe. « L'homme qui était sur le perron est la seule victime. Il n'y a pas d'autres cadavres, madame. La maison était vide. »

13.

L'horizon devant eux brillait d'une profonde teinte saphir, un bleu intense, pâlissant progressivement en direction du soleil qui s'enfonçait sous le monde, derrière l'avion. La vue depuis le cockpit évoquait la surface paisible d'un lac ; les étoiles semblaient un reflet des lumières des villes en dessous.

Bill, détaché de toute autre chose au monde, écoutait le bruit blanc dans ses écouteurs. Rien.

Ben promena les yeux dans le cockpit avec une expression perplexe. « C'est quoi, ce clic-clic ? »

Bill s'immobilisa pour écouter. Ils se regardèrent dans le silence. « Oh, pardon ! » fit-il en montrant le stylo qu'il tenait à la main. Il le fit cliqueter plusieurs fois. « C'est un tic que j'ai. Ma femme dit que ça la rend folle. »

Ben eut un petit rire et retourna à sa tablette.

Bill, lui, regarda son ordinateur, puis son téléphone. Il avait perdu le compte du nombre de fois où il avait déjà fait ça. Toujours aucune nouvelle de sa famille. Juste à ce moment-là, un SMS arriva sur son téléphone.

Gary Robinson iMessage.

Il souffla et se décrispa légèrement. Il se foutait complètement de ce que voulait son voisin. Il ignora le message.

Il regarda sa montre, et joua à « leur » jeu.

Un jeu inventé par Carrie au tout début de leurs amours, à l'époque où elle vivait encore à Chicago. Elle lui avait dit que le monde était sublime quand ils étaient ensemble. Mais que, chaque fois qu'il partait en courrier, elle était malheureuse comme les pierres. Elle pensait à tous les fuseaux horaires qui les séparaient, et ça lui donnait l'impression qu'il était encore plus loin. Alors, elle avait inventé ce jeu qui consistait à imaginer où il se trouvait et ce qu'il était en train de faire, plutôt qu'à l'heure qu'il était là-bas. La pendule indiquait vingt heures, mais elle pensait plutôt : *L'heure du dîner. Il doit être quelque part au-dessus des Rocheuses. C'est la pleine lune ce soir, la neige sur les montagnes doit être illuminée.* Et, ainsi, Bill ne lui semblait plus si loin.

Bill trouvait ça futile. Il était aussi fermement rationnel qu'elle était imaginative, et les rêvasseries de ce genre ne lui parlaient pas du tout. Cela dit, la solitude peut vous changer un homme : une nuit, seul à Honolulu, il avait eu une insomnie. Carrie était à quatre heures de lui. Il était sept heures du matin pour elle. Il l'avait visualisée en train de s'étirer dans son lit, vêtue du vieux tee-shirt de baseball trop grand qui lui servait de nuisette. Il savait qu'elle allait se lever et faire du café tout de suite en écoutant la radio NPR. Elle choisirait le mug rose avec les mots « Oh là là » écrits en cursive sous la tour Eiffel : c'était son préféré. Un peu de lait, pas de sucre. Il s'était retourné, un oreiller coincé sous le bras, et s'était assoupi.

Depuis, il avait continué de jouer à leur jeu.

Il regarda sa montre. Dix-sept heures trente-sept à L.A. En ce moment, Carrie devait…

C'était comme contempler une page blanche. Il n'avait aucune idée de ce que Carrie était en train de faire, et toutes ses tentatives pour l'imaginer faisaient remonter l'image de sa femme hurlant de douleur, torturée par un inconnu dans leur propre maison. Il ferma les yeux et fouilla les ténèbres, à la recherche d'un monde où ces choses-là n'arrivaient pas. Un monde où il refusait d'assurer cette rotation, où il choisissait son rôle de père et de mari avant tout. Un monde où sa famille vivait tranquillement sa journée.

Un souvenir lui serra la gorge. Dix-sept heures trente-sept à Los Angeles. Ils auraient dû être au match de Scott. Son téléphone s'illumina de nouveau. Pat Burkett iMessage. L'autre voisine, maintenant ? Qu'est-ce qu'ils avaient tous…

Soudain, il se précipita pour lire ses messages.

Salut vieux, t'es en vol ? Chez toi ? Dis-moi si je peux faire qqch

Bonjour Bill, c'est Pat. Je t'ai vu partir ce matin, je crois que tu travailles ? Sais-tu où sont Carrie et les enfants ? Ils vont bien ? C'est complètement dingue cette histoire. Donne des nouvelles, stp. Steve et moi, on est là si vous avez besoin de quoi que ce soit. Dis-nous ce qu'on peut faire pour t'aider.

Mais aider à quoi ? De quoi parlaient-ils ? La panique commença à lui brûler les veines. Ses pouces s'arrêtèrent au-dessus du clavier miniature, le curseur clignotant dans l'attente. Prudence, prudence.

Salut Gary, je suis en vol. Qu'est-ce qui se passe ?

Gary lui donnerait des faits. Pat, des ragots. Trois points se mirent à clignoter sous le message. C'était rapide !

Ah. OK. Pas facile à annoncer. Tu es au courant pour ta maison ?

Bill, les doigts gourds, comme anesthésiés, demanda au voisin ce qu'il entendait par là.

Elle a explosé. Une fuite de gaz, il paraît. Où sont Carrie et les enfants ?

Bill resta si longtemps immobile devant son téléphone que l'écran finit par s'éteindre. L'appareil glissa d'entre ses doigts, tomba sur ses genoux. Il ne bougea pas.

Carrie. Scott. Elise. Son univers entier. Disparus. Il visualisa leur maison de l'intérieur. La table de la cuisine, où ils lisaient le journal pendant que Scott dévorait ses Rice Krispies. La chambre de bébé, où il berçait Elise pour la rendormir. Le salon, où ils décoraient le sapin de Noël. Leur chambre, où le corps de Carrie se nichait contre le sien. Il s'efforça de voir ce monde en feu, pulvérisé. Il essaya d'en effacer sa famille, de la faire disparaître. Son esprit ne put s'y résoudre. C'était tout simplement impossible.

Carrie dans le gilet explosif. Bâillonnée. Tenant Elise dans ses bras. À côté de Scott.

Une vague de nausée le submergea lorsqu'il prit conscience que c'était la dernière image qu'il garderait d'eux. Une vie entière d'amour et de joie, et il savait qu'il resterait bloqué sur cette ultime vision pour le restant de ses jours. C'était sa faute. Il avait échoué comme mari, comme père, comme protecteur.

Il allait vomir. Il attrapait le sac en papier lorsqu'une photo de sa femme surgit sur son ordinateur, avec ces mots : FaceTime – Carrie portable – prendre l'appel. Incrédule, il toucha le bouton vert.

Il espéra de toutes ses forces. *Pitié, faites qu'ils soient en vie. Je vous en supplie, mon Dieu. Montrez-moi ma famille.* Son image glissa dans un angle de l'écran : la connexion était établie. Sa femme et ses enfants apparurent. Tous les trois. Vivants. Il se pinça la cuisse de toutes ses forces pour ne pas éclater en sanglots.

Carrie et Scott étaient toujours ligotés, mais leurs bâillons avaient été retirés. Sam se tenait à côté d'eux, le détonateur dans la main. Carrie et lui étaient encore couverts d'explosifs. Carrie portait Elise, si bien que Bill ne pouvait pas voir son bras ébouillanté, mais elle semblait aller bien.

Ils étaient en vie ! Bill en avait le tournis. Il se força à se concentrer.

Où se trouvaient-ils ? Dans un lieu extrêmement sombre ; en dehors d'une faible source de lumière à leur gauche, le téléphone devant eux était le seul éclairage. C'était petit, aussi. Ils étaient serrés et, d'après leur posture, Bill pensa qu'ils étaient peut-être assis par terre, pas sur des chaises.

« Tss, tss », fit Sam dans son oreillette de gauche. La voix paraissait plus proche que la normale, légèrement amplifiée, comme lorsqu'on parle dans un espace confiné, un habitacle de voiture par exemple. « Tu n'aurais pas dû, Bill. »

Bill tapa furieusement sa réponse. « Pas dû quoi ? Tu n'as pas reçu la vidéo ? J'ai fait exactement ce que tu me demandais. »

Sam lut le mail et pouffa de rire. « Oh, si. J'ai bien reçu la vidéo. Non, je t'ai dit que tu n'avais pas le droit de parler au personnel en cabine. »

Bill encaissa le choc, mais s'efforça de rester impassible tout en réfléchissant. Comment Sam savait-il qu'il avait parlé à l'équipage ? Était-il au courant pour le neveu de Jo et le FBI ? C'était pour ça qu'ils avaient quitté la maison ? Et pourquoi l'avoir fait sauter ?

Sam parla d'une voix pleine d'assurance. « J'ai su que quelque chose clochait quand tu as envoyé la vidéo. Tu n'avais pas l'air net. Et en effet… »

Sam manipula un instant son propre téléphone avant de le placer devant la caméra. Bill se pencha pour mieux voir. C'était apparemment la photo d'un passager de première classe sur Coastal Airways ; le cuir couleur crème et l'éclairage d'ambiance rose contrastaient avec le masque jaune criard qui lui couvrait la figure.

Bill ferma les yeux, reconstitua l'histoire. Ils avaient libéré les masques manuellement. Brillante idée. Mais visiblement, personne n'avait songé au fait que les passagers étaient branchés sur Internet.

Le cœur lourd, il comprit qu'en fait ils auraient pu couper l'accès au réseau… mais qu'ils ne l'avaient pas fait parce que Bill avait besoin de communiquer avec sa famille. Encore une fois, il détruisait tout et tout le monde autour de lui.

« Je me doutais bien que tu aurais cette arrogance, continua Sam. C'est pourquoi j'ai anticipé, et j'ai pris la route avec ta femme et tes enfants. »

Pris la route.

Donc ils étaient bien dans un véhicule. Bill essaya de se rappeler s'il avait vu une camionnette de la compagnie du câble en partant pour l'aéroport, mais rien ne lui revint. Ou alors, ils avaient peut-être pris la voiture de Carrie, l'énorme SUV qu'ils avaient acheté l'année précédente en apprenant qu'un bébé arrivait. Les deux banquettes arrière se rabattaient entièrement : ils pouvaient très bien être là.

« Tu comprends, poursuivit Sam, je ne sais pas qui d'autre est au courant, à part le personnel de bord. Mais, qui que soit le type que tu as envoyé chez toi, j'espère que tu n'étais pas trop attaché à lui. Tu sais quoi ? Attends… tiens. »

L'image tressauta : il avait confié son téléphone à Carrie pour qu'elle le tienne pendant qu'il pianotait de sa main libre. Elle regarda l'écran, curieuse d'apprendre ce qu'il cherchait en ligne. Une voix se mit à parler, et Carrie retint un cri.

« … Je me trouve devant la maison, qui, comme vous le voyez, a été entièrement détruite par la déflagration. Les autorités ont conclu qu'il s'agissait d'une fuite de gaz et ne nous ont pas dit s'il y avait quelqu'un à l'intérieur au moment de l'explosion. Heureusement, il semble qu'une seule habitation ait été… »

Sam tenait la vidéo devant la webcam pour bien lui montrer. Bill se retint de plaquer une main sur sa bouche. Le journaliste était dans leur rue, devant un ruban jaune. Derrière lui, leur maison. Du moins, ce qu'il en restait.

Bill, en contemplant les ruines, comprit une chose qui lui glaça le sang : il n'y avait aucune chance que cet homme soit en train de bluffer. Il savait précisément ce qu'il faisait, et ce n'était plus possible de douter qu'il tuerait Carrie et les enfants si Bill ne se pliait pas à ses ordres.

Carrie se mit à pleurer. Pas fort, mais pas en silence non plus.

« Ah bon ? fit Sam en la regardant. Vous étiez si forte, jusque-là. À un point étonnant. Et là, vous allez vous effondrer à cause d'une maison et peut-être quelques personnes ? » Il secoua la tête. « Comment allez-vous faire quand tous les passagers d'un avion seront morts pour que vous puissiez vivre, vous et vos gosses ? »

Carrie leva les yeux vers le plafond. De grosses larmes roulaient sur ses joues.

Sam se mit à rire. « Enfin, à supposer que Bill vous choisisse, vous, plutôt que l'avion. Après tout, je ne devrais peut-être pas trop m'avancer. On va vérifier, tiens. Tu as fait ton choix, l'aviateur ? »

Bill tapa sa réponse avec hargne. L'homme la reçut et leva les yeux au ciel.

« Je ne crasherai pas cet avion, tu ne tueras pas ma famille, bla-bla-bla... Mais qu'est-ce que vous avez, les mâles américains ? Pourquoi faut-il toujours que vous cherchiez à jouer les héros ? Pourquoi vous compliquer la vie à tous les coups ? » Il soupira. « Enfin bon, c'est comme tu veux. »

Il se remit à pianoter, en tenant le détonateur entre ses doigts et le téléphone. Carrie regarda vers Bill. Elle paraissait aussi terrifiée que lui.

« Bill, dit Sam sans cesser d'écrire. Je t'ai dit que tu *ferais* un choix. Je t'ai dit qu'il y avait des choses en place à bord pour y veiller. Je t'ai aussi dit que tu ne devais parler à personne. Je pensais que cette menace suffirait peut-être... mais je savais aussi que tu étais un enfoiré de privilégié bouffi d'arrogance, qui se croit tout permis. Tu vois, j'avais raison. Donc, je vais être franc avec toi. Je ne peux pas tuer ta femme et tes gosses tout de suite. J'ai besoin d'eux. Je garde ce dernier dilemme pour la fin. Mais quand même, tu as enfreint les règles, et devine quoi ? Les actes entraînent des conséquences. Tu as envoyé les autorités chez toi, donc j'ai fait sauter ta maison. Tu as parlé à ton équipage... » Il releva les yeux de son téléphone pour regarder droit dans la caméra. « Bon, ça, on y viendra. »

La chair de poule hérissa les bras de Bill, et le picotement glacial monta jusque dans sa nuque.

Sam se remit à pianoter. Lorsqu'il parut avoir fini, il reposa le téléphone, l'air content de lui. « Ton refus de coopérer m'a forcé la main. Il est temps de déclencher le plan B. »

Bill sentait les battements de son cœur dans sa gorge. Il tendit l'oreille vers la cabine, guettant des cris assourdis. Une explosion. La panique, le chaos. Quelque chose. N'importe quoi.

Mais il n'entendait que le bourdonnement des moteurs.

Lorsque, soudain, voilà.

Un bruit tellement proche qu'il faillit faire un bond sur son siège.

Un cliquetis bien reconnaissable : celui du chien d'un revolver.

Bill se tourna lentement vers son copilote.

« Désolé, *captain* », dit Ben, l'arme braquée sur lui.

14.

Theo et les autres agents se tenaient en face de la maison des Hoffman, qui continuait de se désintégrer : il n'en resterait guère qu'un petit tas de gravats fumants. Ici et là, des poutres esseulées s'élevaient des fondations. La braise rougeoyait dans le bois de charpente. Dans la brume dorée de cette fin d'après-midi d'automne, la maison paraissait étrangement vivante. Sa silhouette de bête abattue poussait ses derniers soupirs : une fumée noire qui montait et se dissolvait dans l'atmosphère.

Un fort craquement jaillit des décombres. Tout le monde se retourna : un pan de mur carbonisé s'écroulait sur les fondations. Liu, elle, ne bougea pas un muscle.

« Et les voitures ? demanda-t-elle au capitaine des pompiers.

– Le garage était vide. »

Elle se mordit l'intérieur de la joue. « Cette famille a deux voitures. Bill en a pris une pour aller bosser. L'autre... » Elle fit craquer ses doigts. « Allez voir dans le fichier et lancez une alerte pour leurs voitures sur toute la ville, avec priorité à celle qui semble être la bagnole familiale. Un monospace ou un SUV, probablement. »

L'agent le plus proche de Theo partit aussitôt s'en occuper.

« Avez-vous trouvé du matériel de technicien du câble ? demanda ensuite Liu au pompier. Ou n'importe quoi qui ne semble pas à sa place dans une maison de famille ? »

Le capitaine regarda vers la maison. « Madame, l'incendie a été extrêmement violent. Je ne sais pas quoi vous dire. Cette maison, il n'y a plus rien à en tirer. »

Liu le remercia avant qu'il s'en aille.

« Madame ? fit une voix dans l'oreillette de Theo. CalCom a rappelé. Ils n'ont pas trace d'une visite de service chez les Hoffman aujourd'hui. Ils n'ont aucun employé de sexe masculin avec un prénom commençant par un S. Et leur flotte de véhicules est au complet. »

En voyant la mâchoire de Liu se crisper, Theo se demanda si ses collègues, eux aussi, étaient parfois tentés de reculer d'un pas devant elle.

« Dites-moi que vous avez quelque chose, intima-t-elle aux deux agents qui approchaient.

– Rien. Deux voisins ont des caméras de surveillance, mais aucune n'est placée à un angle qui couvre la propriété des Hoffman.

– Donc, résuma-t-elle, on n'a ni nom, ni localisation, ni description de notre suspect. »

Personne ne la contredit.

« Si le pilote sait que ce type a fait sauter la maison – et partons du principe qu'il le sait –, il doit commencer à flipper pour de bon. Il ne plaisante pas, le bonhomme. Je veux dire… » Elle fit un geste vers la maison. « Je veux en savoir plus sur le pilote. Qui il est, et pourquoi on devrait lui faire confiance. Notre priorité, c'est la femme et les enfants. Mais on a un avion entier rempli de passagers auquel il faut aussi penser, sans parler de la ville de Washington. »

Liu jeta un coup d'œil vers la presse qui formait un attroupement, un peu plus loin dans la rue. Son regard survola ensuite les agents du SWAT avant de se poser sur Theo. Le cœur gros, il savait déjà ce qui se préparait.

Elle indiqua les journalistes d'un coup de menton. « Vous, lui dit-elle. Vous vous occupez d'eux. »

Cinq fourgons de télé étaient garés le long du trottoir au-delà du ruban jaune. Sur leurs toits, les antennes satellite étaient toutes orientées dans la même direction, et les portières latérales ouvertes laissaient voir les mêmes consoles de régie.

Ce n'était pas la première fois que Theo jouait les porte-parole dans une enquête – mais c'était la première fois qu'il allait mentir dans ce rôle.

« Une fuite de gaz ? demanda une journaliste, clairement sceptique. Pourquoi vous n'avez pas évacué tout le quartier, alors ?

– La compagnie de gaz nous assure qu'il s'agit d'un incident isolé », répondit Theo en s'efforçant de ne pas faire la grimace : avec une commotion cérébrale, les projecteurs étaient difficiles à supporter.

Un autre reporter n'attendit pas qu'on lui donne la parole. « Mais le FBI était déjà sur place quand ça a sauté. Pourquoi ?

– On nous a informés qu'un employé du câble avait peut-être sectionné une conduite de gaz. Nous tenions à prendre toutes les précautions.

– Mais l'unité SWAT ? Et ça… » Le journaliste montra du doigt le bras en écharpe de Theo.

« J'ai eu beaucoup de chance.

– Est-ce qu'il y a eu d'autres blessés ? Y avait-il quelqu'un dans la maison ? »

Une image du démarcheur lui revint aussitôt en tête. « L'enquête suit son cours, je ne peux pas encore vous répondre là-dessus », dit-il en tâchant de chasser l'émotion de sa voix. Puis il se dépêcha d'enchaîner avant que quelqu'un d'autre puisse lui lancer une nouvelle question. « Mesdames, messieurs, merci beaucoup. Je regrette que nous ne puissions pas vous en dire plus pour l'instant. Dès que j'aurai du nouveau, vous serez informés. » Il tourna les talons et se baissa pour passer sous le ruban.

« Agent Baldwin ? »

Une journaliste se tenait à l'écart. Ses confrères étaient déjà en train de regagner leurs véhicules. Theo s'approcha d'un air détaché, en essayant de ne pas attirer l'attention. Il la reconnut pour l'avoir vue sur CNB. Vanessa Perez. Il l'avait toujours considérée comme une professionnelle qui délivrait les nouvelles avec intégrité, et non comme quelqu'un qui voulait juste se montrer à la télé.

« Une fuite de gaz ? » dit-elle.

Theo resta muet, l'expression neutre.

« Une fuite de gaz, répéta-t-elle en hochant la tête. Tout à fait. Mais. » Elle lui tendit une carte de visite entre son index et son majeur. « En cas de changement. »

Toujours impassible, Theo empocha la carte sans un mot et s'éloigna.

« Liu veut vous parler, lui dit l'agent Rousseau en le voyant revenir.

– Je vais peut-être me faire virer pour la deuxième fois de la journée », souffla-t-il en cherchant sa chef des yeux. La voyant seule et au téléphone un peu plus loin, il s'engagea dans cette direction tout en consultant son propre téléphone. Heureusement que le capitaine des pompiers leur avait appris que la maison était vide avant que Liu n'appelle Washington et que Theo n'annonce par SMS à sa tante Jo que la famille était morte. Des fausses nouvelles pareilles pouvaient avoir des effets catastrophiques. Il n'avait pas de nouveau message de Jo, et il ouvrit la conversation pour s'assurer que ses propres SMS étaient tous partis. Il n'avait pas le choix, il ne lui restait plus qu'à attendre. Elle devait être occupée à préparer l'attaque au gaz, comprit-il en frémissant.

La situation qu'il vivait était déjà bien assez surréaliste. Mais pendant ce temps-là, sa tante affrontait un traumatisme d'une tout autre envergure. Jo était navigante depuis une éternité et, connaissant toutes les anecdotes qu'elle avait racontées au fil des années, il savait qu'elle en avait vu des vertes et des pas mûres. Mais ça ? C'était inédit.

Alors qu'il avait six ans, sa mère les avait mis dans la voiture un soir, ses deux petites sœurs et lui, et avait fui leur père et le seul foyer qu'ils aient jamais connu. Il n'avait pas compris ce qui se passait, mais quelque chose lui disait qu'ils ne reviendraient jamais. À ce jour, il n'avait toujours pas remis les pieds au Texas. Cette nuit-là, sa mère avait roulé toute la nuit, jusqu'en Californie, où vivait son unique sœur : la tante Jo. Celle-ci était enceinte de Wade, à l'époque ; Devon était venu au monde deux ans plus tard. À ce moment-là, Theo, sa mère et ses sœurs habitaient à quatre maisons de chez Jo. Son nouvel univers se composait de deux portes arrière jamais fermées, laissant continuellement passer du monde. Il était l'aîné des cinq cousins, et, n'ayant pas de figure paternelle dans sa vie, il avait endossé ce rôle. Même l'oncle Mike, le mari de Jo, semblait le considérer comme un de ses pairs, et non comme un enfant.

Tous les soirs, la cuisine d'une des deux maisons s'emplissait des bruits d'une famille ; un plat chaud crépitant sur la gazinière, une canette de soda qu'on ouvre avec la permission d'une maman, le récit d'une aventure vécue à l'école ou au travail pendant la journée. Les meilleures histoires étaient toujours celles de Jo. C'était une conteuse-née, qui savait à merveille dépeindre une scène. Ses récits commençaient comme si de rien n'était, et deux minutes plus tard des fourchetées de spaghettis restaient suspendues en l'air devant des petites bouches fascinées.

Theo avait hâte qu'ils puissent tous les deux narrer cette journée-ci à la famille. Elle serait racontée jusqu'à plus soif, jusqu'à la fin de leurs jours. Ils en arriveraient à un point où ça deviendrait un numéro bien rodé, chacun d'eux apportant son point de vue à mesure que le drame se déroulait. Légendaire !

Il hocha la tête pour lui-même afin de confirmer cet avenir heureux.

« Theo ! »

Un agent vint en courant l'informer que le LAPD, la police de Los Angeles, avait repéré le SUV des Hoffman dans un centre commercial désaffecté, non loin de là.

Theo brandit le poing de son bras indemne. « Je vais chercher Liu. »

Placée dos à lui, elle ne l'avait pas vu arriver. Il n'allait pas attendre qu'elle ait terminé son coup de fil pour lui annoncer la bonne nouvelle. C'était trop important : dans un cas pareil, elle voulait certainement être interrompue. Arrivé près d'elle, il entendit sa conversation.

« Oui, monsieur. Je comprends et je suis d'accord. Mais il s'agit de Washington D.C. Potentiellement, de la Maison Blanche. Il en va de la sécurité du président des États-Unis. Je pense que nous devrions commencer à réfléchir très sérieusement au protocole secondaire. »

Theo s'arrêta net.

Dans une telle situation, il n'y avait qu'un plan de secours, un seul protocole secondaire.

Si le FBI ne sauvait pas la famille, ils allaient abattre l'avion.

15.

Les pieds de Ben soulevaient une poussière brune qui restait accrochée dans l'air épais du milieu de l'été. Il essuya son front en sueur sur sa manche, ébloui par le soleil, courant le plus vite possible. Ses corvées lui avaient pris plus longtemps que prévu : il n'avait même pas eu le temps de dîner et son estomac gargouillait, mais il s'en fichait. Il était en retard. Il espérait juste qu'il n'arriverait pas trop tard.

Presque toutes les boutiques devant lesquelles il passait avaient fermé en avance. Les logements au-dessus étaient sombres également. Comme il n'y avait pas de voitures, il courait au milieu de la rue. Personne dehors non plus. Presque tout le monde, dans leur village du nord-est de la Syrie, était déjà au café. Ben accéléra encore.

En passant le coin, il vit les lumières du café qui se déversaient dans le crépuscule, tout comme les clients qui n'avaient pas trouvé de place à l'intérieur. Le local était bondé, et la foule bavardait avec animation. L'impatience était palpable, comme toujours les rares fois où il se passait quelque chose de nouveau dans un endroit si petit.

Ben entra en jouant des coudes pour se frayer un chemin dans la foule. Une tape derrière la tête reçue de sa tante Sarya ne le ralentit même pas. Sur le côté, un ventilateur de plafond solitaire brassait lentement l'air chaud – et, au fond, Sam bloquait la vue sur la télé, les bras en croix, les doigts largement écartés. Avec toute l'énergie que pouvait rassembler un garçon de neuf ans, il suppliait le barbier du village d'attendre que Ben soit arrivé. Quelqu'un lui jeta une noix de cajou à la figure. Cela fit rire tout le monde, y compris Sam lui-même, qui la ramassa. Il allait la renvoyer dans la foule lorsqu'il vit Ben. Bondissant de joie, il déclara que ça y était, ils pouvaient commencer. Il fut salué par une pluie de noix de cajou.

Les bavardages se turent lorsque le barbier glissa la VHS dans le magnétoscope. Sam et Ben s'assirent en tailleur par terre avec les autres enfants. Ils n'échangèrent pas un mot et restèrent simplement la bouche ouverte le temps que Ben retrouve son souffle.

Quelqu'un éteignit la lumière, et la lueur de la télé devint le seul éclairage dans presque tout le village. Des mots en anglais que personne ne comprenait emplirent le café tandis qu'une musique percussive des années 1980, étrangère à leurs oreilles, résonnait. Puis ces deux mots apparurent :

TOP GUN.

L'assemblée lança des acclamations.

Pendant les deux heures qui suivirent, personne ne bougea. Ils étaient fascinés par le monde étrange qu'ils voyaient à l'écran. Des palmiers et du soleil. Des motos et de belles femmes blondes. Des hommes en uniforme. Des lunettes Aviator et du volley-ball.

Des avions.

À la fin, les gens se dispersèrent en bavardant de plus belle, commentant le film avec ardeur. Ils s'en allèrent au restaurant, ou chez eux, en se lançant dans des discussions qui dureraient tard dans la nuit.

Sam et Ben, eux, restèrent pétrifiés sur place, les yeux encore rivés à l'écran alors que tout le monde se levait autour d'eux. Ils attendirent la toute fin du générique pour se tourner l'un vers l'autre.

Ils échangèrent un regard que ni l'un ni l'autre ne comprit vraiment sur le moment. Quelques heures plus tard, quand le soleil se lèverait et que le projet entier se déploierait devant eux, ils comprendraient. Dès le lendemain matin, ils auraient tout prévu.

Ils commenceraient par économiser. Ils apprendraient l'anglais. Ils iraient en Amérique. Et ils deviendraient pilotes. Ils ne savaient pas du tout comment, mais ça n'avait pas d'importance. Ils trouveraient. Ils avaient la certitude absolue que c'était leur destin. D'aller en Amérique. De mener une vie confortable, sans souci, heureuse. De jouer sur les plages de Californie et de sortir avec des femmes superbes. De piloter des avions.

Mais au moment où le cafetier les mit dehors, ils ne savaient encore rien de tout cela.

Ils savaient seulement que tout avait changé.

« Coastal 416, passez à Mach sept-cinq pour espacement. »

Quelque part, dans un centre de contrôle à des kilomètres en dessous du vol 416, un contrôleur aérien regardait un point avancer sur son écran radar. Il parlait sur un ton détendu, comme s'il s'agissait d'une indication banale en un jour banal.

Ben passa le revolver dans sa main gauche pour attraper son micro de la droite.

« Reçu. On ralentit à Mach sept-cinq, Coastal 416 », dit-il d'une voix aussi calme et posée que celle du contrôleur. Puis il s'adressa à Bill. « Je dois reconnaître une chose aux contrôleurs : ils méritent un Oscar pour leur numéro. Je veux dire, si tu as envoyé le FBI chez toi, la FAA sait forcément ce qui se passe. » En riant, il dit à Bill de débrancher le casque audio de l'ordinateur et de retirer le filtre de confidentialité, une fois qu'il aurait fini de régler la vitesse de l'avion.

Bill avait entendu le contrôleur, mais ce n'était que du bruit. Ben parlait, lui aussi, mais ses paroles n'avaient pas davantage de sens. Ce n'étaient que des sons indistincts qui rebondissaient dans le cockpit. Bill ne savait plus rien. Il n'y avait plus que le canon de cette arme. Il ne bougea pas.

Avec une grimace d'impatience, Ben se pencha en avant. Il tourna une molette dans le sens contraire aux aiguilles d'une montre, et les chiffres jaunes commencèrent à descendre. Lorsque l'indication donnée par le contrôleur fut atteinte, il tira sur la molette et l'ordinateur de bord se chargea d'atteindre la bonne vitesse. « Parle avec le sol ! Pilote l'avion ! Crashe l'avion ! Il faut vraiment que je fasse tout, ici ? C'est toi qui es censé assurer ce trajet, tu sais. »

Bill fixait toujours le revolver. Il revit en un éclair le moment, quelques heures plus tôt, où il avait franchi – survolé, plutôt – les contrôles de sécurité à l'aéroport. Ben était tombé sur la même agente peu après lui. Cela dit, le fait que le copilote ait abusé du système était le dernier de ses soucis, en ce moment.

Il tourna les yeux vers son ordinateur.

L'expression de Carrie avait quelque chose d'apathique, ce qui était aussi nouveau qu'étrange. Elle semblait contempler quelque chose qui n'était pas là, l'esprit dispersé, indéfini. Soupirant comme si tout était terminé, elle regarda droit dans les yeux de Bill. Il sentit sa nuque se hérisser.

Quelque chose avait changé en elle.

Il détacha le filtre de confidentialité et le jeta avec ses oreillettes sur sa sacoche. Les gémissements d'Elise emplirent le cockpit.

« Vous vous êtes connus comment, tous les deux ? » demanda Carrie à Sam.

Son ton de voix était trop familier, et Bill fut soudain très mal à l'aise de ne pas savoir ce qui s'était passé quand il avait perdu le contact avec eux. Son instinct de mâle protecteur, nourri par la jalousie et la possessivité, passa à la vitesse supérieure. C'était une réaction animale, et non rationnelle, mais qui lui fit reprendre ses esprits.

Il regarda Carrie et Scott lever les yeux vers quelque chose devant eux, puis les baisser à nouveau quelques instants plus tard.

« Bendo est mon frère, dit Sam. Ou tout comme. » Pointant le doigt vers la caméra, il ajouta quelque chose dans une langue que ni Carrie ni Bill ne comprenaient. Cela fit rire Ben, qui répondit dans le même idiome étranger. La chaleur de leurs retrouvailles avait quelque chose d'injuste, comme un lâcher de confettis sur l'équipe perdante.

« Il est le mien aussi », commenta Bill d'une voix tremblante. Il regarda l'insigne ailé sur la chemise du copilote et pointa le doigt vers l'arrière. « Ces gens ont embarqué dans cet avion avec confiance. Ils ont déposé leur vie entre nos mains. Notre devoir est de respecter cette responsabilité. »

Sam voulut répliquer, mais Ben l'arrêta d'un geste.

« Pourquoi ? poursuivit Bill en élevant la voix. Pourquoi ne pas simplement me buter et crasher l'avion ? Si c'est ça que vous vouliez, ce n'était pas la peine d'y mêler ma famille.

– Ce n'est pas ce que nous voulions, dit Ben.

– Mais alors, quoi ? Je ne comprends pas ce que vous voulez. Je ne comprends pas pourquoi vous faites ça. »

Ben regarda à travers le pare-brise en ruminant la question. Sa main qui tenait le revolver s'abaissa légèrement.

« Là d'où nous venons, notre peuple a une expression : "Aucun ami sauf les montagnes." Ça veut dire que notre destin, c'est la trahison et l'abandon. Que nous n'avons que notre peuple. À part ça, tout le monde s'en fout. On ne peut compter que sur nous-mêmes. »

Ben tourna la tête vers Sam, les yeux embués au-dessus d'un sourire mélancolique.

« Nous avons essayé de ne pas y croire, poursuivit-il. Nous avons tellement voulu croire que les choses pouvaient se passer autrement, qu'elles *allaient* se passer autrement. Nous avons cru à l'espoir. Au rêve américain. La liberté, l'espoir, la légitimité... c'est tout ce qu'on voulait. Pour nous et pour nos familles. Et dis-moi... quel mal y a-t-il à ça ? À vouloir ce mode de vie ? Pourquoi est-ce qu'on n'aurait pas droit à ce genre de dignité ? Pourquoi est-ce que *nous*, on ne la mériterait pas ? Nous avons joué le jeu, votre jeu. Nous avons fait ce que vous vouliez, été tout ce que vous vouliez qu'on soit. Et vous nous avez lâchés ! Tu me demandes comment je peux trahir cette profession – et vous, alors, comment avez-vous pu trahir des millions de gens qui n'aspiraient qu'à une vie décente ? »

Bill se creusa la tête pour trouver une bonne réponse, en vain. Il ne saisissait pas bien de quoi parlait Ben. Il finit par demander : « Quel rapport avec ma famille ou avec les passagers de cet avion ? »

Ben ouvrit largement les bras et rit.

« Continue, va. Continue de réagir exactement comme on l'avait prévu. Car c'est exactement ça ! C'est exactement pour ça qu'on le fait ! Vous autres, vous ne vous sentez jamais concernés par rien. Il se passe des choses partout dans le monde. Et vous, vous continuez tranquillement. Parce que ça n'a rien à voir avec vous. Vous ne vous mêlez de rien tant que vous n'y êtes pas forcés. Alors ? » Il eut un grand geste englobant le cockpit. « Alors voilà. Tu es enfin forcé à regarder la vérité en face.

– Mais quelle vérité ?

– La vérité selon laquelle la bonté de chacun ne dépend que de ce que le monde lui permet. Tu n'es pas fondamentalement bon, ni moi fondamentalement mauvais. On ne fait que jouer les cartes que la vie nous distribue. Alors le fait de te mettre dans cette position, de te distribuer ces cartes – que va faire un type bien, maintenant ? L'important, ce n'est pas le crash, Bill. C'est le choix. C'est de montrer aux gentils qu'ils ne sont pas différents des méchants. » Son regard se porta vers Carrie. « Vous, vous avez toujours eu le luxe de choisir le bien. »

Bill rougit. Il ne comprenait pas tout ce que racontait Ben, mais il reconnaissait la douleur qu'il voyait brûler dans ses yeux. C'était la même rage qui le consumait chaque fois qu'il regardait sa famille captive, impuissante.

« Mais ces gens qui n'ont pas de choix, alors ? demanda-t-il. Les passagers de cet avion, les civils à Washington ? En quoi la mort de ces innocents pourrait-elle vous donner raison ?

– Et les morts innocents de mon peuple, alors ? rétorqua sèchement Ben. Pourquoi est-ce que leurs vies valent moins, pourquoi leur mort est-elle moins tragique ? Tout le monde se fout qu'ils meurent dans d'atroces souffrances. Il est temps que vous connaissiez la même fin absurde, vous autres. Je veux voir l'Amérique pleurer ses morts comme nous avons pleuré les nôtres toute notre vie.

– Œil pour œil, ce n'est pas la justice.

– L'inaction non plus, ce n'est pas la justice. Rien ne changera si on ne fait rien.

– Mais rien ne changera non plus si vous faites ça. L'Amérique ne pliera pas devant un terroriste qui a décidé de jouer les justiciers.

– On n'a jamais voulu vous faire plier ! On veut juste être vus ! »

Ben resta haletant dans le silence qui suivit son éclat. Le revolver tremblait dans sa main. Bill pivota vers l'avant sur son siège. Ben détourna la tête pour regarder à l'extérieur. Tristes tentatives de désescalade physique dans l'espace exigu.

Bill, vaincu, laissa retomber ses bras le long de son corps. Il ne savait pas quoi faire. Il ne voyait aucun espoir. Il gardait les yeux fixés sur sa famille, qu'il extrayait mentalement de cette folie, essayant de se rappeler combien leur vie était encore simple ne fût-ce que la veille au soir.

Bill avait fait griller des hamburgers. Ils avaient dîné avec la télé en sourdine, pour voir le match. À un moment, Scott avait renversé son verre de lait. Elise avait pleuré, si bien que

Carrie avait mangé ses frites de patate douce debout, en la faisant sauter sur son bras jusqu'à ce qu'elle soit calmée. Bill se souvenait d'avoir pensé qu'il faudrait sortir la poubelle au moment où il avait jeté l'essuie-tout trempé de lait. Il avait oublié de le faire avant de partir ce matin.

Un bip-bip lointain résonnait dans son oreillette. Bill le remarqua à peine, perdu dans ses heureux souvenirs d'une vie normale. Mais le petit bruit irrégulier finit par l'arracher à sa rêverie. Tout à coup, il se redressa et tendit l'oreille, en essayant de ne pas respirer.

Mais il n'y avait plus que le silence. Son imagination lui jouait des tours.

Il tourna les yeux vers Ben, qui ne semblait pas avoir entendu quoi que ce soit d'inhabituel. S'il y avait bien eu un bruit, il était passé par la fréquence de secours, audible uniquement dans le casque de Bill. Ben, de toute manière, était noyé dans ses pensées. Il examinait son arme, en passant le pouce sur la crosse.

Soudain, cela recommença. Les yeux de Bill s'agrandirent. Il y avait bien un bruit.

Ce n'était pas son imagination. Quelqu'un l'avait entendu et lui répondait.

16.

« Prêt ? » demanda Jo.

Big Daddy flanqua sur le comptoir du galley un sac presque vide d'écouteurs Coastal Airways bas de gamme en plastique.

« Prêt.

– Tous les passagers ?

– Jusqu'au dernier.

– Et tu leur as tous fait allumer leur télé ? Sur la chaîne d'info ?

– Oui, maman.

– Ça s'est bien passé ? Ils ont été réceptifs ? »

Daddy lui fit les gros yeux.

Kellie, arrivant à ce moment-là, passa entre eux et jeta son sac presque vide sur le premier.

« Oh là là, ils ne nous aiment pas *du tout*, ces gens-là. La vache, ils sont furax ! »

Daddy acquiesça. « Il a intérêt à finir ce qu'il fait, et fissa, parce que ça devient urgent de leur donner des infos, là. »

Tous trois tournèrent la tête vers Rick Ryan, qui continuait de pianoter sur son téléphone.

« Dès qu'il aura fini – et merci, monsieur Ryan, pour votre aide –, on y va, dit Jo. En attendant, parlons des cas particuliers. » Elle tendit la liste des passagers à Daddy, et Kellie regarda par-dessus son épaule. « Par miracle, on n'en a pas trop. Deux nourrissons et un fauteuil roulant. Heureusement, aucun mineur non accompagné. Mais il y a un non-anglophone, siège 18 D. Nom de famille Gonzales, donc hispanophone, j'imagine ? Vous parlez espagnol, l'un ou l'autre ? »

Kellie fit non de la tête.

« *Un poquito*, lâcha Daddy en étudiant la liste. Ça va être sympa, le briefing.

– Kellie, pendant que Daddy fait son brief, prépare ton galley. Il faut le mettre en mode approche finale tout de suite. Plus tard, il n'y aura pas le temps. »

La jeune hôtesse hocha le menton.

« Une petite minute, dit Rick Ryan. J'ai presque fini. »

L'équipage attendit. Chacun avait mille choses à faire pour préparer les passagers, mais ce n'était pas encore possible. *Hâte-toi d'attendre*. Même en pleine crise, la devise officieuse de l'aviation civile gardait toute sa vérité.

Daddy brisa le silence. « Tu te rappelles, Jo, à l'époque, ce qu'on nous apprenait à faire en cas de détournement ? »

Jo sourit. C'était tellement dépassé ! « Parler aux pirates de l'air. Faire appel à leurs émotions. Les traiter comme des égaux. Leur donner ce qu'ils veulent. Bref, faire tout ce qu'il faut pour que l'avion se pose sans dommage. »

À l'époque, la tactique consistait à susciter l'empathie des terroristes. La compagnie avait donc ordonné aux PNC d'avoir toujours sur eux des photos de leur famille ou de leurs enfants.

Jo avait les photos des garçons bébés dans l'étui de son badge, et elle se rappelait que Big Daddy avait une photo de son chat. Il lui avait dit qu'il comptait se servir de son minou pour détourner l'attention d'éventuels terroristes.

« Et puis il y a eu le 11-Septembre, enchaîna-t-il. Et tout a changé. » Il s'adossa contre le strapontin de Jo. Le cockpit était juste là, à côté. Il passa rêveusement le dos de la main sur la porte. « Avant, on avait de quoi travailler, tu vois ce que je veux dire ? Les méchants avaient un sens, le monde avait un sens. Il y avait des motifs et des revendications. Alors que maintenant... » Il secoua la tête.

« Cool, cool, cool, dit soudain Rick Ryan, brisant le charme. C'est bon, c'est fait. D'ici deux minutes à mon avis, c'est à vous. »

Jo s'empressa d'écrire à son neveu.

La poche de Theo se mit à vibrer. Il fouilla sous sa ceinture de sécurité pour attraper son téléphone. En ouvrant le message, il sentit qu'il affichait une mine perplexe.

« Quoi ? fit aussitôt Liu.

– Elle dit : “Regardez les infos.” »

Liu afficha le site de CNB sur sa tablette. En attendant que ça charge, elle se pencha par-dessus la séparation entre l'arrière et l'avant du véhicule. « C'est à combien de temps encore ?

– Environ six minutes », répondit le chauffeur.

Du rouge envahit l'écran de sa tablette. « Qu'est-ce qui se passe ? » marmonna-t-elle pour elle-même.

La chaîne était en plein scoop, avec des titres en capitales énormes exigeant l'attention du monde. Les yeux du présentateur passaient rapidement de ses notes à la caméra, l'info allant bien trop vite pour un téléprompteur. Liu monta le volume.

« … les informations nous arrivent au moment où nous vous parlons. La seule certitude pour l'instant est qu'une forme de détournement ou d'attentat est en cours à bord d'un vol Los Angeles-New York sur la compagnie Coastal Airways. Parmi les passagers figure Rick Ryan, personnalité bien connue des réseaux sociaux, qui a alerté les médias sur une annonce qui semble se préparer. Nous attendons… »

Un encadré s'afficha à l'écran :

> @RickRyanyaboi
> DÉTOURNEMENT DU VOL 416. VIDÉO LIVE DE L'ÉQUIPAGE DANS QUELQUES SECONDES. PRIEZ POUR NOUS !!!

Toutes les grandes chaînes d'info, le FBI, la Sécurité du territoire et même la Maison Blanche étaient tagués, et le tweet avait été partagé douze mille fois en moins de trois minutes.

« … l'appareil est un Airbus A320 qui peut transporter jusqu'à cent cinquante passagers, plus un équipage composé de trois… » Le présentateur posa les doigts sur son oreillette. « Ah, on me dit que nous avons une vidéo en direct de l'avion. On regarde tout de suite. »

Le studio disparut, remplacé par des images sautillantes de l'intérieur d'un avion. Le visage d'une femme d'âge moyen en uniforme d'hôtesse vint emplir l'écran.

Theo faillit pousser un cri. *Tante Jo !*

« Mesdames, messieurs, dit-elle, la voix entrecoupée par la mauvaise liaison vidéo. À l'heure qu'il est, vous savez que nous affrontons une situation de crise. »

Liu tourna les yeux vers Theo et demanda, avec une sincérité absolue : « Elle est complètement cinglée, votre tante ? »

Jo regardait droit dans le petit objectif au dos du téléphone de Kellie. La jeune femme, debout devant elle, se concentrait intensément sur l'écran, levant ou abaissant de temps en temps la main pour garder Jo au centre du cadre.

« Je sais que le monde entier nous regarde, mais ce n'est pas au monde que je m'adresse. Je vous parle à vous, les passagers du vol 416. Je sais que vous êtes angoissés et en colère. Je le serais aussi à votre place. Mais, de là où je me trouve, les choses apparaissent un peu différemment. Mesdames, messieurs, vous devez savoir ce qui se passe. Vous méritez d'en savoir autant que l'équipage. »

Les moteurs bourdonnaient. C'était le seul bruit dans la cabine. Tous les passagers étaient munis d'un casque audio, le leur ou celui de la compagnie. Tous regardaient les nouvelles avec la plus grande attention.

« Je ne vais pas y aller par quatre chemins. La femme et les enfants de notre commandant de bord ont été enlevés. Sa femme, leur fils de dix ans et leur fille de dix mois sont retenus en otage au sol, à Los Angeles, en ce moment même. Leur ravisseur dit qu'il a l'intention de les tuer… à moins que le commandant n'écrase l'avion. »

Une femme en première classe poussa une exclamation assez forte pour faire sursauter Kellie. Daddy, bras croisés, observait les passagers. Il prenait le pouls de la cabine en même temps que Jo parlait, guettant le moindre indice de la présence d'un complice parmi eux : un comportement agité, des regards nerveux, n'importe quoi. Il encouragea Jo d'un coup de menton.

« Cela va faire vingt ans que je vole avec le commandant Hoffman. Je connais cet homme. Je le *connais.* Il n'y a pas une chance, pas la moindre possibilité, qu'il écrase cet avion au sol. Absolument pas. Et c'est tout ce que je dirai là-dessus, car il n'y a rien d'autre à dire.

« Mais avant de continuer, je veux m'adresser à *vous*, ajouta Jo avec un rictus mauvais. Vous, espèce de pervers dégueulasse, où que vous soyez. Vous croyez pouvoir vous en tirer ? Vous n'imaginez pas les forces qui vous traquent en ce moment même. Ils vont vous trouver, ça je vous le garantis. Et je vais vous promettre autre chose, aussi. » Elle rajusta son foulard. « Cette famille que vous séquestrez ? Elle restera en vie. Et cet avion ? Il ne va *pas* s'écraser. »

Kellie se tint un peu plus droite. Daddy serra les dents et se carra sur ses pieds.

« Alors maintenant, parlons des masques. Pourquoi les avons-nous libérés ? Pour pouvoir nous protéger. Oui, messieurs-dames. Car ce fou nous implique aussi, *nous*, dans son plan tordu. »

Jo sentit son rythme cardiaque augmenter comme quand on a un aveu à faire. Quand on a peur et qu'on veut fuir ou renoncer, mais qu'on sait qu'on ne peut pas.

« Avant l'atterrissage, il va obliger le commandant à diffuser un gaz dans la cabine, depuis le cockpit. Quel gaz ? Ça, on n'en sait rien. Mais nous allons supposer que c'est plutôt vilain, et nous allons nous *préparer* à quelque chose de vilain. Disons que même si on ne sait pas ce que c'est, on sait qu'on ne veut pas le respirer. C'est là que les masques interviennent. Le personnel de bord va vous briefer et vous préparer à ce qui nous attend. Mais je vais vous dire maintenant ce que vous devez savoir avant tout, ce que vous devez garder en tête depuis cet instant-ci jusqu'au moment où nous nous poserons à New York. »

Elle fit un pas en avant.

« Nous allons nous en sortir. Nous allons coopérer. Nous allons nous protéger les uns les autres. Et ensemble – en tant que passagers, personnel de cabine et pilotes de ce vol – nous montrerons à ce monstre que nous ne nous laissons pas tyranniser, menacer ni abattre. »

Jo marqua une pause. Elle ignorait totalement d'où elle avait sorti tout cela. Elle avait défini une intention, ouvert la bouche, et les mots avaient coulé tout seuls. Elle réfléchit à cent à l'heure. Avait-elle oublié quelque chose ? Elle n'était même pas bien sûre de ce qu'elle venait de dire.

« Quand j'étais petite, mon père me disait toujours : "En selle, ma fille, et n'oublie pas tes éperons." Messieurs-dames, nous n'avons qu'une possibilité. Cette possibilité, c'est de faire confiance et de rester unis. C'est un honneur d'être ici avec vous, et un privilège de vous servir. Alors en selle, et n'oubliez pas vos éperons : c'est parti. »

Kellie appuya sur le bouton rouge. Avec un petit bip, l'enregistrement s'arrêta.

Theo regarda Liu reposer la tablette sur ses genoux. Derrière la fenêtre, le paysage défilait à grande vitesse.

« Déshumaniser l'agresseur, dit-elle. Dépeindre le commandant de bord comme une victime *et* un héros. Unifier les gens contre un ennemi commun, ce qui détourne leur attention de leur fin potentielle. Réveiller leur esprit guerrier pour les faire passer à l'action. » Elle se tourna vers Theo. « Ce besoin de mépriser l'autorité et de pisser sur le protocole, c'est de famille, chez vous ? »

Theo bomba le torse, envahi par une bouffée de fierté qui lui picota les joues.

« Oui ! répondit-il, incapable de cacher un petit sourire.

– Elle n'a pas... Attendez, elle a parlé de Washington ?

– Non », dit un autre agent.

Liu secoua la tête.

Même à plus de mille cinq cents kilomètres de distance, tante Jo arrivait à l'énerver. Theo jubilait.

« Madame ? On y est », annonça le chauffeur en s'engageant dans un centre commercial abandonné. Autour d'une place centrale, les rideaux de fer étaient baissés et les enseignes décolorées. Le parking était semé de petites jardinières envahies par les herbes folles et d'arbrisseaux desséchés. Une berline couleur bordeaux avec deux pneus à plat et le pare-brise couvert d'une épaisse couche de poussière semblait attendre la fin du monde.

Le seul autre signe de vie se trouvait à l'autre bout du parking. Sous un lampadaire qui n'éclairait plus, plongé dans la pénombre, un gros SUV gris métallisé était stationné à cheval sur deux places. Il était tellement neuf qu'il sautait aux yeux. Les journées de fin d'automne étant courtes, la nuit était déjà tombée. Pourtant, un pare-soleil empêchait de voir à l'intérieur depuis le véhicule de l'unité Alpha.

« Garez-vous derrière ça », dit Liu en indiquant un grand bac qui contenait un arbre de bonne taille.

Le véhicule ralentit et s'arrêta avec un léger balancement.

« Allez, espèce de malade, dit Liu. On essaie encore. »

17.

Carrie regardait une goutte de sueur glisser le long de la joue de Sam. La goutte resta suspendue sous son menton avant de tomber sur sa manche en laissant une tache sombre sur l'uniforme CalCom gris.

Il faisait chaud dans cet espace étroit. Le tee-shirt de Carrie était trempé là où Elise était appuyée contre elle. Les cheveux de Scott collaient à son front brillant.

Sam posa le téléphone pour essayer de défaire le bouton de sa manche de chemise. Le fait de devoir tenir le détonateur le gênait dans ce geste simple, et Carrie sentait son agacement monter avec la chaleur. Mais ses doigts glissaient en vain sur le petit bouton en plastique.

Carrie voulut prendre sa main. Il la retira. La caméra du téléphone, dirigée vers le plafond, ne révélait rien aux personnes présentes dans le cockpit, et ils se retrouvaient momentanément comme seuls tous les deux. Lui : sur ses gardes, sur la défensive. Elle : calme, proposant son aide. Il eut une grimace sceptique, mais elle ne broncha pas. Elle ne sourit pas, ne parla pas ; elle ne fit rien pour tenter de prouver qu'il ne s'agissait pas d'une ruse. Elle tendit simplement ses deux mains.

Lentement, il avança son bras, qu'elle prit entre ses mains liées. Elle aussi était gênée dans ses mouvements, mais elle y arrivait tout de même mieux. Le bouton fut libéré et le poignet se desserra.

Elle roula la manche sur le bras, pliant le tissu et le tendant à mesure. Un geste aussi naturel et machinal pour elle que nouer une couche sale ou rajuster une cravate. Malgré l'obscurité ambiante, elle crut distinguer une mince cicatrice verticale à l'intérieur de l'avant-bras. Il se dégagea précipitamment, ce que Carrie prit comme une confirmation.

« Moi aussi, j'ai perdu mon père très jeune, dit-elle. Dans un accident de voiture. Un chauffard ivre. C'était lui, le chauffard ivre. » Elle marqua une pause et ajouta : « C'était toujours lui, l'ivrogne de service. »

Elle se remit à rouler et plier le tissu comme si c'était tout ce qu'il y avait à en dire. Et c'était le cas.

Dans son cercle d'amies, elle était celle à qui on demandait toujours conseil. Oui, elle était perspicace et attentive – mais elle avait aussi une capacité innée à creuser sous la surface et à mettre le doigt sur le *vrai* problème sous-jacent, plutôt que la cause immédiate de la contrariété. Au point que ses copines l'appelaient parfois « monsieur Spock ». Carrie pouvait examiner une situation difficile de manière dépassionnée, comme si elle l'étalait sur une table sous une lumière vive, en retirant chirurgicalement les émotions qui embrouillent la logique et la raison. Elle ne faisait pas grand cas de ce don. C'était ainsi que son cerveau et son cœur communiquaient. Mais si elle avait dû deviner pourquoi elle était devenue ainsi, elle aurait supposé que la présence imprévisible et alcoolisée de son père dans une enfance par ailleurs sûre et heureuse était un bon point de départ.

« Dieu merci, il s'est écrasé contre un arbre, dit-elle. Il conduisait à contresens. C'est un miracle qu'il n'ait blessé ou tué personne d'autre. »

Sam inclina la tête en entendant le mot *Dieu*.

« Votre père était croyant ? demanda-t-il.

– Non. Notre famille n'était pas du tout pratiquante. Plutôt du genre à aller à la messe pour Noël et pour Pâques uniquement. Et encore, même celles-là, il avait cessé d'y aller. » Elle fronça les sourcils et regarda Sam, mais ses yeux allèrent plus loin. « À vrai dire, on n'en parlait jamais. De Dieu, je veux dire. Je ne sais pas quelles étaient ses idées là-dessus. »

« Tu devrais m'aider, là, tu sais », dit Carrie.

Bill sourit sans détourner les yeux de la télé. Il zappait de chaîne en chaîne.

« Les bondieuseries, c'est pas mon truc. Je ne saurais même pas par où commencer.

– Et moi, alors ? » Assise en tailleur sur le canapé, elle feuilletait une bible. Leur mariage avait lieu dans une semaine et le pasteur leur avait demandé de choisir au moins deux passages pour la cérémonie.

« Ils n'ont pas un choix de textes standard pour les mariages ?

– Si, bien sûr, mais je veux que le nôtre ait un sens pour nous.

– Deux personnes qui ne mettent jamais les pieds à l'église. » Bill regardait maintenant la rediffusion d'un match de basket. Il indiqua la bible posée sur le genou de sa femme. « Tu l'as trouvée où, d'ailleurs ? »

Carrie sourit. « Dans un carton au fond de mon armoire. Elle date de quand j'étais gosse. Je n'ai jamais eu la version pour adultes. J'aime bien la langue simplifiée de celle-ci. »

Elle consulta l'index en fin d'ouvrage. Trouvant une longue liste sous le mot « amour », elle choisit une référence et retourna à l'Ecclésiaste, tournant les pages en papier fin jusqu'à ce qu'une note manuscrite l'arrête. Le cœur battant plus vite, elle fixa l'écriture si caractéristique de son père. Bill dit quelque chose, mais elle n'écoutait pas. Il enfonça légèrement la télécommande dans sa cuisse pour lui faire relever les yeux. Quand il vit sa tête, son sourire s'envola. Elle lui dit ce qu'elle venait de trouver.

« Ton père ? » Bill se redressa et coupa le son de la télé. « Tu ne m'avais jamais dit qu'il était croyant.

– Il ne l'était pas. Alors pourquoi a-t-il trouvé ma bible et écrit dedans ? Et quand ? »

Bill n'avait pas de réponse à cela. « Comment tu sais que c'est bien lui ?

– Aucun doute. Je reconnaîtrais son écriture n'importe où.

– Bon, et qu'est-ce qu'il a écrit ? »

Carrie s'efforça d'interpréter l'inscription, qu'elle ne comprenait pas. Son père avait encerclé le verset 9 : 3 de l'Ecclésiaste – « C'est un mal, parmi tout ce qui se fait sous le soleil, qu'il y ait un même sort pour tous » – et inscrit à côté un mot unique. Souligné. Tout en majuscules. OUI. Elle tourna la bible vers Bill pour lui montrer.

Il prit le livre et contempla longuement la page avant de le lui rendre. Il semblait aussi perplexe qu'elle.

« Autrement dit… on finit tous par mourir, et ce n'est pas juste ? »

Carrie baissa les yeux vers le fantôme de son père.
« C'est ça. »

Carrie déboutonna l'autre manche de Sam. « Je n'ai pas beaucoup de regrets à propos de mon père. Mais si j'en ai un, c'est de ne lui avoir jamais demandé ce qu'il pensait de Dieu. J'avais toujours supposé qu'il n'en parlait pas parce qu'il s'en fichait. Mais en vieillissant, plus je pense à ses choix de vie, et plus je me demande si en fait il n'avait pas des tas de choses à en dire.

– Vous aviez quel âge quand il est mort ?

– Dix-neuf ans. J'étais en première année de fac. La dernière fois que je l'ai vu, c'était dans la cuisine, chez mes parents. J'étais venue dîner, et j'allais partir. J'avais déjà mon sac à main sur l'épaule, et ma mère et moi étions en train de terminer une conversation quand il est entré dans la pièce pour se reprendre une bière. Il nous a demandé de quoi on parlait. Je lui ai dit que je réfléchissais à la spécialisation que j'allais choisir dans mes études. Il a haussé les épaules et m'a répondu que, quoi que je fasse, il fallait surtout que je choisisse de vivre. »

Sam fronça les sourcils, comme quelqu'un qui ne comprend pas.

« Exactement, dit Carrie. Il me sortait tout le temps ce genre de platitudes. Ça me rendait folle. Donc j'ai levé les yeux au ciel, comme toujours. Mais je n'oublierai jamais, d'autant plus que c'est la dernière chose qu'il m'ait dite : il m'a regardée d'un air... offensé ? Non, pas offensé. Blessé. Il a eu l'air blessé, et il m'a répondu : "Tu n'imagines quand même pas que tout le monde vit réellement ? La plupart des gens se contentent d'exister. Vivre réellement, c'est un choix." »

Carrie finit de rouler la manche. Ses mots firent place à un silence. Son attention se posa sur le détonateur, et une vague de compréhension venue de très loin lui traversa le corps.

Sam ramassa le téléphone, ce qui les ramena à la situation présente. « Je crois que je comprends tout à fait ce que voulait dire votre père. »

Carrie, le regard perdu dans le noir, hocha la tête.

Un bruit résonna au-dehors.

Sam fixa Carrie avec de grands yeux.

Il posa l'index sur sa bouche. Silence.

Son pouce se posa sur le bouton rouge du détonateur. Un rappel de ce qui arriverait si elle n'obéissait pas.

18.

Jo, debout à côté de Kellie derrière le rideau du galley avant, écoutait les bruits de la cabine. Juste après la fin de la transmission vidéo, tous trois avaient retenu leur souffle. Y aurait-il des cris ? Un vent de panique ? Une minute environ s'était écoulée, pratiquement sans aucune réaction.

« Jusque-là, tout va bien, dit Daddy sans quitter les passagers des yeux. Personne n'a diffusé de gaz toxique. Personne ne prétend être un terroriste. Personne n'a même appuyé sur le bouton d'appel. Ça m'étonne. Je pensais que ça risquait… »

Il s'interrompit et partit d'un pas vif.

Jo, écartant le rideau, le suivit en direction d'un homme qui chargeait vers eux. Daddy l'interrompit juste avant qu'il ait atteint la cloison du galley.

« Je veux savoir ce qu'on attend pour enfoncer cette foutue porte ! » dit le passager, assez fort pour être entendu par la moitié de l'avion.

Big Daddy, voyant l'index pointé sous son nez, haussa les sourcils. « Quelle porte ? »

L'homme donna un coup de menton vers le cockpit. « Celle-là.

– Ah. Malheureusement, ça n'arrivera pas, monsieur. »

Le passager souffla en s'empourprant de plus belle. Il avait le genre de physique à avoir le teint naturellement rose, mais son torse en tonneau et sa grosse bedaine montraient clairement que ce n'était pas à force de faire du jogging. Jo devait bien s'avouer qu'il lui faisait un peu peur. Elle connaissait les types comme lui : très gros ego, très courte tolérance.

« Monsieur, dit Daddy, cette porte est fermée par des verrous multiples, tous contrôlés de l'intérieur. Il n'y a pas de clé. Et même si nous pouvions la déverrouiller – ce qui n'est pas possible –, il y a un mécanisme de blocage manuel dans le cockpit. »

L'homme resta bouche bée, comme si l'idée de déverrouiller la porte ne l'avait jamais effleuré. Jo posa une main sur l'épaule de Big Daddy pour lui signifier qu'elle le soutenait et lui rappeler de garder son calme.

« Alors on l'explose ! » brailla l'homme en postillonnant.

Quelques rangées plus loin, quelqu'un poussa un grognement d'approbation. Il y eut plusieurs hochements de têtes.

« Cette porte est blindée, dit Jo fermement, mais sans élever la voix. Renforcée au Kevlar. Conçue pour être impossible à forcer.

– Ça ne les a pas arrêtés le 11-Septembre.

– Elle est comme ça *à cause* du 11-Septembre. Vous croyez que c'est un hasard si personne ne s'est introduit dans un cockpit depuis ? »

L'homme ne répondit rien, se contentant de secouer la tête, les narines dilatées. L'ambiance commençait à changer avec lui, la peur des passagers trouvant un réconfort dans son débordement d'assurance.

« On va y entrer quand même ! » lança une voix de femme. Jo ne vit pas qui.

« Bon, dit-elle. Imaginons que nous arrivions à enfoncer la porte. Ce qui n'est pas possible. Mais imaginons que ça le soit. Qu'est-ce que vous feriez, une fois entrés ? »

L'homme battit des paupières. Il n'avait pas réfléchi à ça non plus.

« On les dézingue !

– Qui ? demanda Big Daddy.

– Les terroristes ! »

Deux ou trois personnes l'acclamèrent.

« Les deux seuls occupants de ce cockpit sont les pilotes aux commandes de cet avion, dit Jo calmement. Ils ont besoin qu'on les laisse piloter. Le terroriste que vous cherchez est au sol, à Los Angeles. Entrer dans le poste de pilotage ne servirait absolument à rien, à part nous mettre encore plus en danger. »

Nul ne répondit rien.

« Croyez-moi, si ces salopards étaient ici, je vous suivrais sans hésiter. Mais vous ne trouverez que des gens qui nous veulent du bien dans cet avion », insista-t-elle. Elle n'osa pas laisser entendre qu'il pouvait en fait y avoir un complice avec eux dans la cabine.

Un passager côté couloir prit la parole. « Mais vous disiez qu'ils allaient nous attaquer avec un gaz toxique ?

– C'est vrai, soupira Jo. Nos pilotes ont un problème, pour lequel ils ont besoin de notre aide. Il y aura bien une attaque au gaz, car sinon une femme et deux enfants innocents mourront. »

Jo laissa cette affirmation faire son effet.

« Les autorités au sol cherchent la famille en ce moment, mais les pilotes doivent donner le change. Bill, notre commandant de bord, compte sur nous pour être prêts. Prêts à nous protéger nous-mêmes. Et nous en sommes capables. C'est *ça*, la bonne manière de se battre, c'est comme ça qu'on peut vaincre les terroristes. En coopérant. En se faisant confiance. En survivant. »

Elle promena son regard sur les passagers. Tous semblaient être en train de réfléchir.

« Il va falloir qu'on se batte, oui. Mais on le fera en ayant assez de force pour *encaisser* le coup, et non le donner. »

Il n'y eut pas de réactions, ce qu'elle interpréta comme un bon signe. L'énervé semblait ne plus bien savoir où aller, dans son raisonnement comme dans l'avion lui-même. Il continua de la fixer, pantelant, mais en silence. Elle songea à ses fils quand ils étaient petits. Ils avaient le même regard quand ils étaient fâchés contre elle. Elle avait vite compris : une lutte de pouvoir ne se terminait jamais bien. Elle avait plutôt appris à négocier l'énervement des garçons. À rediriger leur énergie. Elle les valorisait, les emplissait d'un sentiment d'importance et de devoir à accomplir. En réalité, elle voulait juste leur faire ranger leurs jouets. Mais avec sa tactique, elle obtenait qu'ils le fassent.

Elle s'avança devant Big Daddy pour se placer bien en face du bonhomme.

« Comment vous appelez-vous, monsieur ?

– Dave.

– L'équipage va avoir besoin d'aide, Dave. On peut compter sur vous ? »

Il bomba le torse.

« On va devoir déplacer des gens », continua Jo avant qu'il puisse trop y réfléchir et, franchement, avant d'y avoir beaucoup réfléchi elle-même. Elle ignorait totalement qui était avec eux et qui était contre eux. Elle recrutait des renforts à l'aveugle. « Il y a huit sièges en première classe. Je veux en avoir deux de libres, et les six autres occupés par des personnes volontaires pour m'aider à combattre. Il y a déjà deux hommes jeunes qui, je pense, voudront bien nous prêter main-forte. Avec vous, monsieur (elle sourit à Dave), ça fera trois. Allons en chercher trois autres, et on déplacera les passagers de première. Comme l'attaque viendra de l'avant, il faut mettre…

– Les femmes et les enfants à l'arrière », la coupa Dave.

Une femme assise près d'un hublot pouffa de rire. « C'est pas vrai, on n'est pas sur le *Titanic* ! » Elle se leva, un genou sur son siège, un bras posé sur le dossier devant elle. « Madame, ma femme et moi nous portons volontaires. » Sa femme, assise sur le siège du milieu, hocha solennellement la tête.

Dave souffla avec dédain. « Mesdames, je crois qu'il vaut mieux…

– Je vais reformuler », le coupa la femme. Sur un ton calme, elle expliqua qu'elle avait servi dans les Marines, où elle avait effectué six missions de combat, et qu'elle était désormais dans le corps des pompiers de Los Angeles ; quant à son épouse, elle était secouriste et ceinture noire de jiu-jitsu. Dave ne trouva plus grand-chose à dire.

« Parfait, dit rapidement Jo. Ça fait cinq. Il nous faut un volontaire de plus. »

Le bourdonnement des moteurs devint un rugissement dans le silence. Personne ne bougeait, nul ne disait mot. C'était une tactique de collégien : si vous restez parfaitement immobile, le prof ne vous appelle pas au tableau.

Un cliquetis métallique ; une ceinture de sécurité débouclée. Les têtes se tournèrent dans cette direction. À trois rangées d'eux, côté couloir, sur la droite, un homme se leva.

Autour de lui, les regards s'élevèrent. Et s'élevèrent encore.

« On a le droit de décliner poliment ? » chuchota Big Daddy à Kellie.

L'homme était immense. Plus de deux mètres, sans aucun doute. Plutôt deux mètres cinq ou dix. Il se tourna face à eux et des têtes se reculèrent pour mieux le voir. Les gens avaient l'air incertains. Des cheveux noirs coupés très court, à la tondeuse. Des yeux noirs, ombragés par l'éclairage tamisé, dans un visage pâle et tout en os. Jo comprit immédiatement pourquoi Big Daddy n'avait pas pu le cerner. Il dégageait une aura de mystère intangible, quelque chose d'insaisissable et d'ombrageux.

Les membres d'équipage se regardèrent.

« Je veux bien aider », dit-il d'une voix rocailleuse. Avec un léger accent étranger, impossible à situer. Sur un ton dépourvu d'émotion.

Jo se força à sourire d'un air confiant. « Merci, monsieur. Avec vous, ça fait six. »

19.

Theo regarda l'unité Bravo se garer devant le restau de burritos ouvert vingt-quatre heures sur vingt-quatre qui se trouvait en face du centre commercial, de l'autre côté de la rue. Le véhicule était assez loin de celui des Hoffman, mais avait une vue dégagée dessus. Tout le monde attendit leur rapport.

« Rien », annonça finalement une voix dans les oreillettes. Il n'y avait pas de lumière dans le véhicule et personne n'était visible à l'intérieur. Cependant, les vitres fumées étaient tellement sombres que c'était difficile de se faire une idée précise.

Liu se rongeait un ongle tandis que Theo observait le seul magasin de l'esplanade dont les lumières étaient allumées. Une minute plus tard, une agente en civil en sortit. Sa voix se déversa dans leurs oreilles. « Cette boutique et une autre sont les seules ouvertes de toute la zone, dit-elle. Une seule a des caméras de surveillance, qui ne fonctionnent plus depuis des mois. »

Theo laissa retomber sa tête.

Si la famille n'était pas dans le SUV, il fallait vite passer à autre chose. Le temps leur était compté, et ils le gaspillaient à rester là.

Le suspect avait clairement posé les enjeux avec l'explosion du premier site. Suivre les protocoles du FBI dans ce type de situations était vital pour éviter les mauvaises surprises. L'équipe de déminage devait exécuter un balayage complet avant qu'ils puissent ne serait-ce qu'approcher du véhicule.

Mais les protocoles du FBI ne prenaient pas en compte l'heure d'arrivée de l'avion. À chaque seconde, il se rapprochait de sa destination. Chaque minute comptait. Theo regarda sa montre en même temps que Liu.

Leurs regards se croisèrent. Il sut qu'ils pensaient la même chose.

« COM, combien de temps avant l'arrivée des démineurs ? demanda-t-elle dans sa radio.

– Sept minutes.

– Et une fois qu'ils seront là, combien de temps pour installer le matos, examiner le véhicule et donner leur feu vert ?

– Une demi-heure, je dirais. »

Theo et elle se regardèrent de nouveau.

« Combien de temps avant l'atterrissage ? » lui demanda-t-elle.

Il consulta une nouvelle fois sa montre. « Environ une heure vingt. Mais le pilote va gazer la cabine avant. »

Liu parut mesurer ce qu'il venait de dire, les yeux rivés sur le SUV des Hoffman. Elle recracha la rognure d'un ongle et passa au doigt suivant.

« Et si on attend le feu vert, tout ça pour découvrir qu'ils ne sont pas dans la voiture ? demanda Theo. Il faudra encore les trouver. » Il n'avait pas besoin d'ajouter qu'ils n'auraient jamais le temps.

Il savait qu'il avait raison. Il savait que les agents le savaient. Et que Liu le savait.

Elle s'empara d'un casque.

« Personne ne me suit tant que je ne donne pas le signal, compris ? dit-elle en bouclant la mentonnière. Je veux qu'il soit noté officiellement que j'ai pris cette décision seule et que j'endosse la pleine et entière responsabilité de ce qui peut arriver. »

Theo sentit la peur monter en lui. C'était une chose d'être imprudent avec sa vie à lui. Là, il s'agissait de celle de quelqu'un d'autre. Il revit le démarcheur hochant la tête, confiant.

Depuis l'explosion, une douleur atroce irradiait de son bras gauche blessé et parcourait son corps entier presque sans interruption. Il parvenait à en faire abstraction, grâce à une dureté mentale bien affûtée par des années passées auprès de formateurs prêchant la suprématie de l'esprit sur le corps. Mais à regarder Liu s'équiper, il sentait la douleur revenir en force, comme une mise en garde. Le doute s'insinuait dans des recoins de son esprit auxquels il n'avait d'habitude pas accès.

« Je croyais que d'après vous c'était une mauvaise idée de réagir comme ça, dit-il en levant son bras en écharpe.

– Ça l'est. »

Elle prit son pistolet dans son holster, l'arma, ouvrit sa portière et sortit.

Abasourdis, ils la regardèrent tous traverser le parking en courant, l'arme au poing, exposée. Seule une étendue d'asphalte la séparait du SUV. Et seul le pare-soleil sous le pare-brise l'empêchait d'être vue de l'intérieur.

À l'approche du véhicule, elle ralentit le pas avant de s'accroupir près du capot. Rien ne bougea, tout était sombre. Alors qu'elle tendait légèrement l'oreille vers la voiture, Theo prit conscience du bruit lointain de la circulation, comme si son corps prenait les commandes de celui de Liu.

À quatre pattes, elle inspecta sous le châssis. Un instant plus tard, elle se redressa, apparemment satisfaite de son inspection.

Elle s'épousseta les mains et, à croupetons, fit lentement le tour jusqu'au côté conducteur, en veillant à garder la tête en dessous du bas des vitres. À chaque porte, elle cherchait des fils de détente dans les poignées. Comme elle ne s'arrêtait pas, Theo en déduisit qu'elle n'avait rien trouvé là non plus. Elle disparut derrière le pare-chocs arrière.

« Unité Alpha, on a perdu le visuel, dit l'agent assis au volant.

– On l'a », répondit une voix dans l'oreille de Theo. Il savait qu'il s'agissait des tireurs d'élite, postés à trois points stratégiques, le doigt sur la détente.

L'appréhension était palpable dans l'habitacle, et l'air confiné devenait chaud et poisseux. Theo se mordit la lèvre presque jusqu'au sang.

« Tenez-vous prêts », dit l'un des agents qui voyaient Liu. Puis il y eut un bruit de raclement, suivi d'une volée de jurons très forts et très, très énervés.

« Rien, fit la voix de Liu. Personne ne touche à la voiture jusqu'à l'arrivée des démineurs. Mais la famille n'y est pas. » Réapparaissant derrière la voiture, elle rengaina son arme et regarda sa montre.

Theo regarda la sienne. Ils allaient devoir attendre le feu vert des techniciens avant de pouvoir chercher des indices dans la voiture, mais il y avait peu de chances que le suspect ait laissé quoi que ce soit d'utile. Empreintes, ADN... il n'était sûrement pas si négligent. Et puis il n'y avait pas le temps de les analyser.

Theo descendit de voiture en se demandant où le terroriste avait pu emmener la femme et les enfants. Et comment ? Liu contemplait le ciel nocturne, au-delà des nuages de moucherons qui voletaient dans la lumière des réverbères. Theo, suivant son regard, vit un avion qui, à des kilomètres d'altitude, passait en clignotant.

Liu appuya un instant ses deux paumes contre ses yeux, puis soupira assez fort pour que Theo l'entende. Elle sortit son téléphone de sa poche.

Theo traversa l'asphalte sale du parking, et à chaque pas s'exhorta à garder sa concentration. Disposer tous les indices pour les examiner un à un. Assembler les pièces du puzzle.

Mais la dure réalité le frappa cruellement.

Il n'y avait pas d'indices. Pas de puzzle à reconstituer.

« Oui, ici Liu », dit la directrice adjointe dans son téléphone au moment où Theo la rejoignait. Elle se racla la gorge. « Négatif sur la deuxième zone. Lancez la phase un des évacuations à Washington. »

20.

Perché dans sa tour, bien haut au-dessus des pistes de l'aéroport international John-F.-Kennedy à New York, George Patterson avait l'habitude de s'adapter à des circonstances échappant à son contrôle.

Cette fois, c'était différent.

Il posa son front sur ses doigts entrecroisés, les coudes sur les papiers qui jonchaient son bureau : plans de vol, bulletins météo, protocoles d'urgence. De pleines pages de symboles, de codes et d'acronymes indéchiffrables pour le commun des mortels.

Je suis une sorte d'ornithologue : j'observe des oiseaux, répondait George avec un sourire quand on lui demandait ce qu'il faisait dans la vie. Une boutade, bien sûr, mais depuis vingt-sept ans c'était au fond ce qu'il faisait : admirer le reflet du soleil et de la lune sur leurs ailes de métal au moment de l'envol. L'observation des oiseaux, c'était plus facile à comprendre pour la plupart des gens que le titre de directeur des opérations au contrôle aérien de JFK.

La météo. Les pannes mécaniques. Le passage du temps. Les lois de la physique. Il était en paix et sûr de lui face à ces facteurs-là. Il ne les contrôlait pas. Ils étaient ce qu'ils étaient. Le tout était d'accepter les circonstances données et de gérer ce qui *pouvait* l'être. Ne pas perdre son temps avec le reste. C'était ainsi qu'il gérait la tour. C'était pour cela qu'il était le chef.

Mais, pour la seconde fois de sa carrière, l'exaspération frémissait sous son allure calme et posée. *C'était évitable, tout ça*, songeait-il. La même pensée lui était venue à la fin de la journée du 11-Septembre, pendant qu'il pleurait à chaudes larmes, assis sur le coin de sa baignoire, en cachette de sa femme et de ses enfants. Tout son travail consistait à maintenir l'équilibre dans un environnement semé de facteurs incontrôlables. Et là, debout devant l'écran de télé, face à la vidéo de la chef de cabine, il se sentait à nouveau frustré que le problème du jour ne doive rien au hasard. Quelqu'un l'avait créé de toutes pièces.

Il s'approcha de la vitre de son bureau pour regarder son équipe au travail. Les postes tous occupés, les contrôleurs penchés en avant sur leur chaise, parlant rapidement dans leur casque audio, tournant des boutons et changeant l'affichage de leurs écrans. Il savait qu'une multitude de tours et de centres de contrôle dans le pays entier avaient reçu en urgence le même NOTAM – message aux navigants aériens – que la tour de JFK.

Selon dernières informations, le copilote du CA416 ne serait pas informé de la situation du commandant de bord. N'en parlez pas ouvertement sur les ondes. Redirigez tous les cockpits vers fréquences alternatives pour briefing. Tout trafic à destination de JFK sera dérouté vers des aérodromes de dégagement. Une zone d'exclusion aérienne sera mise en place à l'approche du CA416.

Toutes les communications avec CA416 doivent rester standard. Diversion et discrétion sont le mot d'ordre et leur meilleur espoir.

En l'air au-dessus du pays entier, des commandants de bord et des copilotes se regardaient en se demandant pourquoi on les invitait à changer de canal de communication. Mais l'incertitude disparaissait une fois les protocoles appliqués, méthodiquement, à mesure que les avions étaient mis dans la boucle. C'était presque miraculeux, la vitesse à laquelle le réseau de communications se déployait dans le ciel et à laquelle les pilotes en vol, une fois mis au fait de la situation, réagissaient conformément à leur entraînement.

Seuls les contrôleurs directement concernés étaient informés que les aéroports du district de Columbia – Washington-Dulles, Ronald-Reagan et Baltimore-Washington – se préparaient de la même manière que JFK. À quoi, ça, ils n'en savaient rien. Ils n'étaient pas censés s'occuper de cet avion ; cet oiseau-là n'était pas le leur. Et si le commandant de bord finissait par l'écraser sur la cible du terroriste, ils n'auraient pas la main sur la trajectoire du vol 416. Mais ils devaient quand même se tenir prêts. Prêts à tout.

À New York en revanche, les contrôleurs, aussitôt qu'ils avaient vu la vidéo à la télévision, aussitôt informés que la destination de l'avion était l'aéroport JFK, s'étaient présentés à la tour sans même qu'on ait eu à le leur demander. George voyait clairement que l'un d'eux était en pyjama. Une autre avait laissé ses hauts talons sous son bureau – son rencard ne se passait pas bien, de toute manière. Un troisième était arrivé directement de la salle de sport dans un tee-shirt trempé de sueur.

Dieu, qu'il les aimait, tous ces gens. Comme il était fier de leur dévouement. Tels des gardiens de phare, ils apportaient une assurance de fiabilité et d'espoir. Même en pleine tempête, ils seraient l'élément prévisible au cœur de l'imprévisible. Un fanal pour guider les égarés dans la nuit. Tous les contrôleurs et tous les centres par lesquels le vol 416 passerait sur son chemin étaient tendus vers un but unique : l'amener à bon port.

Dans ce métier qui ne connaissait pas d'interruptions, ceci n'était pas un bureau ou un lieu de travail. C'était leur tour. Ils y passaient leurs jours fériés, leurs week-ends, leurs fins de soirée et leurs petits matins. Ensemble. C'était leur second foyer.

Mais George savait aussi que, d'une minute à l'autre, des militaires allaient l'envahir et la transformer en salle de guerre.

« Hé, chef ? »

George tourna les yeux vers l'homme qui se tenait à la porte. Sous sa casquette de baseball délavée, ses cheveux blonds lui descendaient aux épaules, tandis que sa chemise hawaïenne chiffonnée remontait suffisamment pour laisser entrevoir sa bedaine. Cette montagne de testostérone mal dégrossie était le plus futé et le plus expérimenté de ses contrôleurs. *C'était ça ou chasseur de tornades*, avait dit un jour Dusty Nichols en parlant de sa décision d'entrer dans la profession : les deux seuls métiers qu'il pouvait exercer sans être obligé de mettre une cravate ou de se doucher tous les jours.

« Quelles nouvelles ? demanda George.

– Je viens d'avoir Chicago Center. Ils me disent qu'ils communiquent avec le commandant du 416... mais pas par transmissions vocales.

– Hein ? Comment ça ? »

Dusty rajusta sa casquette et fit passer son poids d'un pied sur l'autre. « C'est barjot. Le commandant se sert de son micro à main pour transmettre en morse. »

21.

Bill n'avait pas pratiqué depuis un bout de temps, il était rouillé. L'alphabet lui revenait rapidement, mais déchiffrer les messages qu'il recevait lui demandait une telle concentration que ses paumes étaient trempées de sueur. Si le morse était déjà difficile en soi, s'en servir en secret tout en menant une conversation en parallèle, c'était une autre paire de manches.

Le pilote lambda ne connaissait pas le morse – à part peut-être quelques anciens formés dans l'armée, mais dans l'ensemble c'était une langue morte, aujourd'hui comme trente ans plus tôt, quand Bill avait soutenu ce même argument auprès de son premier instructeur de vol. Mais cet ancien combattant de la Seconde Guerre mondiale n'avait rien voulu savoir. Il se fichait que Bill trouve le morse pénible, fastidieux et totalement inutile. C'était un outil de plus dans sa panoplie. Il disait que Bill ne tarderait pas à apprendre que les choses pouvaient très mal tourner, très vite. Et qu'à ce moment-là, il serait content d'avoir toutes les ressources possibles à portée de main.

Bill n'avait jamais été aussi heureux d'avoir eu tort.

De l'autre côté de l'écran, Carrie l'observait avec une attention extrême. À ce point de leurs vies, Bill pensait honnêtement qu'elle le connaissait mieux qu'il ne se connaissait lui-même. Il voyait bien qu'elle comprenait qu'il était ailleurs. Il aurait voulu lui dire où.

Tiens bon, ma chérie. Je vais nous sortir de là.

Sam consulta son téléphone. « L'heure de la décision approche à grands pas, dis donc. Il va falloir que tu me donnes ton choix, Bill. »

Ce dernier eut un haut-le-cœur. Il remua sur son siège et commença à bafouiller dans l'espoir de gagner du temps.

Sam le coupa aussitôt. « Allez, Bill. Tu choisis quoi ? » Son ton de voix était moqueur. Du coin de l'œil, Bill vit le canon de l'arme se rapprocher de sa tempe.

« S'il vous plaît, fit alors une voix. Prenez-moi. Rien que moi. »

La pureté de cette petite voix d'enfant lui déchiqueta le cœur.

La lèvre inférieure de Scott tremblait. Sa demande n'était pas celle d'un homme mûr acceptant son sort en toute connaissance de cause. C'était le cri du cœur d'un petit garçon arraché de force à son innocence, mais privé des outils pour comprendre. Un enfant singeant simplement les héros qu'il voyait dans des films. Se comportant comme il imaginait que son père l'aurait fait.

Le train électrique refit un tour. Les yeux de Scott s'agrandirent de joie lorsque la petite locomotive brinquebalante passa devant eux. Disparaissant dans le tunnel en papier mâché, le jouet ressortit un peu plus loin, près du pré où broutaient des chevaux en plastique. L'enfant appuya ses deux mains contre la vitre embuée par son haleine.

Bill consulta sa montre. Trois quarts d'heure de passés, et toujours pas de nouvelles. Il se retourna en voyant approcher un groupe de bonnes sœurs avec des gobelets de café.

Cette grossesse surprise avait complètement bouleversé Bill et Carrie. Passé le choc initial, la joie avait pris le dessus ; mais les réalités médicales et statistiques d'une grossesse chez une femme de quarante-deux ans avaient fait planer une ombre sur ces neuf derniers mois. Bill regarda l'heure une fois de plus. Toujours pas un mot du médecin.

« Tu crois qu'elle aimera les trains ? » demanda Scott.

Bill sourit. « Je parie que oui. Tu pourras l'initier. »

Scott ne quittait pas des yeux le jouet qui tournait sans fin sur ses rails. « Où est-ce qu'elle va dormir ? »

Bill réfléchit à sa réponse. « Dans la chambre de bébé, bien sûr. » Il l'avait repeinte en jaune pâle le week-end précédent. Il avait bien proposé à Scott de l'aider, mais celui-ci avait décliné sans plus d'explications. Bill n'avait pas insisté.

« Mon ancienne salle de jeux, tu veux dire. »

Bill hésita. « Oui… ton ancienne salle de jeux. Mais maintenant, tu pourras jouer dans la pièce en bas. Et quand ta sœur sera assez grande, vous jouerez ensemble, tous les deux. »

Scott murmura quelque chose tout bas. Bill allait laisser glisser, mais il remarqua alors que le petit se retenait de pleurer. Il s'agenouilla pour se mettre à sa hauteur.

« Tu crois qu'elle aimera le baseball ? » souffla Scott. Une larme roula sur sa joue.

« Ça, je n'en sais rien. Ce sera la surprise. Et toi, tu crois qu'elle aimera ça ? »

Scott fit non de la tête.

« D'accord », dit Bill.

Son fils ajouta quelque chose, d'une voix à peine audible. « *C'est* nous *qui aimons le baseball.* »

Ah. C'était donc ça. Il comprenait, à présent.

Dix ans plus tôt, Carrie lui avait mis sous le nez un test de grossesse positif. À ce moment-là, il avait éprouvé ce que Scott ressentait à présent. Il n'était pas prêt à devenir papa. Ils n'étaient mariés que depuis un an. Ils étaient habitués à voyager, à se coucher tard, à faire la grasse matinée, à ne pas mettre le réveil. À boire du vin quand ça leur chantait. Carrie finissait la fac. Ils vivaient dans un studio pourri, dans un quartier pourri de Los Angeles. Bill était très loin d'avoir remboursé son prêt étudiant.

Mais surtout, plus égoïstement, il n'était pas prêt à ne plus être au centre du monde de Carrie. Il avait trouvé l'amour de sa vie, et il la voulait entièrement pour lui. Il voulait être le seul qu'elle aimait. Il s'était détesté à ce moment-là, en contemplant le test de grossesse, parce que sa première réaction avait été de lui en vouloir. Et maintenant, toutes ces années plus tard, Bill savait que Scott ressentait la même chose. Il voulait rester au centre du monde de ses parents, il voulait papa et maman rien que pour lui. Il voulait être le seul qu'ils aimaient.

Un SMS fit vibrer le téléphone de Bill.

« Allez, mon gars, on y va, dit-il. Elle est arrivée. »

Trois étages plus haut, il toqua doucement à la porte et s'effaça pour laisser Scott entrer en premier. Carrie, couchée dans le lit, tenait dans ses bras une couverture rose qui remuait. Ses traits bouffis s'illuminèrent à leur entrée, et son sourire joyeux fit presque disparaître ses yeux.

« Voilà mes hommes, dit-elle d'une voix faible et éraillée. Tout va bien, maintenant. »

Bill dut se retenir de toutes ses forces pour ne pas courir la prendre dans ses bras. L'accouchement avait été long et difficile, et quand le bébé avait eu une chute de tension, on l'avait chassé de la chambre tandis que Carrie était emmenée au bloc en toute hâte. Impuissant, les bras ballants, il avait regardé les médecins encadrer son lit, courir dans le couloir avec elle, disparaître derrière des portes battantes. Il était resté seul, sans rien à faire à part attendre et rassurer Scott.

« Tu es extraordinaire, mon amour, dit-il tout bas. C'est toi qui l'as faite, Carrie. Regarde ! »

La petite Elise, rose et parfaite, tendit les bras. Sa bouche s'ouvrit pour bâiller, et un tout petit bruit, presque un miaou de chaton, s'échappa de ses lèvres ourlées.

Scott l'observait avec des yeux ronds, et la peluche que Bill lui avait achetée à la boutique de la maternité tomba par terre. Il tendit l'index pour lui toucher la joue.

« Elle est toute petite », souffla-t-il.

Bill l'aida à monter dans le lit à côté de sa mère, qui lui passa doucement Elise : tiens-la bien à deux mains, soutiens sa tête. Scott regarda sa sœur au fond des yeux, elle au fond des siens, et un mystérieux accord passa entre eux. Bill ignorait le message, mais il comprit que le messager était celui qui était venu le voir la première fois que Scott avait été placé dans ses bras à lui.

Il y avait un avant et un après ce moment. Le changement de paradigme était surnaturel.

« Je vais tout t'apprendre sur les trains, chuchota Scott à sa petite sœur. Et aussi sur le baseball. »

« Mon grand, dit Bill, je n'ai jamais rien entendu d'aussi courageux de ma vie. » Il faisait de gros efforts pour ne pas craquer, pour montrer moitié autant de courage que son fils. « Tu restes avec Elise, d'accord ? Elle a besoin de son grand frère, en ce moment. Il faut que tu prennes bien soin de notre petite chérie. »

Il regarda Carrie se pencher sur la tête de leur fils pour l'embrasser, ses larmes tombant dans les cheveux de l'enfant, sur son épi toujours rebelle, même en ce moment. De nouveau, Scott et elle relevèrent les yeux à l'unisson pour regarder quelque chose droit devant.

Bill en resta comme foudroyé. Mais il se ressaisit rapidement : posant ses coudes devant l'ordinateur, il enfouit sa tête entre ses mains. Il avait l'air d'un homme vaincu, désespéré – mais cette position lui permettait en fait de rapprocher son oreille de l'ordinateur et de fermer les yeux pour mieux écouter, cherchant la confirmation de ce qu'il soupçonnait.

Voilà ! Là. Le bruit de fond s'était modifié, légèrement, à peine. Un grondement de réacteurs, s'estompant rapidement.

Ils regardent des avions décoller. Ils sont près de l'aéroport.

Ben, impatient, tapota le tableau de bord avec le canon de son arme. Bill sursauta. Puis, baissant sa main hors de vue, il se mit à transmettre en morse le plus vite possible avec le bouton de son micro.

Ben vint troubler sa concentration. « Ça va être le moment de lancer la bonbonne de gaz.

– Je ne vais rien lan... »

Sam, à l'écran, éleva le détonateur. « Alors c'est ça, ton choix ? C'est l'avion qui vivra ?

– Non ! » Bill tendit vivement la main vers son ordinateur, comme pour toucher sa famille. « Non, ce n'est pas mon choix.

– Ça le sera si tu ne lances pas la bonbonne. »

Bill en resta coi. Il cherchait quelque chose, n'importe quoi, pour éviter de dire l'irréparable.

Ben rapprocha le canon du revolver. Sam resserra le poing autour du détonateur.

« D'accord, céda Bill. Je vais le faire. »

22.

Jo, debout à l'avant de l'appareil, observait son équipe de volontaires. Le géant se reposait les yeux fermés, la tête appuyée contre son siège. Jo se demandait comment il pouvait dormir dans un moment pareil. Tout était bizarre chez lui. D'après la liste des passagers, il s'appelait Josip Guruli, et la recherche en ligne de Kellie sur son nom n'avait rien donné. Ils n'avaient aucune raison de se méfier de lui, à part leur intuition. Mais aujourd'hui les intuitions pesaient lourd dans la balance.

Elle regarda Daddy briefer les passagers assis à côté de la sortie de secours sur l'aile, s'assurant qu'ils comprenaient bien le fonctionnement des portes et qu'ils savaient où se placer pendant l'évacuation. De ses mains fermes, il distribuait les rôles avec autorité : vous et vous, vous resterez au pied du toboggan pour aider les gens à dégager. Vous, vous partirez plus loin en courant et vous les appellerez dans votre direction. Ses ordres étaient accueillis par des hochements de tête.

Jo sortit de son galley un plateau de petites bouteilles d'eau qu'elle donna à ses six recrues tout en gardant à l'œil une jeune passagère qui rentrait le ventre pour se faufiler derrière

Big Daddy et se diriger vers l'arrière. *Où va-t-elle, celle-là ?* Elle secoua la tête, énervée que tout le monde soit soudain présumé coupable. Cela allait contre sa conception habituelle de l'humanité.

« Retirez vos cravates, risque d'étranglement », lâcha-t-elle en passant à deux jeunes hommes d'affaires assis côté couloir au rang un. Ils s'exécutèrent aussitôt.

Une fois l'eau distribuée, elle rattacha le chariot vide avant de plonger derrière le rideau du galley pour consulter son téléphone. Pas de nouvelles de Theo. Elle fouilla dans les placards, trouva le matériel qu'elle cherchait et s'en alla parler à ses volontaires.

« Bien, messieurs-dames. Au travail. »

Ils se regroupèrent autour d'elle. Bras croisés, concentrés, ils se préparaient au combat, et Jo était clairement leur général en chef. Personne ne lui coupa la parole, pas même Dave.

« Les ressources sont limitées, dit-elle. On va devoir travailler avec ce qu'on a. Notre avantage, c'est qu'on sera préparés et coordonnés. D'accord ? »

Les six têtes firent signe que oui.

« La priorité absolue, c'est le confinement. On veut retrouver aussi peu de poison que possible dans l'air. »

Tout en parlant, elle ressentit un tiraillement de culpabilité. Elle n'avait pas besoin d'expliquer pourquoi il était important de confiner le gaz toxique, mais elle omettait de dire que la réserve d'oxygène des passagers se tarirait au bout de douze minutes. C'était vrai qu'il fallait tout mettre en œuvre pour limiter la diffusion du poison, mais ils n'avaient pas besoin du stress induit par cet autre compte à rebours, contre lequel ils ne pouvaient rien.

Elle tendit les bras : d'épais sacs-poubelle gris pendaient de ses mains.

« On n'a pas mieux que ça », dit-elle en tendant un sac à chacun, après quoi elle leur expliqua la procédure.

Tous les six seraient assis, leur masque à oxygène en place. Jo, elle, serait équipée d'une réserve d'oxygène portative. Elle allait se poster face à la porte du cockpit pour attendre son ouverture. Quand la bonbonne de gaz serait lancée, elle plongerait dessus, puisque son équipement portatif lui permettrait de bouger. Aussitôt qu'elle l'aurait attrapée, elle la jetterait dans le sac le plus proche d'elle. La personne qui tiendrait le sac le refermerait le plus vite possible puis le jetterait dans l'autre sac le plus proche. Jo s'emparerait alors du double sac, le jetterait dans le siège des toilettes, baisserait l'abattant et bouclerait la porte.

Tous acquiescèrent en silence.

« Gardez votre masque en permanence, OK ? Si jamais vous devez le retirer, retenez votre souffle et remettez-le vite. On travaille en équipe. Personne ne doit rester exposé au gaz. »

Les volontaires confirmèrent à mi-voix qu'ils avaient compris et se penchèrent en avant, prêts pour la suite. Ils semblaient bien déterminés à aider… mais si la taupe se trouvait parmi eux ? Jo ne venait-elle pas de dévoiler son jeu à l'individu même dont il fallait se méfier ? En les observant, elle réalisa soudain quelque chose : elle n'avait strictement aucun plan pour parer à cette inquiétante possibilité.

« Des questions ? »

23.

Un crépitement dans l'oreillette de Theo.

« Les gars, vous n'allez pas le croire, fit une voix en provenance du centre d'opérations mobile. On vient d'apprendre que le commandant de bord communique avec le sol. En secret. En morse. »

Bill avait signalé que sa famille se trouvait dans un véhicule garé. Assez grand pour qu'ils soient tous assis à l'arrière. Il ignorait le lieu exact, mais il savait que c'était à proximité de l'aéroport de Los Angeles.

« D'après lui, ils regardent par le pare-brise arrière… Ils regardent les avions décoller. »

Une fois son briefing terminé, Jo ramassa les quelques verres qui traînaient encore en première classe, jeta un dernier coup d'œil dans la cabine et s'engouffra dans le galley. Kellie et Big Daddy avaient presque terminé leur tournée de préparation des passagers. Jo les avait surveillés du coin de l'œil tout en s'adressant à sa propre équipe, et elle s'était étonnée de voir comme ils allaient vite.

D'ordinaire, s'assurer de la coopération des passagers n'était pas une tâche facile. Ils n'aimaient pas qu'on leur dise quoi faire. Mais là, apparemment, Kellie et Daddy n'avaient eu besoin de recadrer personne. Après plusieurs décennies de carrière, elle comprenait enfin pourquoi les passagers résistaient fréquemment à de petites demandes comme ranger un sac ou relever le dossier de leur siège, ou pourquoi ils refusaient d'écouter les consignes de sécurité. C'était le même instinct qui les empêchait de dire ce qu'ils voulaient dire, de faire ce qu'ils voulaient faire, d'être ce qu'ils voulaient être. Ils remettaient à demain. Une autre fois. Plus tard. Et voilà qu'à présent ils comprenaient trop tard que demain n'avait jamais été une garantie. Ils étaient soudain prêts à tout pour obtenir encore un petit peu de temps.

Jo jeta les verres dans un compartiment du chariot à boissons. Les masques pendaient, les volontaires étaient prêts, la cabine obéissante, le galley sécurisé. Ils arrivaient au terme des préparatifs et elle observait les passagers, ces inconnus devenus ses semblables, en se demandant si elle n'avait pas oublié quelque chose, lorsqu'elle fut soudain saisie d'une envie de pleurer.

C'était peut-être parce que le temps commençait à manquer. Ou peut-être parce qu'elle avait vu un homme assurer spontanément à sa voisine de siège, une vieille dame, qu'il ne la quitterait pas au moment de l'évacuation. Ou peut-être parce qu'elle avait vu un adolescent – trop grand pour être considéré comme un mineur non accompagné, mais voyageant seul pour la première fois – se laisser consoler par une famille assise de l'autre côté du couloir : l'orgueil de ce jeune homme avait fondu comme neige au soleil tandis qu'il s'abandonnait au réconfort que seuls des parents pouvaient lui apporter. Ou peut-être parce qu'elle avait vu de parfaits inconnus se prendre par la main pour prier ensemble.

Les âmes à bord étaient devenues une famille, aussi belle qu'imparfaite. Sa brève existence touchait déjà à sa fin, et ses membres affrontaient tous ensemble leur mortalité.

Jo aurait voulu saisir l'avion comme un jouet dans sa main, l'embrasser et le reposer sur une étagère. En sûreté. Elle était fière de se trouver avec ces gens, fière d'ajouter sa voix à ce chœur-là. Ses deux collègues et elle-même jouaient un rôle un peu à part, mais tous étaient unis dans l'épreuve.

Un voyant vert s'alluma au plafond, accompagné d'une alarme sur deux notes. Jo décrocha l'interphone.

« Vous avez fini la prépa des passagers ? demanda-t-elle.

– Oui, m'dame, répondit Daddy.

– Ils sont bien briefés ? »

Le steward confirma. « Et tu me dois cinq dollars.

– Tu plaisantes. Qui ?

– Le couple de la rangée treize. Regarde dans le couloir. »

Jo pivota sur elle-même et pouffa de rire. En effet, un homme et une femme d'âge moyen, debout dans l'allée centrale, se débattaient pour se débarrasser de leurs gilets de sauvetage déjà gonflés.

– Oh, les pauvres cœurs », fit Jo en riant, même pas étonnée.

L'avion piqua légèrement du nez. La menace sembla se préciser.

« Bon, dit Jo. Mettez vos masques d'abord, puis dites aux passagers de le faire. Ensuite, je vous veux à l'arrière, Kellie et toi, attachés sur vos sièges service, prêts pour l'atterrissage. Compris ?

– Mais…

– Ça risque de secouer quand on va se poser, le coupa-t-elle. Je ne veux pas vous voir valdinguer dans le décor, merci bien. Et on n'a pas besoin de vous à l'avant. J'ai mes volontaires, on se charge de tout. Mais vous deux, vous connaissez cet avion et vous savez quoi faire en cas d'urgence. Les passagers vont avoir besoin de vous, de préférence en vie. C'est clair ? »

Daddy soupira. « Très clair. Mais sache que ça ne me plaît pas de te savoir seule avec ce type. »

Jo tourna les yeux vers Josip. Ça ne lui plaisait pas à elle non plus. Il mesurait bien deux têtes de plus qu'elle.

« Je ne serai pas seule, répliqua-t-elle avec une assurance feinte. S'il tente quelque chose, j'ai un avion entier en renfort. Le peuple est avec nous, tu sais ! »

Daddy le reconnut en bougonnant. À l'évidence, il n'était pas convaincu, et elle non plus. Mais tous deux savaient qu'ils n'avaient pas le choix.

Après avoir raccroché, Jo ouvrit le premier casier à bagages sur la gauche de l'appareil, décrocha sa réserve d'oxygène portative et passa la sangle sur son épaule. Elle sortit le masque jaune de l'étui, tourna la valve dans le sens contraire aux aiguilles d'une montre jusqu'à ce que le chiffre 4 apparaisse dans la petite fenêtre sur le goulot de la bonbonne. Insérant un doigt dans le creux du masque, elle attendit de sentir un flux d'air, qu'elle renifla ensuite. Inodore. Enfilant le masque, elle resserra la sangle et sentit le plastique dur lui entrer dans l'arête du nez. Puis elle repoussa la bonbonne en diagonale dans son dos. D'un coup d'œil vers l'arrière, elle vit Kellie et Daddy en train de terminer la même manœuvre.

Elle traversa ensuite la première classe pour aider les volontaires à enfiler leur masque et tira sur les tuyaux pour déclencher le flux d'oxygène. Un exercice calme, presque intime. Mais lorsqu'elle alla reprendre sa place à l'avant et se retourna vers les passagers, l'ambiance avait changé.

C'étaient les yeux.

Les masques couvraient les visages. Jo ne voyait plus si les gens souriaient ou se renfrognaient. S'ils plissaient le nez ou s'ils tiraient la langue. S'ils posaient une question ou s'ils lui criaient : « Attention ! » Les actions, les intentions, les émotions : tout ne passait plus que par les yeux.

Jo entreprit de vérifier une dernière fois la coopération des passagers. Un signe de tête ici, un pouce levé là. Sa cabine était prête, et Kellie et Big Daddy avaient presque terminé de leur côté. Elle hocha le menton en direction de Daddy, qui inclina la tête en réponse puis se retira pour prendre son poste dans le galley arrière. Jo repartit vers l'avant et, arrivée à la cloison entre les premières et la classe éco, se retourna : quelque chose avait attiré son attention.

Un éclat de lumière, reflété par une paire d'ailettes en plastique brillantes. Le petit garçon qui avait visité le cockpit avant le décollage était assis au premier rang. Son père, dans un réflexe protecteur, lui prit la main. Ses petites chaussures se balançaient au bout de ses jambes courtes : celles-ci devraient encore grandir plusieurs années avant que ses pieds puissent toucher le sol. Ses yeux d'un vert intense irradiaient littéralement, éclipsant le masque qui défigurait son visage angélique. Son père vérifia sa ceinture de sécurité, probablement pour la dixième fois. Jo vit que l'homme se préparait mentalement à l'évacuation. Déboucler les ceintures, prendre le petit dans ses bras pour avancer vers la sortie, le garder contre lui pour sauter sur le toboggan, filer vers le salut. L'homme vivait déjà dans le futur, mais l'enfant n'y était pas avec lui.

L'enfant, lui, était encore dans l'avion, encore dans l'ici et maintenant. Il regardait autour de lui les masques oscillant doucement au bout de leur tuyau, les lumières miroitantes. Jo imaginait ses lèvres d'angelot sous le masque, entrouvertes. Il n'était pas envahi par la peur. Il était émerveillé.

Jo, en assistant à la scène, découvrit que le poids de l'instant était toujours imposant, mais qu'elle n'avait pas besoin de souffrir en le portant.

Deux notes, un voyant vert : Jo alla décrocher en se demandant pourquoi Big Daddy l'appelait.

« Tout va bien ?

– Oui, m'dame. »

Elle attendit qu'il ajoute quelque chose.

« Ça va, vos réserves d'oxygène ? » demanda-t-elle en constatant qu'il restait muet. Elle rajusta sa propre bonbonne, qui pesait désagréablement dans son dos.

« Oui, m'dame. On les a prises en bandoulière. Et toi ?

– Pareil. » Jo voyait Kellie, à l'arrière, en train de resserrer la sangle de sa bonbonne à côté de Big Daddy. Elle monta un peu l'éclairage en cabine. « Bref, dit-elle, je crois qu'on est parés. » Avec un regard vers Josip, elle baissa la voix. « Rien de nouveau à signaler par ici. »

De nouveau, elle attendit que Big Daddy dise quelque chose. Mais il garda le silence.

Elle ne voulait pas perdre sa concentration. « Bon, je te laisse, dit-elle. À tout à l'heure sur le plancher des vaches !

– Jo ! »

Elle connaissait Big Daddy depuis des années. Mais en l'écoutant chercher ses mots, elle prit conscience que c'était la première fois qu'il restait sans voix. Elle le vit au loin, en train d'essuyer sa joue.

« Jo, murmura-t-il. Je n'ai personne à appeler en ce moment. » Il se couvrit les yeux de sa main libre et répéta la phrase, en larmes.

Jo répondit d'une voix tremblante. « Eh bien si, tu viens de m'appeler. Et je t'ai répondu. »

Il eut un sanglot étouffé, même si Jo sentait qu'il s'efforçait de se ressaisir. Malgré ses efforts, ses propres yeux s'embuèrent. Elle regarda Kellie prendre un mouchoir dans les toilettes et le lui passer. Il accepta en pointant l'index vers elle. « Ma petite, si tu racontes ça à qui que ce soit, je dirai au FBI que tu étais complice des terroristes. »

Le rire de Kellie arracha un sourire à Jo. « Ne t'en fais pas, Daddy, dit-elle. Ton secret est bien gardé avec nous. »

Elle raccrocha, prit son propre téléphone, ouvrit le fil des messages avec Theo et se mit à taper.

Bill sortit la bonbonne de poison de sa sacoche et la posa délicatement sur la console centrale. Le flacon plus petit resta au fond du bagage.

« Et la poudre avec laquelle je devais vous tuer ? » demanda-t-il à Ben.

Cela fit rire les deux terroristes. « Pour quand tu mangeras des fraises, peut-être ? fit Ben. C'est du sucre en poudre. »

Bill serrait les dents si fort qu'il sentit la couronne de sa molaire se fendiller.

« Ça, par contre, poursuivit Ben en indiquant la bonbonne gris aluminium, ce n'est pas du sucre. Bon, écoute, je ne pouvais pas mourir : il fallait bien que quelqu'un soit là pour te surveiller. Si tu n'avais pas enfreint les règles, je ne me serais jamais démasqué. Tu m'aurais empoisonné et j'aurais simulé la mort. Mais je devais rester en vie pour m'assurer que tu mènes à bien ce crash. »

Bill en resta interdit. « Mais si j'avais choisi l'avion ? Si je ne t'avais pas empoisonné et si on s'était posés normalement, tandis que ma famille… » Il ne put pas achever cette pensée.

« Alors ç'aurait été ton choix. On aurait atterri, et je me serais tiré une balle plus tard dans la soirée. »

Ben s'inclina devant Sam et dit quelque chose dans une langue étrangère. Sam baissa la tête à son tour en répétant la phrase.

« Car, vois-tu, nous mourrons aujourd'hui. Sam et moi, tous les deux. C'est décidé. Mais désormais, même dans la mort, nos vies auront eu un sens. »

Bill, dégoûté, secoua la tête. « Le martyre est la mort des lâches. »

Sam approcha le téléphone tout près de son visage, les joues frémissantes, visiblement furieux. « Ça n'a rien à voir avec la religion, dit-il. Les lâches sont les gens comme vous, qui ont trop peur pour regarder en face ce que vous faites pour conserver votre paix et vos privilèges, et à quel prix. »

Bill n'en entendit pas un mot. Les yeux rivés sur l'écran, il se concentrait sur ce qu'il y avait derrière l'épaule de Sam. En déplaçant son téléphone, celui-ci avait changé l'angle de vue, et l'arrière-plan s'en trouvait mieux éclairé. On distinguait… du bois ?

Le déclic se fit. Bill faillit pousser un cri.

Quelques années plus tôt, quand Carrie avait déménagé de Chicago à Los Angeles, ils avaient loué une camionnette de marque U-Haul. Elle n'avait pas besoin d'un camion énorme, étant donné qu'elle avait vendu l'essentiel de ses affaires, et l'utilitaire que leur avait fourni l'entreprise avait été parfait. Bill avait dû y monter et en descendre une bonne centaine de fois. Il en avait gardé des ampoules à la main pendant une semaine, à force de se hisser en s'appuyant sur les baguettes de bois qui protégeaient les parois intérieures.

Sa famille se trouvait dans une camionnette de déménagement.

24.

Le rotor d'un hélicoptère passant au-dessus du centre commercial fit lever la tête à Theo. Muni d'un gros projecteur pour éclairer les rues du quartier sud-ouest de L.A., l'appareil cherchait inlassablement une aiguille dans une botte de foin.

« Un rayon de cinq kilomètres ? »

L'agent sortit une carte, et les écrans se rallumèrent à l'intérieur du centre d'opérations mobile à côté duquel ils se trouvaient. Des vues satellite et en *street view* de la zone autour de l'aéroport international apparurent.

« Négatif, commençons par trois », dit Liu.

Theo regarda avec elle par-dessus l'épaule de l'agent, qui zoomait et dézoomait à la demande sur sa tablette. Même dans un rayon de trois kilomètres, passer en revue tous les points d'observation du trafic autour de l'aéroport LAX pouvait prendre des jours. Quartiers résidentiels, hôtels, centres commerciaux, parkings couverts... l'éventail des possibilités était immense. Le seul point positif était qu'ils n'avaient que trois côtés à fouiller : à l'ouest, l'aéroport donnait directement sur l'océan.

« Je veux des unités au nord, à l'est et au sud de LAX, affirma Liu. Commencez par le centre du périmètre, balayez toutes les rues et continuez en élargissant. Dites à la police de l'aéroport de fouiller les parkings couverts et de regarder les vidéos de leurs caméras de surveillance. »

Theo et ses collègues se mirent en devoir de répercuter les ordres à l'aide de leurs radios et de leurs téléphones.

Liu jeta un coup d'œil vers l'hélicoptère. « Ils auront la vision d'ensemble, dit-elle. Et nous, on reste en place pour essayer de reconstituer le puzzle. »

À l'autre bout du parking, les démineurs travaillaient encore sur le SUV des Hoffman. « Vous avez quelque chose pour moi ? » leur demanda-t-elle par radio.

Theo vit l'un d'eux baisser le pouce à côté du véhicule. Le message était clair.

Le téléphone de Liu tinta. Elle lut le message avant d'en faire part au groupe. « La phase un de l'évacuation est presque terminée à Washington. » Theo savait ce que cela signifiait : les personnalités les plus importantes du gouvernement avaient été déplacées, les lignes de succession sécurisées, et les services secrets se tenaient prêts à emmener le président dans le bunker sous la Maison Blanche à la moindre alerte.

Personne ne dit rien. Theo songea à la logistique de l'opération. La situation prenait de l'ampleur, le réseau des personnes affectées par la crise grandissait à vue d'œil.

« Et les... les gens normaux ? demanda-t-il. Le public est au courant ? Il y a eu une déclaration officielle ?

– Non. Et il n'y en aura pas si on trouve la famille. »

Un bruit éclata soudain dans leurs oreillettes.

« Une camionnette de déménagement ! Un nouveau message en morse... Il dit qu'ils sont dans une camionnette de déménagement ! »

L'adrénaline envoya des picotements dans les doigts de Theo, au bout de son bras endolori. Liu se tourna vers lui. « Appelez toutes les entreprises de déménagement de la zone et voyez ce que vous trouvez. »

Il s'éloigna du groupe, nota l'heure et fit un calcul rapide. L'avion devait arriver à destination dans moins d'une heure.

L'attaque au gaz était imminente.

Un espoir nouveau faisait tambouriner le cœur de Bill. Il ne pouvait pas pointer précisément où se trouvait sa famille, mais il s'en approchait. Si le FBI faisait vite, si la camionnette était localisée, il n'aurait peut-être pas à lancer le poison dans la cabine. Certes, un revolver serait toujours braqué sur sa tête… mais une chose à la fois. La priorité, pour l'instant, était de mettre sa femme et ses enfants à l'abri. Il s'occuperait du reste plus tard.

Il voulut les regarder, mais il dut fermer les yeux. C'était insupportable de voir Carrie, les mains liées, aux prises avec une enfant de dix mois en pleine crise de nerfs. Les paupières baissées, il eut l'impression d'entendre ses cris encore plus fort. Son enfant, sa petite fille sans défense. C'était injuste qu'elle ne comprenne rien à ce qui se passait : dans son cas, l'ignorance n'avait rien d'une bénédiction. Il se demanda si sa couche avait besoin d'être changée.

Il rouvrit les yeux en entendant Carrie supplier sa fille de se taire. Le front plissé par l'anxiété, elle berçait Elise dans ses bras, en vain. Scott posa les mains sur les pieds de sa sœur et la chatouilla légèrement en lui tirant la langue. Mais la petite nc voyait rien : ses yeux étaient résolument fermés, et ses larmes dessinaient de larges traînées mouillées sur ses joues.

« Tout va bien, Leesee, dit Scott d'une petite voix haut perchée, en l'appelant par le surnom qu'il lui avait trouvé. Chhhut, tout va bien. Tu sens cette odeur ? Ça sent le feu de camp ! Allez, on dirait qu'on serait en camping. Avec papa. Dans les bois. »

Bill retint son souffle.

« On va faire griller des marshmallows et regarder les étoiles, continuait Scott. On fait semblant, Leesee. Allez, on serait des campeurs. »

Bill laissa lentement retomber son bras gauche. Il referma la main sur son micro en veillant à ce qu'elle reste sous le siège, hors de la vue de Ben. Méthodiquement, il enchaîna les clics longs et courts.

Elise hurlait de plus belle.

Sam voulut alors prendre la petite. Carrie poussa une exclamation et la serra contre elle. Mais les mains de Sam étaient douces ; ce n'était pas une menace, plutôt un répit. Elise, cette traîtresse, repoussa sa mère pour aller vers l'homme. Carrie la lâcha avec réticence.

Bill, glacé, regarda sa fille se laisser aller contre le torse de son ravisseur, la joue appuyée contre le gilet explosif. Sam commença à se balancer de droite et de gauche, tel un métronome, tandis qu'Elise hurlait en rythme dans ses bras. Il lui frotta le dos en décrivant des petits cercles, le détonateur coincé entre les doigts.

Il se mit à chanter. Une mélodie douce, mélancolique mais charmante. Les paroles étaient étrangères, mais de toute manière, pour le bébé, les mots n'avaient pas encore de sens.

Ben chanta à l'unisson, juste assez fort pour que Bill l'entende, et encore, à peine.

Les hurlements se muèrent en cris, puis se réduisirent à des gémissements. Le petit corps d'Elise, de plus en plus détendu, cessa peu à peu de trembler. Quand Sam arriva aux dernières notes de la berceuse, plus rien ne bougeait, hormis son léger mouvement de balancier.

Personne ne dit un mot dans ce curieux instant de paix.

Bill se demanda si les deux hommes regrettaient leurs décisions. S'ils regrettaient d'avoir mis ce bébé, ce petit garçon, cette femme dans cette situation. Il n'était peut-être pas trop tard. Malgré tout ce qui s'était déjà passé, Bill pourrait peut-être trouver un moyen de les dissuader. Il voulut capitaliser sur ce moment, mais Ben le devança.

« Bill. Il est temps. »

Theo raccrocha. C'était la septième entreprise de déménageurs qu'il contactait. Sept impasses.

De l'autre côté du parking, il vit Liu et les agents évoluer d'un pas décidé mais sans hâte extrême. Les démineurs remballaient et toutes les portières du SUV des Hoffman étaient grandes ouvertes, pour permettre aux agents de le passer au peigne fin. En regardant les deux équipes au travail, il comprit qu'elles étaient aussi bredouilles que lui.

Dans son poing serré, son téléphone vibra.

L'attaque va commencer ici. Mais je voulais te dire combien je suis fière de toi. Tout va bien se passer, Theo. Je t'aime, tu sais.

Theo ne voulait pas être aux manettes. Il ne voulait pas participer à cette mission. Il ne voulait plus être le petit garçon qui dit : « Je suis un homme, maintenant. » Les adultes gèrent les crises ; ils arrangent les choses. Theo s'efforçait de faire comme eux depuis le jour où sa mère les avait emmenés loin de chez eux en pleine nuit. Mais il ne voulait plus.

Tu vas assurer, tatie Jo. Et nous, on assure ici. Tiens bon, là-haut. Je t'aime aussi.

Une idée lui vint en tête : *J'espère que le commandant va choisir de sacrifier sa famille.* Accablé par la honte et les remords, il baissa la tête.

Là-bas, soudain, Liu et les agents s'agitèrent. Il se passait quelque chose. Theo partit en courant. Lorsqu'il les rejoignit, l'équipe avait presque fini de remballer le matériel.

« ... cherchez toute zone publique dans un rayon de trois kilomètres où les feux sont autorisés. Les parcs, les...

– Qu'est-ce qui se passe ? » demanda-t-il à Rousseau.

Un nouveau message en morse était arrivé. Le pilote disait que la famille sentait une odeur de feu de bois.

Theo tâcha de se représenter les environs de l'aéroport en vue aérienne. À l'est, les hôtels alignés le long de Century Boulevard. Peut-être un feu dans une cour, pour brûler des ordures ? Tout le côté sud ou presque était une zone résidentielle. Et c'était trop loin des pistes. Au nord, résidentiel aussi, et...

« Dockweiler ! » brailla Theo. Il s'élança à toutes jambes vers le véhicule le plus proche, mais, voyant que personne ne suivait, il s'arrêta.

« C'est quoi, Dockweiler ? demanda Liu sans détacher les yeux des écrans, dans le centre d'opérations mobile.

– C'est une plage, se hâta d'expliquer Theo. Juste au bout des pistes... je vous expliquerai en route, mais il faut y aller, là. »

Les agents voulurent se remettre à remballer, mais Liu les arrêta de la main. Elle ordonna rapidement à l'opérateur des écrans de sortir toutes les infos disponibles sur la plage en question, puis se retourna vers Theo.

« On verra. D'ailleurs on voit déjà, d'ici, ajouta-t-elle en indiquant les infos qui commençaient à apparaître à l'écran. Mais on n'a pas les ressources pour envoyer du monde partout où votre instinct vous dit d'aller.

– Mais... le temps presse...

– Et surtout, on n'a pas le temps de se tromper. C'est compris ? » le coupa-t-elle sur un ton sans appel. Sur ce, elle se retourna vers le fourgon.

Theo n'en revenait pas. Il était absolument certain de savoir où se trouvait la famille. Dockweiler était une plage publique située à l'extrémité ouest des pistes. Les avions qui décollaient passaient juste au-dessus, et la plage était équipée de braseros en béton pour permettre aux gens de faire des feux. Il savait que Liu apprendrait tout cela au cours de ses recherches, et il savait qu'elle aboutirait tôt ou tard à la même conclusion que lui. Ils se dirigeraient par là-bas... mais une fois sur place, Liu voudrait *encore* reconnaître les lieux avant de cerner la zone et d'établir un périmètre.

Pour lui, il n'y avait aucun doute : ils arriveraient trop tard. Il tâcha de garder son calme. « Madame, je pense vraiment que... »

Un autre agent vint se planter devant lui. « Mec, je sais, dit-il à mi-voix. Mais il faut que tu te calmes, là. Laisse-la bosser. »

Theo, perplexe, le regarda fixement avant de promener les yeux autour de lui. Les autres agents l'observaient. Bien sûr, ils n'avaient pas les responsabilités de Liu, ni un lien personnel avec l'affaire comme lui. Ils n'avaient aucune raison de s'exposer à des réprimandes, et donc aucune difficulté à suivre les ordres de la patronne. Obéir, c'était le moins risqué pour eux.

« Theo. »

Il se retourna vivement. C'était Rousseau. L'agent baissa les yeux vers sa main tremblante, qui serrait encore le téléphone.

« Pardon, dit Theo. Mais c'est juste… c'est ma tante, vous savez ? »

Les agents murmurèrent, compréhensifs, et Theo s'éloigna du groupe. Quelques instants plus tard, il regarda par-dessus son épaule. Personne ne s'intéressait plus à lui. Tous s'étaient remis au travail.

Theo serra les dents et s'approcha du SUV. Nul ne chercha à l'arrêter, car nul n'aurait jamais imaginé qu'un agent puisse faire ce qu'il allait faire. En s'installant au volant et en démarrant le moteur, il n'eut aucune hésitation. Son désir d'être ailleurs et de ne plus rien gérer s'était volatilisé. Il savait que c'était la fin de sa carrière. Mais, de toute manière, il n'avait pas signé pour rester les bras ballants comme un lâche.

Il quitta le parking sur les chapeaux de roues, sans un regard en arrière.

25.

Le message de Theo fit sourire Jo.

Elle rempocha son téléphone. Elle était la seule debout, le dos tourné à tous les sièges. Elle se campa fermement sur ses pieds, juste en face de la porte. Elle chuchota une prière pour son neveu, pour la famille et pour les équipes au sol.

Elle était si proche du cockpit qu'elle entendit le sifflement pneumatique d'un masque à oxygène de pilote qu'on libérait de son logement.

Elle sut que Bill était en train de se protéger contre le poison, tout comme eux-mêmes tentaient de le faire en cabine. Mais son masque à lui était de qualité militaire. Scellé par un effet de succion, étanche, il couvrirait son visage entier et lui enverrait sans effort dans les poumons un flux illimité d'oxygène. Rien à voir avec les petites coupes en plastique moulé bas de gamme des passagers, maintenues par un simple élastique. Le désavantage pour ces derniers paraissait injuste.

Elle réentendit le sifflement et supposa que le masque était maintenant en place.

Le temps était venu. L'attaque était imminente.

Bill ajusta son masque pendant que Ben enfilait le sien, passait les sangles sur sa tête, relâchait le pincement sur les côtés de l'embout. L'objet épousait son visage avec précision, protégeant ses yeux, son nez et sa bouche.

Bill secoua la bonbonne dans sa main et entendit la bille cogner contre la paroi. En même temps que la pression montait, il sentait la bête à l'intérieur, impatiente d'être libérée.

Il attendit que Ben ait fini de s'équiper pour cesser de secouer. Le silence agit comme un signal.

Le copilote leva le pouce.

Qu'est-ce que c'était que ce cliquetis métallique ? Jo scruta la porte, qui ne lui livrait aucun indice. Et s'ils s'étaient trompés, si les sacs-poubelles ne marchaient pas ? Si elle n'arrivait pas à gérer la situation ? Si le gaz la neutralisait instantanément ? Si elle succombait sans même avoir pu se battre ? S'il y avait un complice parmi les passagers pour veiller à la réussite de l'attaque ?

Elle jeta un coup d'œil à ses six volontaires. Elle leur fit signe, le pouce levé, et sourit à chacun à mesure qu'ils lui retournaient son geste. Elle n'était pas seule.

Josip, enfoncé dans son fauteuil au dernier rang de la première classe, l'observait avec attention. Il leva lentement le menton. Un signe de solidarité. Ou une menace ? Jo n'aurait su dire. Dans le doute, elle hocha le menton en retour.

C'était sa cabine, se répétait-elle. Elle avait le contrôle.

Elle souffla en se positionnant face à la porte. L'odeur de sa propre haleine, chaude et humide contre la coupe en plastique, la mettait en rogne. Ça lui rappelait qu'elle n'était qu'une simple humaine. Elle aurait eu besoin d'être plus que cela.

Et donc, en ce dernier instant avant la bataille, elle décida qu'elle le serait.

Elle se tint un peu plus droite, ferma les yeux. Toutes ses forces concentrées en un point noir, une tête d'épingle ; l'immobilité avant l'action. Elle s'inclina mentalement devant les générations de déesses, de guerrières et de survivantes qui couraient dans son ADN, comprenant à présent qu'elle avait bien sa place parmi elles.

Il y eut le bruit d'une clenche qui coulissait.

Elle rouvrit les yeux.

La porte se déverrouilla et pivota vers l'intérieur. Du sol au plafond, une cascade de voyants illuminait l'intérieur du cockpit, interrompue horizontalement par le pare-brise entièrement noir. Le commandant Hoffman se retourna sur son siège. La visière en plastique de son masque refléta l'éclairage violet de la cabine. Il y eut un mouvement. Quelque chose vola dans les airs.

Jo put distinguer la bonbonne lorsqu'elle quitta les doigts de Bill. Grise et luisante, assez petite pour tenir dans la main, elle crachait un panache de résidus blancs qui se dissipait à mesure qu'il s'éloignait de sa source.

Jo tendit les mains pour l'attraper. Sans jamais la quitter des yeux, elle la regarda flotter vers elle. À l'instant où elle allait la toucher, quelque chose la heurta violemment dans le dos et la précipita au sol. Elle hurla en voyant la bonbonne lui échapper. Celle-ci cogna contre la cloison et roula jusqu'à l'autre bout du galley, où elle alla se loger sous un chariot.

Bill porta vivement les mains à sa bouche – du moins il en eut le réflexe, mais elles heurtèrent la visière du masque dont il avait oublié la présence.

Jo !

Le cri de l'hôtesse continua de résonner dans sa tête même une fois qu'elle se fut tue. Ce son de terreur, de douleur, de fureur humaines pures lui déchirait la conscience.

C'est toi qui as fait ça, Bill. C'est toi qui le lui as imposé, qui le leur as imposé.

L'image lui brûlait la cervelle. Jo, prête, comme elle avait promis de l'être. Anticipant, préparée, armée... et prise par surprise.

Elle n'avait pas vu venir le type, et Bill n'avait pas pu lui hurler un avertissement, déjà la porte se refermait en claquant tandis que la folie et le chaos éclataient à grand bruit de l'autre côté.

Il tourna les yeux vers Ben, qui regardait fixement à travers le pare-brise, penché en avant. Le copilote était aussi pantelant que lui-même.

« Dites-moi qui c'était ! » hurla Bill.

Ben ne répondit rien, et Sam non plus.

Tout arriva en même temps, et pourtant comme au ralenti.

Jo vit son agresseur se jeter sur la porte fermée. Il bourra la surface impénétrable de coups de poing, de coups de pied, de coups d'épaule : peine perdue. Le poste de pilotage avait gardé son intégrité, personne n'y était entré. Jo éprouva un bref soulagement. L'homme se retourna vers elle, l'attrapa par son uniforme, la souleva du sol pour l'amener à sa hauteur.

« Non ! Le gaz ! » hurla-t-elle par-dessus son épaule à son premier volontaire, l'homme d'affaires de la rangée un, qui accourait vers elle. Il tourna aussitôt les talons et se précipita dans le galley pour aller chercher la bonbonne.

Dave encercla la gorge de Jo de ses deux mains et serra. Elle l'avait mal évalué. Elle croyait avoir fait sa conquête, l'avoir inclus dans l'équipe. Elle s'était trompée.

Les yeux lui sortant de la tête, elle s'efforçait de voir l'homme d'affaires qui cherchait frénétiquement la bonbonne, tournant en tous sens dans le galley. Elle voulut pointer le doigt, lui indiquer la direction, mais Dave la secouait trop violemment. Elle sentit qu'elle commençait à trembler en raison du manque d'oxygène. Mais, en voyant que l'homme d'affaires tremblait lui aussi, elle se demanda si ce n'était pas plutôt un effet du poison.

« Il faut que j'entre là-dedans ! »

Une écume blanche s'échappait de la bouche de Dave, qui hurlait à la figure de Jo. La mousse coula le long de son menton en sueur. Ses yeux rougis se mouillèrent et il battit des paupières pour combattre la brûlure. Jo le regarda succomber lentement au gaz. Des cloques minuscules apparurent dans son cou, à côté des veines proéminentes.

« Je ne laisserai pas faire ! lui hurla-t-il. Je ne laisserai pas faire ! »

L'homme d'affaires retourna précipitamment à son masque tandis que le deuxième volontaire, son collègue, bondissait pour le relayer. Il mit un genou au sol et entreprit de chercher sous le mauvais chariot.

Jo essayait toujours de montrer le bon endroit, mais des étoiles commencèrent à danser devant ses yeux. Son cerveau n'était apparemment plus capable d'envoyer un message à sa main. Sa vue commençait à virer au noir, revenait, sombrait à nouveau dans les ténèbres. Il devait s'être écoulé dix secondes depuis que la porte s'était refermée, mais cela aurait tout aussi bien pu être dix vies entières.

Dave poussa un dernier cri et lâcha prise. Le poison était en train de l'emporter. Tout à coup, un objet surgi de nulle part le frappa en pleine face. Jo se dégagea, se rattrapa avant de tomber au sol. Dave s'écroula à ses pieds.

En relevant la tête, Jo constata qu'elle était dans les bras de Josip. Il serrait dans son poing un magazine roulé. Il s'en servit une seconde fois comme d'un gourdin pour assommer définitivement Dave.

Jo s'écarta de Josip avec une force à laquelle il ne s'attendait sans doute pas, et croisa le second homme d'affaires qui partait chercher de l'air. Elle tituba jusqu'au dernier chariot. Lâchant le frein à pied, elle tira sur le meuble avec énergie, mais il fut brutalement arrêté par le second loquet. Déséquilibrée, elle retomba contre la cloison. Le chariot roula en arrière et retourna s'encastrer dans son logement avec la bonbonne toujours coincée dessous. Le panache de poison blanc qui en sortait évoquait un fantôme.

Josip comprit la situation et ouvrit le second loquet. Sa main énorme posée sur celle de Jo, ils parvinrent tous les deux à déloger le chariot et virent la bonbonne rouler dans un nuage de gaz toxique.

Josip l'éloigna d'un coup de pied. Au centre du galley, l'ancienne marine attendait, un genou au sol. Elle rattrapa la bonbonne dans son sac-poubelle et le noua ensuite avec tant de force que Jo craignit qu'il ne se déchire. Puis elle lâcha le paquet dans les bras de sa femme qui attendait avec le sac suivant, et qui serra les liens avec tout autant d'énergie, ajoutant des doubles nœuds pour faire bonne mesure.

Josip traîna le corps de Dave à travers le galley pour dégager l'accès aux toilettes. Jo chancela jusqu'à la sauveteuse et lui prit les sacs tout en lui indiquant son siège du doigt. Sa femme lui tendait déjà son masque. Elle l'aida à l'enfiler et le pressa contre son nez, toutes deux cherchant laborieusement à reprendre leur souffle.

Josip ouvrit la porte des toilettes et Jo lui lança le sac. Il le jeta dans la cuvette, claqua l'abattant et referma. Jo le bouscula pour passer et se laissa tomber à genoux devant la porte. Elle poussa une couverture de première classe imbibée d'eau dans la fente en bas. C'était leur dernière ligne de défense.

Elle continua de s'activer à quatre pattes, sans remarquer que sa réserve d'oxygène avait glissé de son torse et pendait sous elle. Son masque couvrait maintenant son oreille gauche, l'élastique lui barrait la figure. Elle se dépêchait le plus possible, mais ses mains étaient comme agrafées au sol. Est-ce qu'elle bougeait, seulement ? Franchement, elle n'aurait pas su le dire. Tout au fond d'elle-même, elle savait que le poison était en train de refermer ses doigts osseux autour de ses pensées. Elle retomba contre la porte du cockpit avec un choc sourd.

Josip, accroupi à ses côtés, la redressa et replaça fermement le masque sur son nez et sa bouche. Il mima le fait de respirer profondément. Jo l'imita, et l'air frais lui fit l'effet d'une gifle.

Le teint de Josip avait pris une inquiétante couleur rouge, et ses yeux étaient injectés de sang. Jo prit une énorme inspiration, puis retira son masque pour le presser contre sa figure à lui. Josip aspira goulûment autant d'air que possible. Ses yeux larmoyaient. Il fit un signe de tête à Jo.

Il se remit debout, et la hissa sur ses pieds lorsqu'elle lui attrapa le bras et pointa le doigt vers les sièges. Il fit oui de la tête et inspira encore un grand coup avant de rendre le masque à Jo. Ramassant Dave par terre comme une poupée de chiffon, il le jeta dans son ancien siège.

Jo l'observa tout en rajustant son masque. Elle avait envie de pleurer tant c'était bon de s'être trompée à ce point sur quelqu'un.

Elle évalua ensuite la situation. Le premier homme d'affaires vomissait abondamment dans un des sacs-poubelles. Le second, qui semblait nauséeux également, était entièrement rouge et trempé de sueur. Il fut pris de convulsions, les doigts crispés sur ses accoudoirs, tout comme l'ex-marine assise au rang suivant. Sa femme secouriste regarda ses pupilles contractées et prit son pouls. Josip, de l'autre côté de l'allée centrale, respirait avec difficulté et examinait les cloques et les rougeurs qui avaient fleuri sur ses mains et ses bras. À côté de lui, Dave, effondré vers l'avant, était toujours inconscient, mais il portait le masque que Josip lui avait mis.

Au-delà de la cloison, les passagers de la classe éco, sagement assis, pressaient leur masque contre leur visage. La plupart se dévissaient le cou pour tenter d'apercevoir ce qui se passait. Beaucoup étaient penchés en avant, les mains jointes, les yeux fermés. Ils s'accrochaient les uns aux autres, de grosses larmes roulaient sur leurs joues, et quelqu'un, quelque part, poussa un gémissement.

Kellie et Big Daddy, à l'arrière, étaient sagement sanglés sur leurs strapontins. Ils se penchaient depuis les deux côtés de l'allée centrale pour la regarder. Ils voulaient désespérément se rendre utiles.

Jo éleva son bras tremblant et leva le pouce.

Des étoiles scintillantes traversaient son champ de vision en tous sens. Une sorte d'engourdissement envahissait son visage. Elle remua le nez et les lèvres pour tenter de stimuler la circulation. De la sueur dégoulina du masque sur son menton. C'était bien de la sueur, hein ? Et si c'était de la salive ? Avait-elle l'écume aux lèvres ? Faute de pouvoir toucher son visage, elle ne pouvait pas juger de l'étendue de ce qu'elle ressentait comme une attaque de paralysie.

Elle était consciente qu'un complice potentiel était peut-être toujours à bord. Mais elle s'autorisa à se sentir un peu soulagée d'être encore en vie, que tous soient encore en vie.

L'attaque chimique était terminée.

Le temps était un concept fuyant à ce moment-là, si bien qu'elle ne savait pas du tout combien de minutes d'oxygène il restait sur les douze qui leur étaient allouées. Quelques-unes, elle en était sûre, mais pas beaucoup plus. Avec un peu de chance, le poison qui stagnait dans l'atmosphère se dissiperait sans faire plus de mal avant que les masques ne servent plus à rien. Et peu après, ils se poseraient, des équipes spécialisées les attendraient au sol et des soignants seraient prêts à prendre le relais.

Tout irait bien.

Jo hocha la tête pour elle-même.

C'était terminé.

26.

Carrie tremblait de tout son corps.

Cela avait débuté comme un frémissement, mais après que Bill avait lancé la bonbonne, c'était devenu quelque chose de plus animal, compulsif.

Elise recommença à pleurer. Scott s'était recroquevillé sur ses genoux, mais maintenant que l'attaque était passée, il essayait de se redresser. Carrie appuya sur sa tête pour qu'il reste baissé. Son corps frissonna et il se mit à pleurer avec sa sœur. Carrie cherchait de l'air.

Sam essaya de faire taire les enfants, mais cela ne fit qu'amplifier le bruit et le tumulte dans cet espace confiné. Ils avaient été poussés trop loin.

Résistant aux molles tentatives de Carrie pour le retenir, Scott s'assit tout droit. Il y eut un bref silence, juste assez long pour que tout le monde entende : « Maman ? »

Le garçon regardait fixement les cuisses de sa mère, où s'élargissait une tache sombre. Il ne comprenait pas. Une maman ne fait pas pipi dans son pantalon.

Carrie perçut sa pitié et sa gêne. C'était intolérable, et elle se retourna vers Sam.

« Il faut que j'aille aux toilettes, dit-elle sans même trouver l'énergie de supplier. Accordez-moi au moins cette dignité. » Elle poursuivit à voix basse. « Pas devant mes enfants. Je vous en prie… »

Les sanglots des petits l'empêchèrent de poursuivre. Sam releva les yeux de ses cuisses trempées vers la morve qui gouttait de son nez. Elle posa une main sur sa manche de chemise, celle qu'elle avait roulée elle-même, et il n'eut aucun mouvement de recul. Elle insista dans un souffle :

« Sam. S'il vous plaît. »

Cette fois leurs regards se croisèrent, mais seulement un instant, avant qu'elle baisse les yeux.

« D'accord. Prends ta sœur, toi », dit Sam à Scott. L'enfant prit maladroitement le bébé dans ses bras. Sam fouilla l'habitacle des yeux et trouva une corde qui traînait dans un coin. « Venez par ici. Tenez-moi ça. »

Il passa le téléphone à Carrie pendant que Scott se poussait sur le sol métallique, sa sœur sur les genoux. Les deux enfants s'éloignèrent ainsi vers le fond, à l'opposé des portières arrière. Sam noua un bout de la corde autour d'un montant métallique et l'autre autour de la taille mince de Scott. Le garçon souleva Elise avec effort pour l'aider dans ses gestes.

Sam tira quelques petits coups sur la corde. Les nœuds se resserrèrent.

« Je vais fermer à clé, alors pas la peine de jouer les héros, dit-il tout bas à Scott en lui agitant l'index sous le nez. Si tu essaies… je tue ta mère d'une balle dans la tête. »

L'enfant blêmit.

Tout cela se passa dans le dos de Carrie, qui scrutait l'écran en se demandant comment communiquer à son mari ce qu'elle ne pouvait pas dire tout haut. Mais Bill ne la regardait pas : il observait par-dessus son épaule l'homme en train d'attacher leurs enfants.

Un souvenir vint alors taper sur l'épaule de Carrie.

Avant leur mariage. Le canapé, sa vieille bible. L'écriture de son père.

Autrement dit… on finit tous par mourir, et ce n'est pas juste ?

C'est ça.

« Bill », dit-elle pendant que Sam terminait avec les enfants. Une boule lui serrait la gorge, mais elle avait les yeux secs. « Tu sais, si tu me demandais en mariage ? Là, maintenant, malgré tout ceci ? Je dirais oui. Oui. Souligné avec force. Tout en majuscules. »

Bill fronça les sourcils, inclina légèrement la tête.

Pendant qu'elle le regardait s'efforcer de comprendre le message, des souvenirs affluèrent dans la tête de Carrie. Eux deux assis côte à côte au cinéma, sa main à elle effleurant la sienne. Cette fête où elle l'avait surpris à la regarder depuis l'autre côté de la salle. La première fois qu'il l'avait présentée comme « ma chérie ». Elle sourit pour elle-même, en paix avec sa décision, et vit soudain Bill pâlir. Il avait compris.

L'image trembla lorsqu'il agrippa les deux côtés de l'ordinateur.

« Carrie, je ne peux pas… Je… Mince… » balbutia-t-il. En même temps, il s'efforçait visiblement de trouver comment dire ce qu'il avait à dire sans le dire. Il se passa la main dans les cheveux, promena son regard dans le cockpit, puis s'arrêta d'un seul coup et regarda droit dans l'objectif. Il se redressa, le menton en avant, et parla d'une voix ferme, bien assurée :

« Épouse-moi encore, Carrie. Je te le demande comme je l'ai fait la première fois : veux-tu m'épouser ? Mais ne dis pas simplement oui. Souligné. Tout en majuscules. Pas encore. *Attends.* Sois patiente. Vois si je parviens à me montrer digne de toi. Je te promets que je le serai. Carrie, je te le promets. Ne dis pas oui avant d'être convaincue que je te mérite. »

Carrie eut un sourire triste. « Tu m'as touj…

– Allez, on y va », la coupa Sam.

Il lui prit le téléphone des mains et le posa par terre dans la camionnette. L'objectif, braqué sur le plafond, resta immobile. Il ne montrait plus rien.

Bill continua de contempler l'écran, qui n'affichait plus que du gris sombre et flou. Seul le souffle de Scott indiquait que la connexion était toujours active. Il y eut un cliquetis de clés.

Les enfants étaient enfermés, attachés, seuls, et Carrie hors de vue, à la merci d'un fou. Et lui – leur père, son mari – était à des milliers de kilomètres et s'éloignait encore un peu à chaque minute qui passait.

Elle va tenter quelque chose, pensa Bill.

Carrie va tenter quelque chose.

27.

Theo déboula à tombeau ouvert sur Sepulveda Boulevard, gyrophare allumé et sirènes hurlantes, pour foncer vers l'aéroport. Des voitures s'écartèrent pour le laisser passer, mais les bouchons autour de LAX rendaient la circulation presque impossible. Cette zone était perpétuellement embouteillée ; le plan d'ensemble et le positionnement désastreux de l'aéroport étaient exaspérants même dans les circonstances les plus favorables. Theo s'efforça de canaliser sa rage en tapotant impatiemment le volant. L'enjeu, aujourd'hui, dépassait de loin la simple crainte de rater un vol.

Son téléphone sonna. LIU. Il refusa l'appel, et l'écran s'éteignit.

Plusieurs minutes s'écoulèrent. Il essaya de se distraire en calculant la distance restante, mais, se rendant compte qu'il n'avait même pas encore atteint Century Boulevard, il poussa un juron exaspéré. Cet itinéraire lui ferait prendre le tunnel qui passait sous l'extrémité Est des pistes pour rejoindre l'Imperial Highway, après quoi il devrait encore longer tout le flanc opposé de l'aéroport pour rejoindre l'accès principal à la...

Espèce de con ! se lança-t-il à lui-même.

Sans même regarder dans le rétro, il fit soudainement demi-tour dans un crissement de pneus. Une voiture qui arrivait en face fit un écart en klaxonnant pour l'éviter, ce qui en obligea une autre à se pousser à son tour.

Theo écrasa l'accélérateur et le SUV repartit dans la direction opposée à l'aéroport. Il fonçait sur la route, forçant les voitures devant lui à serrer à droite, lorsqu'il remarqua un SUV noir avec gyrophares qui approchait en sens inverse, coincé dans les embouteillages.

« Non mais c'est une blague, Liu ! » grommela-t-il en ralentissant jusqu'à la limite de vitesse, gyros et sirène éteints.

Lorsqu'il croisa le véhicule, il jeta un coup d'œil discret et vit deux de ses collègues, le cou tendu, en train d'essayer de trouver le moyen de contourner le bouchon. Ils ne le remarquèrent absolument pas.

Étaient-ce des renforts ? Ou bien, en pleine opération, avec des vies en jeu, Liu était-elle prête à gaspiller deux agents en les envoyant à ses trousses pour le ramener par la peau des fesses ? Il ne se fiait pas assez à elle pour attendre de découvrir la réponse. Accélérant à nouveau, il les laissa derrière lui.

Une brise fraîche soufflait de la mer, en fort contraste avec l'air chaud et confiné de la camionnette. Carrie contempla les eaux sombres du Pacifique. Les vagues s'écrasaient sur la plage, incessantes, cadencées, indifférentes. Demain, la marée descendrait et remonterait comme elle l'avait fait la veille et comme elle continuerait de le faire après. Carrie trouvait un certain réconfort à savoir que la Terre continuerait de tourner, indifférente à son sort.

À l'autre bout du parking, sur la plage, un feu lançait des étincelles orange vers les étoiles avec d'agréables crépitements. Derrière les flammes, un couple reposait, les pieds posés sur le rebord du brasero en béton gris. Carrie inhala profondément l'odeur de fumée, empreinte de nostalgie, et sentit aussitôt le canon froid d'une arme à feu appuyer dans sa nuque.

« Je n'allais pas crier, dit-elle. Je... savourais, c'est tout.

– Allez, qu'on en finisse », répliqua Sam en la tirant par le bras.

Ils s'éloignèrent ensemble de la camionnette. Dans un angle du parking, un lampadaire était éteint. En dessous, un tas de sable et de gravats abandonnés lançait des ombres sinistres sous la lune. Une mouette se posa sur un autre lampadaire et inclina la tête d'un côté et de l'autre en les regardant passer. Carrie les imaginait vus de là-haut : deux humains, chargés d'explosifs, s'enfonçant calmement dans le noir. Le vent salé fouetta ses cheveux et elle frissonna.

« À la maison, vous m'avez raconté que vous aviez eu des projets, dit-elle. Mais qu'ensuite votre père était décédé. »

Sam hocha la tête. « Ben et moi, on était parés. On avait les papiers, les visas, tout. Dix ans qu'on économisait pour ça. On avait nos billets d'avion. Et puis, quatre jours avant la date du départ, il est mort.

– Alors vous êtes resté et Ben est parti sans vous ? »

Sam fit oui de la tête. Le sable crissait sous leurs pas. Il la précédait, juste assez pour qu'elle voie la crosse de son arme dépasser de son pantalon, dans son dos.

« Vous lui en avez voulu ? »

Sam tourna la tête. « À Ben ?

– Oui. Quand il est parti en vous laissant là-bas. »

Ils avaient presque atteint le tas de gravats au bout du parking.

« Non. Jamais. C'est moi qui l'ai obligé à partir. Il voulait rester, il trouvait ça injuste. Et ça l'était, dit Sam avec un haussement d'épaules. Je lui ai dit d'y aller, et je lui ai aussi donné mon argent. Ça lui faciliterait la vie. Je lui ai dit de partir devant, et que je le rejoindrais quand je pourrais. Et, dix-sept ans plus tard, c'est ce que j'ai fait. Mais, sur le moment, je ne pouvais tout simplement pas m'en aller.

– Mais votre famille. Que s'est-il passé ? Qu'est-il arrivé à Ahmad ? »

Le nom du petit dernier de la famille, la blessure la plus profonde de Sam, resta suspendu dans l'atmosphère après avoir quitté ses lèvres. Elle comprit tout de suite qu'il aurait l'effet escompté. Elle se prépara.

Le battement de son pouls était clairement visible dans son cou lorsqu'il se retourna vers elle, s'arrêtant juste avant de la frapper. Elle tenta de fuir, mais il l'agrippa sous la mâchoire et la tira à lui pour refermer les doigts sur sa gorge. Puis, la tenant contre lui, il lui tourna de force la tête sur le côté et approcha les lèvres de son oreille. Son haleine humide et chaude s'étala sur sa joue, et elle poussa un couinement involontaire en sentant ses doigts s'enfoncer dans sa peau.

« Je vous interdis de prononcer son nom », lui souffla-t-il à l'oreille.

Pas de résistance. Pas de résistance. Pas de résistance. Carrie faisait appel à toute sa volonté pour surmonter son instinct. Fermant les yeux, elle se concentra sur le bruit des vagues.

Lentement, il desserra son emprise et finit par la lâcher entièrement. Elle recula en titubant, respirant à grandes goulées. Puis elle se plia en deux, les mains sur les genoux. Elle prit soin de garder les yeux baissés.

Sam fit un geste en direction du tas de gravats.

« Faites vite. »

Le feu passa à l'orange. Theo accéléra en regardant très vaguement à droite et à gauche. C'était rouge lorsqu'il arriva au carrefour, mais il fonça quand même.

Sur sa gauche, un avion s'élançait sur la piste Nord. Theo roulait à cent vingt kilomètres-heure. Sur une voie limitée à soixante. Au moment où les roues de l'avion quittèrent le sol, Theo enfonça résolument l'accélérateur, et l'aiguille du compteur dépassa les cent trente.

La Westchester Parkway était une route parallèle aux pistes de l'aéroport. La circulation y était légère, et les quelques voitures présentes serrèrent obligeamment à droite en entendant la sirène et en voyant les gyrophares. Theo balayait le paysage du regard à la recherche d'indices visuels pour compléter ses souvenirs parcellaires. Cela faisait des années qu'il n'était pas passé par là. C'était différent de ce qu'il avait gardé en mémoire.

Dans son enfance, quand sa famille allait à la plage, c'était à Toes Beach. Une Mecque du surf dans les années 1960, mais lorsque des digues avaient été construites pour prévenir l'érosion des plages, les rouleaux avaient disparu. Désormais, c'était surtout une plage familiale, avec des vagues tranquilles, une jolie piste cyclable, et très peu de touristes.

Theo, dans sa frustration, tapa du poing sur le tableau de bord, et une onde de douleur parcourut son bras meurtri. Il accueillit cette douleur avec joie. Il la méritait pour avoir été aussi crétin, pour avoir mis si longtemps à comprendre comment faire.

La plage de Toes communique avec celle de Dockweiler.

Le bout de la route se profilait, et Theo avisa devant lui un nouveau feu rouge. Il ralentit, vérifia que la voie était libre, ne vit personne. Accélérant à nouveau, il commença un virage à droite tout en jetant un coup d'œil à la plaque de la rue dans laquelle il s'engageait. Pershing. Il pensait qu'elle devait mener à…

Il entendit les freins avant de voir le véhicule.

Les pneus crissèrent une seconde avant que la voiture ne le percute à pleine vitesse, juste derrière la portière côté conducteur. Son SUV valdingua jusqu'à ce qu'il heurte quelque chose – quelque chose de gros, et de métallique – qui le renvoya pirouetter dans la direction opposée. Il y eut un grand fracas et une pluie de verre s'abattit sur lui, suivie par un courant d'air frais.

L'espace d'un instant, tout, autour de lui, resta figé. Frais et immobile.

Il défit sa ceinture et tendit ses doigts ensanglantés vers la poignée de la portière. Elle ne bougea pas. Tout était coincé. Le SUV était bloqué par ce qu'il supposait être le châssis d'un autre véhicule. De la fumée qui entrait par la vitre fracassée le fit tousser.

En rampant vers la banquette arrière, il prit conscience que son corps entier était douloureux, mais cela ne l'empêcha pas d'avancer. Il essaya les portières arrière : verrouillées.

Sur le pare-brise arrière, le verre fendillé dessinait une toile d'araignée. Il passa par-dessus le dossier de la banquette. Là, il put se mettre sur ses pieds, en se baissant au maximum pour se caler dans l'espace étroit. En se tenant de sa bonne main, il recula sa jambe gauche et lança un coup de pied dans la vitre. Au troisième coup, elle se fracassa autour de sa cheville. Theo s'extirpa du SUV et inhala de longues bouffées d'air frais.

Un inconnu courut à sa rencontre. « Ça va ? Il faut vous asseoir. Une ambulance est en chemin. »

Theo entendit, mais n'enregistra rien. Il observait la scène. Trois voitures. Une sur le flanc. Une moto, toute cabossée. Des éclats de verre et du métal tordu partout. Une demi-douzaine de personnes allongées par terre, des gémissements. Des badauds debout à côté de leur propre voiture, impuissants.

Impuissants.

Les Hoffman.

Il fallait qu'il persiste.

Il repoussa l'homme qui essayait de le faire asseoir et se dirigea vers la voiture renversée. Un jeune couple, accroupi, parlait avec la conductrice encore sur son siège, maintenue par sa ceinture.

« Elle va bien ? s'enquit Theo.

– Je pense », répondit le mari. Au loin, on entendait une sirène. « Tenez bon, dit l'homme à la conductrice. Les secours arrivent. Ils vont vous tirer de là, d'accord ? »

Les sirènes se rapprochaient. Ça pouvait être une ambulance, en effet… ou ça pouvait être le FBI. Theo aussi devait se tirer de là. Dans la pagaille ambiante, il s'approcha de la moto qui gisait sur le flanc. La clé était encore dans le contact.

Avant que quiconque ait pu l'arrêter, il redressa la moto et l'enfourcha. Il passa au point mort, mit le coupe-circuit en position *on*, tira sur l'embrayage et poussa le bouton de démarrage. Miraculeusement, le moteur hoqueta un peu et se mit à ronronner. Theo débraya, donna un peu de gaz, et la moto s'élança.

Il n'avait pas fait de moto depuis sa première année de fac, où il avait appris avec le vieux motocross de son compagnon de chambre, mais il retrouva vite les réflexes. Il ne tarda pas à plisser les yeux dans le vent de la vitesse, slalomant entre les voitures sans se soucier des coups de klaxon.

Son bras, en revanche, était plus difficile à ignorer. Étant donné l'urgence, il ne pouvait pas vraiment envisager de conduire d'une seule main. La douleur qui explosa lorsqu'il sortit son bras de l'écharpe faillit lui faire perdre le contrôle. Comme c'était la main droite qui actionnait la commande des gaz et le frein avant, il était bien content que ce bras-là soit intact. Sa main gauche tremblait mollement sur le guidon, et il avait du mal à empêcher la roue avant d'osciller dangereusement.

Theo scruta les rues, à peu près sûr qu'il devait prendre à gauche au prochain carrefour. Il y avait un véhicule devant lui : un monospace qui attendait qu'un joggeur ait traversé pour pouvoir tourner. Theo donna un coup d'accélérateur et passa une vitesse. Le monospace s'engageait dans le virage lorsque la moto le surprit en le doublant par la gauche. Il fit un brusque écart à droite. Le coureur bondit sur le trottoir et s'écarta de justesse, en roulé-boulé. La moto oscilla un instant avant de retrouver l'équilibre, et Theo s'enfonça à toute vitesse dans la zone résidentielle.

Ce quartier était exactement tel que dans ses souvenirs : vallonné et tortueux. Il navigua dans le dédale de rues menant à la mer, sachant qu'il devrait prendre encore à gauche quelque part, puis à droite pour déboucher sur une promenade en bord de plage, qui allait jusqu'aux parkings de Dockweiler.

Il fallait juste qu'il trouve la bonne rue.

Il ralentit, regarda des deux côtés, puis grilla un stop pour gravir une pente raide. Il n'avait pas le temps de prendre trop de précautions, mais il lui restait encore suffisamment de bon sens pour se rappeler qu'il n'avait ni ceinture de sécurité ni casque.

En redescendant de l'autre côté de la butte, il s'intéressa aux rues perpendiculaires devant lui. Il lui semblait bien que c'était la seconde, mais lorsqu'il dépassa la première, quelque chose fit tilt dans sa tête.

La première. C'était celle-là. Celle qu'il venait de passer.

Il pila et tourna le guidon à fond. Le pneu arrière laissa une traînée noire en demi-cercle sur l'asphalte. Emballant le moteur, Theo remonta la rue vers le bon carrefour. Au même instant, une voiture apparut devant lui au sommet de la côte.

Theo, ébloui par les phares, fit un écart à droite tandis que la voiture freinait et s'écartait à gauche, l'évitant de justesse, montait sur le trottoir et emplafonnait une bouche d'incendie dans un fracas explosif. Theo posa un pied par terre dans une tentative désespérée de garder le contrôle de la moto, qui oscillait violemment. Par-dessus son épaule, il vit le geyser qui jaillissait devant la voiture ratatinée et le conducteur qui se débattait avec son airbag.

Theo continua d'avancer.

La moto passa devant des villas à plusieurs millions de dollars. Theo savait que l'océan était juste de l'autre côté. Un peu plus loin devant, le vent avait poussé du sable sur la chaussée, au pied d'un lampadaire qui portait un panneau réflecteur bleu : PLAGE, avec une flèche. Il accéléra.

Il y était presque. Une fois sur la promenade, c'était tout droit. Il pourrait rejoindre la famille en quelques minutes.

Du moins, si c'était bien là qu'elle était.

Le doute l'envahit lorsqu'il repensa à tout ce qui s'était passé depuis qu'il avait laissé sur place l'équipe du FBI. Et s'il s'était trompé ? Si les Hoffman n'y étaient pas ? Il secoua la tête. Non. Ils étaient forcément là. Forcément.

Il arrivait au carrefour. Il accéléra dans le virage, mais écrasa aussitôt les freins. Il faillit faire un soleil par-dessus le guidon et s'écraser contre les poteaux placés pour empêcher les véhicules à moteur d'accéder à la promenade : ils étaient juste assez rapprochés pour faire barrage à la moto. Impossible d'aller plus loin.

« Non ! » hurla Theo. Sa voix fut noyée par le fracas des vagues se brisant sur la plage devant lui. Il resta debout, à califourchon sur la moto, haletant, indifférent à la douleur. Un souvenir de l'explosion de la maison quelques heures plus tôt envahit sa conscience, suivi par la photo de famille des Hoffman.

Theo se rassit, redressa le guidon et redémarra.

Il repartit dans la rue en scrutant tous les détails, cherchant toujours un plan de secours. Dockweiler était encore trop loin pour être rejointe à pied. Il fallait qu'il arrive à contourner les maisons alignées pour rejoindre la promenade à moto.

À courte distance, il avisa un bulldozer garé devant une benne à ordures, en bordure d'un chantier. Éperonné par l'espoir, il accéléra. Plissant les yeux pour scruter la nuit, il remarqua des piliers en bois et en acier plantés dans des fondations en béton. Mais ce qu'il vit au-delà était bien plus intéressant : la plage, et la promenade qui la longeait.

Sans réfléchir, il monta sur le trottoir et engagea la moto sur la rampe en contreplaqué que les ouvriers avaient appuyée contre les fondations. Il ralentit le temps de traverser la longue maison étroite, slalomant entre les tuyaux qui sortaient du sol, là où il y aurait bientôt une cuisine et des salles de bains. Au fond, des tuyauteries supplémentaires étaient posées horizontalement entre deux échafaudages. Theo évalua l'espace en dessous.

En s'aplatissant sur la moto, il parvint à passer sous les tuyaux, de justesse, mais son pied se prit au passage dans l'échafaudage. La moto fut violemment projetée sur le côté, et Theo propulsé en l'air. Il atterrit un peu plus loin dans le sable. L'échafaudage et les tuyaux commencèrent à dégringoler dans une terrifiante cacophonie de tôle creuse tandis que Theo retournait en rampant vers la moto, la redressait et s'éloignait en la poussant.

Ses pieds s'enfoncèrent dans le sable : il était tout près de la promenade. « Ne me fais pas ça », dit-il en entendant le moteur hoqueter. Lorsqu'il enfourcha de nouveau l'engin, celui-ci sembla protester en gémissant, et Theo vit un clou qui dépassait du pneu avant. Il tourna un peu la manette des gaz, et la moto avança en brinquebalant.

Cramponné au guidon, il remarqua que ses deux bras s'étaient mis à trembler, et que son bras gauche était complètement engourdi. Il chassa tout cela de ses pensées. Les dégâts sur son corps. La fin de sa carrière. Le carnage qu'il laissait dans son sillage. Le démarcheur lui faisant un signe de tête, confiant, juste avant que la maison explose. Il se força à tout bloquer. Il devait se concentrer sur la famille et sur l'aide qu'il pouvait lui apporter. Sur cela et rien d'autre.

Le pneu avant était maintenant complètement à plat et la jante raclait le ciment. Le moteur faiblissait et émettait une mince traînée de fumée, et la moto réagissait par des embardées imprévisibles. Avec un soupir triste, le moteur sembla s'éteindre lui-même, et les roues continuèrent un peu sur leur élan.

Theo releva la tête, découragé. Mais là, pas très loin devant lui, il vit un édifice. Une sorte de local d'entretien municipal ou quelque chose dans le genre. Et il savait que, juste après, c'était Dockweiler Beach.

Il lâcha la moto dans le sable et partit en courant, dégainant son arme en chemin. L'édifice se précisa à mesure qu'il s'en approchait : un mur aveugle côté océan, mais côté promenade il y avait une cour pour les véhicules d'entretien et autres équipements. Et juste au-delà s'ouvrait le premier parking de Dockweiler.

Cherchant le couvert du bâtiment, il tint son arme en position défensive et se glissa dans la cour. Celle-ci semblait vide, à l'exception de quelques véhicules utilitaires et d'un gros tracteur avec un râteau de plage attaché en remorque. Personne en vue, aucune lumière.

Il continua d'avancer, plus lentement, le dos contre le mur. Arrivé au bout, il passa prudemment la tête et chercha des yeux une camionnette de déménagement, mais ce qu'il vit le pétrifia sur place : à l'extrémité du parking la plus proche de lui, une femme penchée en avant, les mains sur les genoux, et un homme debout à côté d'elle. Même à cette distance, il distinguait leurs gilets explosifs.

Theo retint son souffle. Plus loin sur le parking, il repéra la camionnette. Mais que faisaient Carrie et le suspect ? Alors qu'elle se redressait, l'homme fit un geste vers une masse indistincte, sans doute des gravats ou du matériel de chantier abandonné. Elle s'y dirigea.

Theo franchit le coin du mur et se dissimula derrière un camion.

Carrie essaya de défaire le bouton de son jean, mais c'était impossible les mains liées. Ses doigts tremblants n'arrivaient pas à prendre le bon angle. Elle se retourna vers Sam.

« Pardon, vous pourriez m'aider ? »

Il regarda son pantalon mouillé et le bouton avec une agitation et une gêne manifestes, mais vint vers elle. Quand il approcha les mains de sa taille, elle détourna les yeux.

Lui aussi eut du mal avec le bouton, d'autant plus qu'il avait les mains pleines. Il fourra le détonateur dans sa poche, saisit le petit disque métallique et le fit passer dans la boutonnière. À cet instant, le genou de Carrie s'enfonça violemment dans son entrejambe. Surpris, il grogna et se plia en deux de douleur. Carrie bondit et attrapa le détonateur dans sa poche, puis recula à la hâte.

Ils se regardèrent fixement, le souffle court. Carrie, les mains liées, tenait le détonateur entre ses paumes, et ses doigts se refermèrent dessus comme ceux de Sam l'avaient fait sur sa gorge. À voir sa tête, elle devina que, malgré toutes ses manigances, malgré tous ses plans de secours, il n'avait jamais anticipé *ça*.

Elle n'avait plus qu'à presser le bouton, et les enfants seraient sauvés. L'avion pourrait se poser. Bill aurait les mains libres. C'était ainsi que cela devait se terminer. C'était la seule solution.

« Qu'est-il arrivé à Ahmad ? » demanda-t-elle.

Il haussa légèrement les sourcils, puis se voûta, vaincu. Comme si partager ce souvenir lui coûtait plus qu'enlever une famille, que crasher un avion.

« Je suis arrivé à L.A. en septembre 2019, dit-il sur un ton amer. C'était le paradis. Le soleil, l'océan. Tout était si propre. J'y étais. On y était arrivés, ensemble. Enfin. On avait tout. La vie était simplement... extraordinaire.

« Un mois plus tard, votre président ordonnait le retrait des troupes de Syrie du Nord. Notre petite enclave kurde. C'était donner le feu vert à la Turquie pour attaquer. Ils n'ont mis que quelques jours à s'en prendre à notre peuple. » Il secoua la tête avec un rire sombre. « Trahis, une fois de plus. Abandonnés, une fois de plus. Alors qu'on avait tant sacrifié, à se battre à vos côtés, à vaincre Daech pour vous – on a perdu onze mille combattants de l'YPG. Onze mille ! Et vous faites ça. Vous nous trahissez comme ça.

« Quand on a entendu parler de notre ville aux infos, Ben et moi, il nous a fallu trois jours pour réussir à contacter quelqu'un là-bas. Vous savez combien de membres de nos familles étaient morts ? »

Elle ne répondit rien.

« Tous, Carrie. Tous jusqu'au dernier. On nous a envoyé des photos pour identifier les corps. La dernière image que je garde de ma mère, c'est son corps enflé, putréfié. Des cloques sur ses lèvres. Des brûlures sur sa peau. Ahmad. Mon petit frère. Allongé sur elle. De l'écume aux lèvres. Du pus jaune, dû aux produits chimiques. Son dernier geste a été de tenter de la protéger. »

Ses yeux s'étaient emplis de larmes. Ils se fixèrent sur elle. Elle serra le détonateur plus fort.

« Vous étiez au courant du retrait des troupes ? demanda Sam. Et des attaques qui ont suivi ? »

Elle sentit la honte lui embraser les joues. Elle fit non de la tête.

Sam hocha plusieurs fois le menton et croisa les bras. « Vous étiez très occupée, j'en suis sûr. Sans doute du boulot à rendre. L'entraînement de baseball de Scott. Des amis à dîner, je parie. Ou peut-être que vous en avez entendu parler aux infos, mais que vous vous en foutiez. C'était juste un pays pauvre. Des miséreux. Ce genre de massacres, ça arrive, là-bas. C'est comme ça. »

Il haussa la voix. « Je sais que c'est comme ça que vous avez réagi, parce que je l'ai vu. J'étais ici. Ben aussi. On ne risquait rien. On était dans un pays où ce genre de choses n'arrive pas. Et, tout autour de nous, on vous voyait acheter vos smoothies détox et aller à la salle de gym. On vous voyait prendre des selfies et partir en vacances. J'ai vu une femme, une adulte, pousser des sanglots hystériques, en se roulant dans l'herbe et tout, parce qu'un chien s'était fait écraser par une voiture devant elle. Et j'imaginais son expression quand elle avait zappé la nouvelle de l'anéantissement de mon village. Distraite, ennuyée. Vous n'imaginez pas vos *privilèges* ! »

Il cracha ce mot avec un rictus amer, et la vérité fit grimacer Carrie. Le détonateur était là, suspendu entre eux.

« Ahmad. Mon petit frère. C'est grâce à lui que je n'avais jamais regretté toutes ces années perdues. Il était la fierté de ma vie. Et il m'a été enlevé, tout ça parce que ce pays-ci le considère, considère notre peuple entier, comme quantité négligeable. Jetable. Juste des miséreux dont on peut disposer comme on veut. »

Une vague se brisa. Puis une autre.

« Sam, dit Carrie d'une voix ferme mais pleine de sollicitude, je comprends vos motivations, mais ça ne justifie pas ce que vous êtes en train de faire. »

Il n'avait pas de réponse. Il se contenta de la regarder.

« Vous avez d'excellentes raisons d'être en colère, Sam. Je le serais aussi, à votre place. Mais vos remords ne peuvent pas...

– *Mes* remords ? hurla-t-il. Mes remords ? Et les vôtres, alors ? Vous et votre ignorance, votre inaction ! Ce pays et votre façon de penser...

– Mais, Sam... Vous étiez ici, avec nous ! »

Carrie comprit aussitôt son erreur. Tous les instants où il s'en était voulu de les avoir quittés, de n'avoir pas su les protéger car lui aussi les avait abandonnés pour mener une vie confortable pendant qu'ils souffraient... tout cela passa sur ses traits, la culpabilité le poignardant sous ses yeux.

Il ne put que hocher la tête. Quelque chose en lui n'était plus pareil. « Vous avez raison, dit-il enfin. C'est vrai. Mais est-ce que ça va me faire changer d'avis ? » Il éclata de rire et regarda autour de lui avec une sorte de frénésie. Il indiqua du doigt le détonateur. « C'était mignon, votre petit numéro. Et vos petits jeux psychologiques aussi. Mais vous oubliez que j'ai encore un atout. J'ai les enfants. »

Le corps entier de Carrie se glaça.

« Et ça veut dire... que je n'ai plus besoin de vous. »

Avant qu'elle ait pu réagir, il empoigna son arme et la braqua vers sa tête. Sans même réfléchir, Carrie releva la protection en plastique du détonateur et approcha son pouce du bouton.

Un coup de feu retentit. Des mouettes s'envolèrent dans la nuit.

Sam se tordit. Du sang jaillit de sa cuisse gauche. Avec un cri, il tomba à genoux et lâcha son arme. Carrie shoota dedans, l'envoyant hors de portée sur l'asphalte sableux. Elle vit alors un jeune homme en gilet pare-balles qui courait vers eux.

« FBI ! »

Des pneus crissèrent. Carrie fit volte-face : deux SUV noirs venaient de faire irruption sur le parking et fonçaient vers la camionnette de déménagement.

Sam partit en courant gauchement sur la plage, laissant dans ses pas une traînée de sang.

« Je m'occupe de lui, cria l'agent du FBI à Carrie en s'élançant à la poursuite. Allez-y ! »

Carrie se précipita à toutes jambes vers la camionnette tout en tirant sur les scratchs du gilet. Elle s'en libéra et s'arrêta juste le temps de le poser avec précaution par terre, avec le détonateur à côté. Elle leva les bras pour s'assurer que les agents qui se déversaient des véhicules ne la prennent pas pour une menace.

« Il a besoin d'aide ! hurla-t-elle. Votre collègue, là-bas ! Ils sont sur la plage. Vite ! »

28.

Dans le cockpit, la détonation au loin restait suspendue en l'air. Bill et Ben, tous deux tendus vers l'avant, étaient aussi angoissés l'un que l'autre.

« Maman ! »

Bill arracha son masque à oxygène. Le risque qu'une grande quantité de gaz se soit insinuée sous la porte était faible, et en ce moment il s'en fichait complètement. Il agrippa l'ordinateur à deux mains. « Tout va bien, mon grand. Je suis là. »

Il y eut des reniflements mouillés. « Maman. Maman ! »

Quelque chose heurta le flanc de la camionnette. Les enfants hurlèrent, les pilotes sursautèrent. « Scott ! Maman est là ! fit la voix assourdie de Carrie. Mes bébés, maman est là ! »

Des coups résonnèrent à l'extérieur, métal contre métal, faisant tressauter l'image à l'écran. Carrie et Scott hurlaient chacun de son côté de la paroi, mais soudain les portières arrière s'ouvrirent en grand et une lumière jaune inonda l'habitacle. Une silhouette floue sauta à l'intérieur ; son pied envoya valser le téléphone, dont la caméra ne montra plus rien.

« C'est fini, répétait sans cesse Carrie en pleurant. Tout va bien, c'est fini. »

Le suspect avait une longueur d'avance, mais il était blessé, et Theo courait vite.

Il rangea son arme dans son holster. Quoi qu'il arrive, il ne pouvait pas tirer tant qu'ils seraient tous les deux en mouvement : l'homme était couvert d'explosifs. Theo continua de le poursuivre sur la plage, gagnant peu à peu du terrain jusqu'à être assez proche pour le toucher. Dans un dernier sursaut d'énergie, il bondit sur son dos. L'homme s'écroula sous son poids et ils partirent en roulé-boulé. Du sable blanc s'envolait et collait à leur peau. Tous deux luttaient encore pour prendre le dessus malgré leurs limites physiques respectives. Bras et jambes s'agitaient dans un tourbillon de sang et de douleur.

Le suspect roula sur Theo et se redressa pour le frapper, laissant son ventre exposé. Theo saisit l'occasion et lui envoya son coude dans l'abdomen, frappant juste en dessous des côtes. L'homme se recroquevilla avec un grognement.

Du coin de l'œil, encore loin, Theo vit les renforts approcher. Les lampes de leurs casques projetaient des faisceaux lumineux sur toute la plage.

Theo roula sur le dos et hissa l'homme sur son propre corps en enlaçant sa taille avec sa jambe gauche. Il l'entrava en calant son pied gauche sous son genou droit, puis enroula les bras en huit autour de son cou. L'homme fut immobilisé par cette clé arrière avant même de savoir ce qui lui arrivait. Il essayait de se débattre avec ses bras, mais au-delà de ça il ne pouvait pas bouger.

L'écharpe censée immobiliser l'épaule de Theo avait dû tomber complètement pendant le combat sans même qu'il s'en aperçoive : un engourdissement frais avait remplacé l'incessante pulsation de douleur qu'il avait sentie dans son bras toute la journée, et il supposa qu'il était en état de choc, noyé d'adrénaline.

Les renforts approchaient, mais Theo les vit alors dégainer leurs armes.

« Ne tirez pas ! » hurla-t-il.

Il plissa les paupières, ébloui par leurs frontales. Cette distraction l'empêcha de voir le suspect empoigner du sable. Il lui en jeta une pleine poignée dans les yeux. Theo, aveuglé, battit furieusement des paupières tout en cherchant le suspect à tâtons.

« À terre ! À terre ! » Les cris des autres agents étaient maintenant tout proches.

« Halte ! » hurla l'un d'eux plus fort que les autres. Ils étaient là, et le suspect était cerné. Mais une note de panique dans la voix de l'agent fit comprendre à Theo que quelque chose clochait terriblement.

Ses yeux larmoyaient abondamment, mais la vue lui revenait peu à peu. Il voulut sortir sa chemise de son pantalon pour s'essuyer les yeux, et sa main effleura son holster.

Vide.

Il se força à ouvrir les yeux, et put voir le danger par lui-même.

Cinq agents du FBI tenaient le suspect en joue.

Le suspect, face à eux, pointait l'arme de Theo sur son propre gilet explosif.

Theo eut un coup au cœur. Si jamais l'homme pressait la détente, ils étaient tous morts.

« Posez cette arme et on vous embarque sans vous faire de mal, dit Theo avec une assurance très exagérée.

– Sans me faire de mal, répéta le suspect avec un petit sourire.

– Tout à fait. Vous avez ma parole. »

L'homme pouffa, son sourire de plus en plus fou laissant voir ses dents ensanglantées. Il s'appuya sur sa jambe droite, soulageant la gauche, blessée par Theo. Il tourna un instant la tête vers l'océan, puis la releva vers les étoiles avec une inhalation profonde, détendue. « Votre parole… Vous savez, là d'où je viens, nous avons un dicton : "Aucun ami sauf les montagnes." Vous savez ce que ça veut dire ?

– Non, je ne sais pas, répondit lentement Theo. Mais si vous posiez cette arme, on pourrait en parler. »

L'homme rit franchement. Puis il grommela quelque chose dans sa barbe.

« Pardon ? »

La rage éclata soudain sur les traits de l'homme, qui se mit à hurler : « Je comprends vos motivations, mais ça ne justifie pas ce que vous êtes en train de faire ! » Il le répéta, encore et encore, jusqu'à se casser la voix.

Theo ne répondit pas. Personne ne dit rien.

Le suspect regarda les agents tour à tour, puis baissa les yeux vers son gilet et vers l'arme dans sa main. Il semblait peu à peu commencer à comprendre où il se trouvait, ce qui se passait. Un regret passa fugacement sur ses traits, puis il sembla de nouveau se raviser, comme s'il venait de penser à autre chose. Il rit de nouveau, mais avec moins d'hystérie. Plutôt avec une forme d'incrédulité.

« Tout ça pour que ce soit moi, finalement, qui me retrouve face à un choix. »

CHUTE LIBRE

Il réfléchit, les sourcils froncés. Au bout de quelques instants, il poussa un soupir amusé. Il releva les yeux vers les étoiles, posa soigneusement le canon de l'arme sous son menton, et pressa la détente.

29.

Les pilotes entendaient un raffut indescriptible dans la camionnette mais ne voyaient rien, la caméra du téléphone étant toujours braquée sur le plafond.

« Madame, vous êtes blessée ? Et les enfants ? » fit une voix. Un pied enjamba la caméra.

« Ça va. Tout va bien. »

L'objectif remua et s'emplit de lumière lorsque quelqu'un ramassa le téléphone depuis l'extérieur. Une femme apparut, et son sourire tristement triomphant emplit tout l'écran.

« Commandant Hoffman ? Je suis Michelle Liu, du FBI. Votre femme et vos enfants sont... »

Un coup de feu isolé résonna au loin. La femme s'interrompit, et Bill grimaça.

La caméra montra cette fois le sol, le temps que Liu se renseigne sur ce qui se passait. Il y eut de la confusion, de l'agitation, des pieds qui couraient. Un crépitement de radio, une voix essoufflée. « Le suspect est mort, annonça un homme. Suicide par balle. »

Le téléphone bougea encore, et la tête de la femme réapparut. Sa jubilation était manifeste.

« C'est officiel ! On l'a eu, monsieur. C'est terminé. »

Elle poussa un grand soupir ravi, puis se pencha sur le téléphone pour mieux distinguer la scène dans le cockpit. Son sourire se volatilisa.

« C'est une arme que je vois ?

– Raccroche, dit Ben d'une voix stridente. Raccroche ! »

Bill entendit Carrie hurler son nom au moment où il rabattait l'écran pour couper la communication.

Il ne bougea pas d'un millimètre. Il sentait le revolver à côté de sa tête. Mais c'est à peine s'il se souciait de la menace : une agréable chaleur se répandait dans tout son corps.

Sa famille était sauvée.

Il pivota lentement pour regarder Ben.

L'expression neutre du jeune homme ne trahissait rien. Des larmes coulaient librement de ses yeux vides, rivés sur l'ordinateur fermé. Son meilleur ami était mort. Il était seul au monde. Ben semblait s'être dépouillé de son ancienne peau pour devenir quelqu'un d'entièrement nouveau. Le paradigme avait changé, et Bill s'inquiétait de ce que cela signifiait.

Il ne voulait pas parler le premier, et il devait marcher sur des œufs. Sa famille était peut-être en sûreté, mais le canon de l'arme lui indiquait que c'était loin d'être terminé. Il restait encore à poser l'avion.

Sans quitter l'ordinateur des yeux, Ben prit enfin la parole.

« Les actes ont des conséquences, Bill. On t'avait dit… »

Sans terminer sa phrase, il se pencha vers la droite de son siège. Bill entendit une fermeture éclair. Ben fouilla un instant dans sa sacoche avant de se retourner vers lui.

Bill, en voyant ce qu'il avait dans la main, inspira brusquement, les narines dilatées. Une nouvelle bonbonne.

Il en resta coi. Il finit par trouver un mot unique : « Non. »

Ben s'inclina vers lui. L'arme touchait presque sa tempe.

« *Non* ? Je ne pense pas que ce soit envisageable, à ce stade.

– Je ne vais pas les gazer une nouvelle fois. Ce n'était pas dans l'accord.

– Pas plus que le fait de parler à l'équipage. Ou aux autorités. Ou de tuer mon meilleur ami. On te l'a dit : les actes ont des conséquences. Alors tu prends ça, et tu paies pour tes erreurs. »

Devant la bonbonne et l'arme, Bill eut un mouvement de recul. Il leva les mains en l'air.

« Il n'est pas question que je... »

Ben déboucla son harnais. Enjambant la console centrale, il toisa de haut le commandant en lui enfonçant le canon dans le front d'une main tremblante.

Bill sentit ses propres bras, toujours levés, se mettre à trembler aussi. Ben avait l'ascendant, très littéralement. Il était armé. Et Bill devait rester en vie, car Ben n'hésiterait pas à crasher l'avion.

« D'accord, souffla-t-il. D'accord. »

Il avança lentement les mains pour prendre la bonbonne. Ben s'écarta et retira le canon de son front.

Tout à coup, Bill se jeta sur son poignet, qu'il saisit à deux mains. Il tenta de le tordre, de toutes ses forces, mais de sa position assise il n'avait aucun levier. Ben grogna, son doigt glissa de la détente, mais il parvint à ne pas lâcher.

Bill, toujours agrippé à lui, vrilla violemment ses propres poignets. Ben le frappa à la tête de son autre main, celle qui tenait la bonbonne, et fit pleuvoir les coups. La bille à l'intérieur cliquetait en rythme. Les bruits de coups envahirent le cockpit.

Bill tirait et poussait, aussi fort qu'il le pouvait. Il sentait que Ben n'était pas loin de lâcher l'arme. Encore un peu plus…

Ben écrasa la bonbonne métallique contre sa tempe. La douleur lui troubla la vue, mais il resta agrippé au poignet de son agresseur. Celui-ci abattit violemment la canette au même endroit.

Cette fois, la vue de Bill vira au noir. Hagard et désorienté, il eut le réflexe de lever les mains pour protéger sa tête. Ben, libéré, recula en titubant.

Bill poussa un juron et agita les bras derrière lui pour chercher Ben. Il voyait à nouveau l'ombre et la lumière, mais tout était flou.

La bille cliqueta. Bill entendit la valve de la bonbonne siffler puis la porte s'ouvrir. Ben poussa un petit grognement et lança le poison dans la cabine.

30.

Carrie regardait Liu, qui faisait les cent pas tout en aboyant des questions vers l'intérieur de la camionnette.

« Comment ça, le copilote était dans le coup depuis le début ? »

L'agent Rousseau coupa la corde qui attachait Scott. Le petit garçon s'effondra contre sa mère et l'entoura de ses bras, avec Elise prise en sandwich entre eux deux. Il serra sa mère de toutes ses forces, et sa petite sœur gémit.

« Doucement, dit Carrie. Tout va bien, mon bébé. On est sauvés.

– J'ai besoin de savoir...

– Liu, l'arrêta doucement Rousseau. Laissez-leur une minute.

– On n'a pas une minute ! brailla la directrice adjointe.

– Elle a raison », intervint Carrie en descendant du véhicule, Elise dans les bras, avant de se retourner pour prendre Scott par la main et l'aider à sauter au sol. « Que voulez-vous savoir ?

– Le copilote...

– C'est un ami de Sam. » Carrie eut un geste vers la plage. Elle allait ajouter quelque chose, mais se ravisa. Avec un soupir, elle embrassa sa fille et la tendit à Rousseau. « Vous voulez bien ? Je crois qu'ils en ont assez vu pour aujourd'hui. » Puis elle s'accroupit à la hauteur de son fils. « On ne risque plus rien, mon chéri. Mais maman a encore quelques petites choses à faire pour aider papa. J'ai besoin que tu restes avec ta sœur et que tu suives les agents, d'accord ? » Elle l'embrassa sur la tête et attendit qu'ils ne puissent plus l'entendre avant de se retourner vers Liu. Elle s'essuya la figure. Elle était soudain épuisée. « Il s'appelle Ben. Il est syrien, lui aussi. Ou kurde… » Elle hésita, gênée de ne pas bien savoir. « Et il est armé.

– Pourquoi est-ce qu'il ne crashe pas l'avion lui-même, dans ce cas ?

– Ce n'est pas l'idée. Ils voulaient obliger Bill à faire un choix. L'avion ou nous.

– Et maintenant que ce choix n'existe plus ? Il va quand même obliger Bill à les crasher ? »

Carrie regarda vers le bout de la plage. Au loin, elle devinait des agents autour du corps de Sam, en train de prendre des photos, d'enregistrer la scène, de documenter, de consigner.

« Je ne sais pas. Mais nous venons de tuer la seule famille qui lui restait. Donc tout est possible, j'imagine. »

Carrie ne put déchiffrer l'expression de Liu lorsque celle-ci se détourna en portant son téléphone à son oreille.

Le jeune homme armé qui avait pris Sam en chasse et permis à Carrie de s'échapper s'approcha d'elle, la main tendue. Il se présenta et lui demanda si elle allait bien.

Elle prit sa main dans les siennes. « Ça ira quand l'avion sera posé. » Elle allait le remercier lorsque Liu revint. Les deux agents du FBI se défièrent du regard en silence.

Liu finit par parler. « Je ne veux pas entendre "Je vous l'avais bien dit". » Elle avança sa main. L'homme la contempla un instant, puis la serra. Mais tous deux gardaient un visage fermé et méfiant.

« Theo, soupira Liu. Ce n'est pas terminé. Nous avons encore un problème. »

Carrie trouva la femme très légèrement hésitante lorsque celle-ci expliqua que le copilote était impliqué. Theo eut une grimace douloureuse en apprenant que l'avion était encore en danger. Carrie ne comprenait pas pourquoi il semblait prendre la nouvelle de manière si personnelle. Il s'appuya un instant des deux mains sur ses genoux avant de se redresser d'un seul coup et de fouiller dans sa poche.

« Elle ne sait pas, dit-il en tapant furieusement un message sur son téléphone.

– Qui ça ? » s'enquit Carrie.

Liu ignora la question. « Connaissez-vous la cible exacte à Washington ?

– Non, ils ne l'ont jamais dit.

– Et l'attaque au gaz, intervint Theo. Elle a eu lieu ? »

Carrie baissa les yeux et fit oui de la tête. « Comme la caméra était dans le cockpit, on n'a pas vu ce qui se passait. Mais on a entendu. »

Le jeune homme resta un instant le regard dans le vide avant de retourner à son téléphone. « Il faut qu'ils sachent pour le copilote, marmonna-t-il en pianotant à toute vitesse.

– À qui écrit-il ? demanda Carrie avec une impatience croissante.

– À l'équipage. En cabine. Sa tante Jo est là-haut. Elle a prévenu Theo par texto, c'est comme ça que le FBI a été mis dans la boucle. »

Carrie, stupéfiée, se tourna vers Theo. « Jo Watkins ? »

Il releva la tête.

« Vous connaissez ma tante ? »

Carrie n'en revenait pas. Elle lui expliqua que Bill et Jo volaient ensemble depuis des années, et qu'elle était amie avec Jo. De savoir que celle-ci était à bord, une nouvelle angoisse la saisit. « Bill ne s'en remettra jamais, dit-elle. Il a gazé sa propre cabine, il a gazé *Jo*…

– Sans vouloir vous blesser, madame, la coupa Liu, rien ne nous dit que c'est tout ce qu'il va faire. »

Carrie inclina lentement la tête, les yeux plissés.

« Vous pensez qu'il va crasher l'avion. »

Ce n'était ni une question ni une affirmation, mais une accusation.

« Il a une arme contre la tempe, je ne pense pas qu'on puisse…

– Moi aussi, j'ai eu une arme contre la tempe, éclata Carrie. Je savais exactement ce que Bill allait faire.

– Vous ne savez pas… »

Carrie tremblait maintenant de rage. « Je sais *exactement* quel choix mon mari aurait fait et quel choix il fera. Vous ne le connaissez pas. Moi, si. Il posera cet avion. »

Liu la dévisagea un instant, puis tourna vivement la tête vers Theo. « Emmenez-la ailleurs. »

Theo passa son bras sur les épaules de Carrie pour s'éloigner avec elle. Ils étaient presque hors de portée de voix lorsque Carrie entendit Liu glisser à un agent : « Appelez-moi la Salle de crise. Je recommande le protocole secondaire. »

Carrie fit volte-face avant que Theo ait pu la retenir.

« C'est quoi, le protocole secondaire ? »

Liu refusa de la regarder. Les autres agents aussi.

Carrie se retourna furieusement vers Theo. « Dites-le-moi. C'est quoi, le protocole secondaire ? »

Il soutint son regard, lui, mais resta muet. Elle voyait des muscles tressaillir dans son cou.

Carrie était la femme d'un commandant de bord chevronné, un pilote qui volait le jour du 11-Septembre. Elle comprenait la situation ; elle savait comment l'armée devait réagir.

Elle savait. Elle voulait seulement en entendre confirmation de leur bouche.

Theo détourna la tête vers Liu, les yeux brûlants de cette trahison.

Carrie comprit.

« Vous n'abattrez *pas* cet avion ! dit-elle d'une voix qui montait à chaque mot.

– Madame, il faut que vous laissiez les professionnels gérer la situation. Je vous en prie… » Elle indiqua aux agents de la saisir.

« Il faut lui laisser une chance ! hurla Carrie, déchaînée au point que deux agents eurent du mal à l'entraîner à l'écart. Vous ne le connaissez pas ! Il posera cet avion ! Je le jure sur la vie de mes enfants, il trouvera un moyen ! »

31.

Jo, à l'avant de l'appareil, surveillait la cabine.

L'homme d'affaires du rang un, le premier qui s'était précipité vers la bonbonne, tripotait son masque. Il resserra les sangles, rajusta la coupe, puis le retira complètement, le remit, inspira profondément, et ouvrit de grands yeux alarmés.

Le pouls de Jo s'accéléra. Les douze minutes étaient écoulées.

En sentant l'air qui continuait d'affluer dans son propre masque, elle eut un tiraillement de mauvaise conscience. Elle se répéta que c'était simplement la procédure. *Enfilez votre propre masque avant d'aider les autres.* Elle le prêchait tous les jours, dans les consignes de sécurité. Elle avait même insisté sur ce point auprès de Daddy et de Kellie : *Vous deux, vous connaissez cet avion et vous savez quoi faire en cas d'urgence. Les passagers vont avoir besoin de vous, si possible en vie.* Jo était bien consciente que, morte, elle ne servirait plus à rien, mais c'était impossible de ne pas culpabiliser quand on disposait d'un atout qui manquait aux passagers.

« Mon masque est cassé, dit l'homme d'affaires avec une panique évidente. Je ne reçois plus d'air.

– Monsieur, commença-t-elle avec précaution, je crois que… »

Elle n'entendit pas la porte du cockpit s'ouvrir derrière elle. C'est en voyant une bonbonne gris acier lui passer par-dessus la tête qu'elle comprit : une seconde attaque. Déjà, la porte du cockpit se refermait.

La bonbonne, avec son panache blanchâtre, tomba au sol et partit en roulant dans l'allée centrale. Elle était déjà presque au niveau de l'aile.

Jo se figea. Devait-elle courir après ? Ou rester en position de défense au cas où une autre bonbonne surgirait ? Mais si elle…

Un puissant claquement résonna à l'arrière : le strapontin de Daddy se rabattait brutalement derrière le rideau. Daddy apparut une fraction de seconde plus tard, fonçant vers la bonbonne.

Une passagère assise côté couloir déboucla sa ceinture pour se serrer vers le hublot en grimpant pratiquement sur ses voisins de siège. D'autres rangées firent de même. Quelqu'un shoota dans la canette, et Jo vit la tête de Daddy monter et descendre frénétiquement pour essayer de la localiser entre les sièges. Les passagers s'agitèrent à mesure qu'elle roulait sous leurs pieds, puis elle réapparut dans les airs : quelqu'un l'avait jetée pour s'en débarrasser. Tout le monde cherchait à fuir cette chose ou à la lancer au loin, mais un flux régulier de poison s'en échappait toujours et venait emplir la cabine, alors qu'il n'y avait plus de réserves d'oxygène propre.

Le cœur de Jo battait à lui faire mal. Elle regardait tour à tour Daddy et la porte du cockpit, sans savoir comment se rendre utile. *Reste à ton poste pour protéger l'avant*, se disait-elle. *Laisse-les s'occuper de l'arrière. Ils gèrent.* Mais le besoin d'aider était irrésistible.

Elle vit la bonbonne retomber au milieu de l'allée centrale, juste devant Daddy. Il se jeta en vol plané avec un grognement : son corps entier quitta le sol avant d'atterrir lourdement dessus. Il se roula alors en boule, les bras serrés autour des tibias. Le panache blanc disparut : la bonbonne de poison était bloquée par son inconfortable position fœtale.

Il ne bougea plus, cria quelque chose, et quelqu'un lui jeta un bout de tissu rouge. Un sweat-shirt, devina Jo.

Daddy le déploya par terre à côté de lui, puis déplia ses jambes et roula dessus le plus vite possible. Jo eut envie de l'acclamer. Ça y était, elle comprenait. La bonbonne était maintenant logée entre lui et le vêtement. Laborieusement, gêné par la bouteille d'oxygène qui glissait dans son dos, il faufila ses mains sous son corps jusqu'à attraper le tissu et le serrer fermement autour de la bonbonne. Jo voyait qu'il s'efforçait de peser de tout son poids en opérant la manœuvre. *C'est ça, mon vieux*, pensa-t-elle fièrement. *Étouffe-la, cette saleté.*

Il se battait avec bravoure, mais ses gestes commencèrent à ralentir et à manquer de coordination. Jo dut se retenir de courir le rejoindre. Elle savait que c'était le poison. Il avait besoin d'aide. Kellie, dans le galley arrière, claquait les portes des placards. Elle cherchait les sacs-poubelle, et Jo aurait voulu qu'elle fasse plus vite.

La bonbonne était maintenant enroulée dans le sweat-shirt et Daddy la serrait contre lui. Comme il avait du mal à se remettre sur ses pieds, un homme assis près de lui se leva et le prit sous un bras. Une femme fit de même de l'autre côté, en dépit d'une toux déchirante. Les cris et les quintes de toux emplissaient toute la cabine.

Bon Dieu, Kellie, dépêche-toi ! Daddy a besoin de...

Elle comprit avec un haut-le-cœur. La compagnie avait rationné les sacs-poubelle. Les quelques-uns qu'ils avaient, Jo les avait pris pour la première attaque. Il n'y en avait plus à l'arrière.

« Josip ! cria-t-elle en indiquant le sac qui pendait de la poche dans le dossier devant lui. Prenez ça et... »

Kellie jaillit alors du galley arrière. Elle courait vers Big Daddy en lui tendant quelque chose. La cafetière ! Le récipient en plexiglas avait une large ouverture, et surtout, il fermait hermétiquement. Jo ignorait si la bonbonne tiendrait à l'intérieur, mais si oui, c'était parfait.

Daddy commença à dérouler le sweat-shirt pour en sortir la bonbonne, mais s'arrêta en voyant les passagers. Ils respiraient à travers leurs vêtements, se couvraient la bouche de leurs mains, toussaient sans pouvoir s'arrêter. Ils n'avaient plus d'oxygène sain à respirer.

Daddy prit alors la cafetière des mains de Kellie, se faufila entre elle et les sièges dans l'étroit couloir, et se précipita vers l'arrière, le sweat roulé sous le bras comme un ballon de rugby.

Kellie, comprenant ce qu'il comptait faire, lui cria quelque chose. Il s'aplatit sur le côté. Passant devant lui, elle ouvrit les toilettes en toute hâte. Daddy plongea à l'intérieur et elle claqua la porte derrière lui.

Jo continuait de regarder tour à tour vers l'avant et vers l'arrière. Kellie attendait devant les toilettes. Jo, malgré la distance, voyait qu'elle était essoufflée. La jeune femme se tourna vers l'avant et, constatant que Jo la regardait, décrocha l'interphone. Jo décrocha de son côté avant même que le voyant vert se soit allumé. Kellie parla d'une voix haut perchée, paniquée.

« Il n'y avait plus de…

– Je sais. Tu te débrouilles très bien. Qu'est-ce qu'il te faut ?

– Je ne sais pas. Je ne sais pas. Rien. Je pense… »

Les toilettes se rouvrirent et Daddy en surgit à reculons. Il trébucha, tomba contre la cloison du galley et s'étala au sol. Il claqua la porte d'un coup de pied, enfermant le pot à café et la bonbonne de gaz. Kellie lâcha le combiné, courut à lui et se laissa tomber à genoux. Elle eut aussitôt un mouvement de recul, ses mains volant vers son masque, se releva tant bien que mal et courut de l'autre côté du galley. Jo entendit par l'interphone un placard s'ouvrir et se refermer.

Kellie réapparut avec une grande bouteille d'eau. Jo avait du mal à entendre ce qui se passait. Kellie s'accroupit à côté de Big Daddy.

« Inspirez un bon coup et retenez votre souffle, dit-elle. Puis penchez la tête en arrière et ouvrez les yeux. »

Daddy s'exécuta. Kellie souleva son masque et versa de l'eau sur son visage entier. Il se crispa par réflexe. Kellie remit le masque en place, et Jo le vit réagir à l'afflux d'air frais. Elle connaissait ce soulagement, mais aux bruits qu'il faisait, elle ne put qu'imaginer sa douleur. Il avait absorbé une dose massive de poison, et il avait besoin de soins médicaux. Jo se demanda si elle devait envoyer un des volontaires prendre son strapontin afin de lui laisser un siège passager pour l'atterrissage et l'évacuation. Était-il frappé d'incapacité ? Invalide ?

Elle pria pour que son ami n'ait rien grave, et qu'il puisse tenir jusqu'à l'atterrissage.

Daddy tourna les yeux vers Kellie et inspira à grand-peine. Jo l'entendait par l'interphone. Il parla d'une voix éraillée et fragile.

« On est bientôt arrivés ? »

32.

« Débranche le pilote automatique », dit Ben.

Bill regardait loin devant lui, le corps pressé contre son harnais. Il leva le bras vers le panneau au-dessus de sa tête, enfonça un bouton marqué « AP1 », et le voyant vert s'éteignit. Trois notes retentirent dans le cockpit. Le pilote automatique était désactivé. Bill referma les doigts sur le joystick à sa gauche : il avait le plein contrôle de l'appareil.

Il y voyait à nouveau, mais la tête lui tournait encore, et les bruits qu'il continuait d'entendre en boucle dans sa tête ne facilitaient pas sa concentration. Les bruits venus de la cabine pendant la seconde attaque.

La première, l'équipage s'y attendait. Les bruits avaient été affreux, mais limités et maîtrisés : le son d'une bataille difficile mais juste.

La seconde avait été différente. La souffrance était palpable.

Bon sang, Bill. Sois un pilote. N'y pense plus. Cloisonne, bon Dieu.

Le cloisonnement était le seul moyen de garder le contrôle en cas de crise. Affronter le problème par la logique et le raisonnement – et garder les sentiments pour plus tard. Un état d'esprit inculqué à tous les pilotes dès le premier jour.

Mais tout l'entraînement du monde n'aurait pas suffi à chasser complètement de sa tête les bruits de l'attaque. Et, au milieu de ces râles, une petite voix, annonçant une possibilité qu'il ne voulait pas envisager. *Aujourd'hui, tu n'y arriveras pas*, disait cette voix. *Ta famille, Jo, l'équipage, les passagers. Tu les as déjà trahis, et tu vas continuer.*

Bill serrait et desserrait le poing.

Cloisonne, Bill.

Peu à peu, ses épaules se détendirent. Il commença à respirer par le nez au lieu de la bouche. La cacophonie s'assourdit sous son crâne, jusqu'à ce qu'il ne reste que le bourdonnement des moteurs.

La journée n'était pas terminée.

Ils suivaient toujours le plan de vol, approchant de New York par le sud-ouest en survolant les banlieues résidentielles du New Jersey. Des maisons avec vue sur Manhattan. Là où, des années auparavant, les gens étaient sortis dans leur jardin pour regarder une fumée grise s'élever du World Trade Center dans un ciel matinal d'un bleu parfait. Au loin, droit devant, l'île de Manhattan brillait dans la nuit.

C'était cruel, de la part de Ben, d'attendre si longtemps pour indiquer à Bill l'étape suivante. Washington paraissait d'autant plus loin maintenant que la destination d'origine était en vue, presque à portée de main.

« Tu vas piloter manuellement jusqu'à la cible », dit Ben.

Bill se rembrunit. « Du point de vue navigation, comment est-ce que... »

Il s'interrompit.

Non.

Non, non, non…

Il se serait giflé. Comment avait-il pu être tellement idiot ? Tellement aveugle ?

« On ne va pas se dérouter sur Washington, n'est-ce pas ? »

Les traits de Ben ne trahirent aucune émotion.

Bill continua de raisonner à voix haute. « Évidemment. Vous n'alliez pas me donner la vraie cible : vous vous doutiez que j'en parlerais au sol. Pourquoi leur laisser cinq heures pour se préparer, hein ? » Il secoua la tête en contemplant New York devant lui. Les cibles potentielles, de plus en plus proches, semblaient se moquer de son aveuglement.

« Ça suffit maintenant, Ben. Quelle est la vraie cible ? »

L'Empire State Building, éclairé en bleu et blanc, jaillissait du cœur de Midtown, reconnaissable entre tous. Plus bas vers la pointe sud se dressait la plus haute tour de l'île : la Freedom Tower.

« Ne me dis pas que c'est ça. »

Le copilote fit non de la tête. Il regardait droit devant à travers le pare-brise. Un sourire étira lentement ses lèvres. Il tendit le menton.

Bill suivit son geste et son regard au-dessus de Manhattan. Par-delà la Freedom Tower, par-delà l'Empire State Building, un amas de lumières vives dans le Bronx.

Ben se mit à chantonner tout bas : « *Take me out to the ball game…* » L'hymne des fans de baseball.

33.

Theo et Carrie étaient restés au bout du parking. Les autres agents ne s'intéressaient plus à eux. Tous deux marchaient nerveusement de long en large en se demandant quoi faire.

À en croire les conversations que Theo recevait dans son oreillette, les préparatifs du protocole secondaire étaient déjà en cours à Washington. Le FBI avait diffusé un communiqué officiel et les médias étaient maintenant envahis d'images de touristes et de fonctionnaires se précipitant à l'abri. Toutes les lumières de la Maison Blanche avaient été éteintes et les experts télévisuels supposaient que le président avait été emmené dans le bunker. De l'autre côté de la ville, au Pentagone, des foules de soldats armés en tenue de combat entraient et sortaient du bâtiment. C'était perturbant d'entendre ces rapports. Cette crise qui jusque-là était uniquement la leur s'étendait maintenant d'une côte à l'autre. Cela devenait entièrement autre chose.

Liu et l'équipe de L.A. relayaient tout ce qu'elles savaient aux autorités sur la côte Est, mais n'avaient pas grand-chose à offrir. Elles avaient donné toutes les informations en leur possession sur les deux suspects et se hâtaient de collecter un maximum de renseignements sur les personnes impliquées. Les éléments découverts seraient probablement futiles à ce stade, mais depuis qu'on savait que Ben était dans le coup, il ne fallait plus prendre aucun risque. Toute piste potentielle devait être suivie – y compris ce qu'on pouvait apprendre sur Bill. Theo était bien conscient que Carrie n'entendait pas ce qui se disait dans son oreille, mais cela le mettait tout de même très mal à l'aise. Il ne la connaissait pas ou presque, et pourtant c'était déjà comme si les Hoffman faisaient partie de sa famille. Entendre le FBI parler du mari de cette femme comme d'une menace potentielle lui faisait l'effet d'une trahison.

Il avait immédiatement écrit à Jo pour la mettre en garde contre Ben. Mais Jo n'avait pas répondu. Carrie et lui attendaient, les yeux rivés sur le téléphone.

« Apparemment, elle l'a reçu, fit observer Carrie.

– Oui, mais est-ce qu'elle l'a vu ? »

Carrie n'avait pas la réponse.

Theo priait pour que trois petits points apparaissent sous son message. Il s'efforça de chasser les idées noires, mais elles s'accumulaient dans le silence. Personne ne savait quel était le gaz toxique. Personne ne savait ce qui s'était réellement passé là-haut. Aussi bien, Jo n'avait jamais lu le message parce que…

Theo passa le téléphone à Carrie et secoua ses mains pour les détendre.

« Elle est sûrement très occupée, dit Carrie pour les rassurer tous les deux. Elle a eu le message. Tout va bien, c'est juste qu'elle ne peut pas répondre tout de suite. Pas d'autres nouvelles de Bill ? »

Theo fit non de la tête. Bill n'avait plus communiqué en morse depuis son dernier message sur la localisation de sa famille. Ce n'était pas bon signe.

« Il est occupé lui aussi, dit Carrie. Piloter, naviguer, communiquer. »

Theo inclina la tête. « Pardon ?

– Piloter, naviguer, communiquer. C'est la... je ne sais pas comment dire, la devise des pilotes. Leur liste de priorités. Piloter : conduire l'avion. Naviguer : savoir où vous allez. Communiquer : parler de ce qu'il faut à qui il faut. En temps normal, ce n'est pas un problème de faire les trois à la fois. Mais en cas d'urgence... ils font ce qu'ils peuvent. À mon avis, communiquer est un luxe que Bill et Jo ne peuvent pas se payer en ce moment. »

Theo repensa au « miracle de l'Hudson ». Il se rappelait avoir cherché sur Internet l'enregistrement de la conversation entre le contrôle aérien et le cockpit, car il était étonné que le commandant Sullenberger ait si peu parlé au cours de l'incident. Le vol entier n'avait duré que trois, quatre minutes. Et le contrôleur n'avait cessé de proposer des options au pilote, mais c'est à peine si Sully avait répondu. Et quand il l'avait fait, cela avait été de manière brève et directe. « Pas possible. » Puis finalement : « On sera dans l'Hudson. » Piloter, naviguer, communiquer. Il comprenait, maintenant.

Bill n'était pas compromis. Il était occupé.

« Vous avez raison. Vous le savez, n'est-ce pas ? » dit Theo.

Elle releva la tête.

« Il faut que vous le leur disiez.

– Ils ne m'écoutent pas.

– Mais vous avez raison. »

Carrie se rembrunit. « Depuis quand est-on entendu simplement parce qu'on a raison ? Vous êtes pourtant bien placé pour le savoir.

– Mais c'est vrai, vous avez raison. Et Jo aussi. Et pourtant, personne ne vous écoutera à temps, ni l'une ni l'autre. »

Theo, exaspéré, se massa le visage à deux mains, et son regard tomba sur le téléphone dans la main de Carrie. Ce même téléphone sur lequel il avait vu sa tante s'adresser au monde entier, un peu plus tôt.

« Carrie, dit-il lentement, en même temps qu'une idée se précisait dans sa tête. Il faut qu'on se bouge. »

Jo se campa fermement sur ses pieds écartés et se cramponna à la cloison quand l'avion se mit à trembler. Elle refusait de quitter son poste devant la porte du cockpit. Rien n'indiquait qu'une troisième attaque se préparait, certes, mais rien n'avait annoncé la seconde non plus.

Dans son dos, un silence lugubre s'était abattu sur la cabine. Elle jeta un bref coup d'œil par-derrière pour surveiller les passagers, et ce petit geste lui envoya des éclairs de douleur glacés dans la nuque. Elle sentit quelque chose sur sa jambe et baissa les yeux : son collant se désintégrait, comme brûlé, tandis que des crevasses douloureuses se creusaient dans sa peau en dessous.

Elle décida d'ignorer tout cela.

Daddy sortait des toilettes en s'essuyant les mains. Il avait remonté ses manches, et son uniforme gris foncé était mouillé aux poignets. Jo supposa qu'il avait tâché de rincer le poison sur sa peau. Kellie venait de passer dix minutes à distribuer des bouteilles d'eau en recommandant aux passagers de s'en verser dans les yeux, sur les mains, sur le visage, partout où le poison avait touché la peau. Elle leur disait de remonter leur chemise sur leur bouche et leur nez, de tout faire pour filtrer l'air, ne fût-ce qu'un peu. Jo ignorait s'ils étaient en train de succomber au poison ou s'ils n'avaient simplement plus de forces, mais personne ne résistait, personne ne demandait d'explications, personne n'exigeait plus rien d'elle.

Dieu, qu'elle était fière d'eux. Le hasard les avait réunis, et ils avaient superbement réagi. Idem pour l'équipage. Jo n'aurait pu imaginer de meilleurs hôtes de bord que Kellie et Big Daddy. Ils n'étaient pas encore posés, mais grâce à leurs actions, cent quarante-quatre personnes étaient assises dans leurs sièges, blessées, en difficulté… mais vivantes.

Leur rôle s'arrêtait là. Tout était désormais entre les mains de Bill.

Bill.

Le commandant de bord. L'homme dont la famille avait été enlevée. Pour ce qu'en savait Jo, Carrie et les enfants n'étaient peut-être plus de ce monde. Son estomac se serra et, au même moment, l'avion plongea subitement.

Le monde autour d'elle fut violemment secoué ; l'avion penchait de plus en plus. Elle serra ses abdominaux et tâcha de garder l'équilibre. Accroupie, elle regarda par le hublot de la porte de droite. Les lumières du sol devenaient plus vives et défilaient plus vite à mesure que l'avion s'en rapprochait. Elle avait retardé le moment le plus longtemps possible, mais il était temps qu'elle gagne son siège et qu'elle s'y attache. Comme elle l'avait dit à Kellie et à Daddy, les passagers allaient avoir besoin d'elle en vie.

Sa ceinture bouclée, sa réserve d'oxygène pressée dans le dos, elle se pencha de nouveau pour regarder par le hublot. Elle connaissait très bien l'approche sur JFK.

Et elle comprit donc qu'ils ne suivaient pas la trajectoire normale.

Bill.

Que lui avait-il dit, déjà ? *Tu as ma parole que je ne crasherai pas cet avion. Mais comment je vais m'y prendre, ça, je ne le sais pas encore.* Cette promesse revint à Jo comme s'il la lui chuchotait à l'oreille. Il lui avait assuré qu'il n'écraserait pas l'avion. Mais à quel prix ? Elle se désolait pour son ami et pour le fardeau qu'il portait, le choix qu'il avait à faire.

L'arrière de son crâne heurta violemment l'appui-tête en même temps que ses pieds quittaient le sol. Elle s'efforça d'avoir l'air confiante, comme si les secousses faisaient partie du plan. Mais cette vitesse à si basse altitude et cette folle descente anormale lui indiquaient le contraire.

« Bill ? » souffla-t-elle tout bas pour elle-même. Les passagers ne pouvaient pas voir ses lèvres sous son masque, et l'éclairage tamisé dissimulait ses larmes. Les preuves s'accumulaient : il se passait quelque chose de grave. D'une voix qui se brisait, elle supplia de nouveau : « Commandant ? »

Avait-il besoin d'aide ? Elle aurait voulu faire quelque chose, se lever et agir, contrôler le résultat. En bougeant la main pour déboucler sa ceinture – pour faire quoi ? aucune idée –, elle se rendit compte qu'elle n'avait pas consulté son téléphone depuis le début de la première attaque.

L'écran remuait tellement fort dans les turbulences qu'elle eut du mal à lire. Elle avait plusieurs messages non lus de Theo.

Carrie et les enfants en sécurité. Le salopard est mort.

Jo cogna des deux pieds dans la cloison devant elle : sanglée comme elle l'était, avec les mains prises, c'était littéralement la seule réaction physique possible pour elle. Jamais de sa vie elle n'avait éprouvé une émotion aussi pure que le soulagement victorieux qui courut dans tout son corps à la lecture de ce message. Elle lut le suivant en souriant d'une oreille à l'autre sous son masque.

LE COPILOTE EST DANS LE COUP. IL A UNE ARME À FEU. BILL A PEUT-ÊTRE BESOIN D'AIDE.

Le psychisme humain n'est pas fait pour endurer des hauts et des bas de cette magnitude en si peu de temps. La nouvelle lui fit l'effet d'une décharge électrique. Le téléphone glissa d'entre ses doigts et tomba au sol.

C'était donc Ben, le plan B ! La menace qu'ils guettaient depuis le début...

... était dans leurs rangs.

Elle fixa la cloison bouche bée, dans un état de stupeur. Pendant tous leurs préparatifs, elle n'avait pas songé un instant au copilote. Pas une fois elle ne s'était demandé comment Bill pouvait lancer une attaque sur la cabine avec un collègue à côté de lui. Le personnel en cabine avait déjà eu bien assez à faire. Tout ce qui se passait de l'autre côté de la porte, elle l'avait simplement laissé à Bill. Mais à présent, elle se sentait ridicule de n'avoir pas imaginé quelque chose de si évident.

Tandis que l'avion tressautait sous elle, elle s'efforça de comprendre ce que cela signifiait, ce qui se présentait maintenant. Comme engourdie, elle déboucla son harnais et se baissa pour ramasser le téléphone. Sa bonbonne d'oxygène glissa de son dos, modifiant son centre de gravité. Elle se rattrapa à la cloison, empoigna le téléphone et se redressa. Ses mains tremblaient violemment.

Elle perdait les pédales.

Elle s'arrêta. Ferma les yeux. Inspira à fond.

Ce n'est pas fini, ma fille. Alors en selle, et n'oublie pas tes éperons.

Elle décrocha l'interphone, et deux notes résonnèrent dans la cabine.

« Daddy. Amène-toi. On a encore un problème. »

34.

Carrie traversait le parking d'un pas vif. Quelques pas derrière elle, Scott avait du mal à la suivre sur ses petites jambes.

« Maman, où on va ? »

Elle jeta un coup d'œil par-dessus son épaule. Rousseau se dirigeait d'un pas nonchalant vers les autres agents. Il n'avait pas bronché quand elle avait récupéré les enfants ; il lui avait simplement tendu Elise, puis avait pressé l'épaule de Scott en lui disant qu'il était un jeune homme très courageux. Ensuite, il avait tourné les talons, et c'était tout.

« On va aider papa », répondit-elle.

Scott, perplexe, se retourna vers les agents du FBI. « Et eux, alors ? »

Carrie hésita. « Euh, oui, eux aussi, mon bébé. Ils l'aident. Nous, on va essayer autre chose en plus. »

Ils se dirigeaient vers un coin du parking où des camping-cars étaient garés sur plusieurs rangées. Theo lui avait dit d'aller chercher les petits et de l'y rejoindre. Elle n'avait pas posé de questions sur la suite. Elle connaissait à peine ce jeune agent, mais elle lui aurait confié leurs vies – et c'était littéralement ce qu'elle faisait.

Elle contourna les camping-cars, le cœur battant. Certains avaient de la lumière, et leurs propriétaires, assis sur des chaises de camping devant leur véhicule, profitaient de la brise marine. Carrie arrivait au bout de la rangée lorsqu'elle entendit appeler son nom. Elle tourna vivement la tête en direction de la voix.

Theo lui fit signe d'approcher, et au même moment son téléphone sonna.

« Agent Baldwin », dit-il en décrochant. Il écouta un instant, puis promena son regard dans le parking. Soudain, il se mit à agiter les bras. « Je vous vois ! On est au bout, devant les camping-cars. Je suis en train de vous faire signe. »

Carrie, tournant la tête de l'autre côté, vit alors un fourgon se diriger vers eux. Il avait plusieurs antennes et une grosse parabole satellite sur le toit. Comme il approchait, elle distingua le logo rouge de CNB peint sur son flanc. Le camion s'arrêta à côté d'eux, la portière coulissa et Vanessa Perez, une jeune femme que Carrie avait déjà vue au journal du soir, en descendit. Elle sourit chaleureusement à la famille, puis ses yeux s'agrandirent lorsqu'elle vit Theo, ensanglanté et meurtri.

« Qu'est-ce qui vous...

– Plus tard », la coupa-t-il. Il prit le bébé des bras de Carrie, qui monta dans le véhicule devant lui, aussitôt suivie de Scott et de la journaliste. La portière se referma et le fourgon démarra.

« Où allons-nous ? » demanda Carrie en s'accrochant dans un virage.

Theo marqua un silence avant de répondre simplement : « À la maison. »

« Coastal 416, répondez », dit Dusty en se balançant sur sa chaise.

En tant que contrôleur le plus expérimenté de la tour – et en tant qu'homme qui, par tempérament, restait blasé devant les situations les plus extrêmes –, il était le choix évident pour gérer le vol 416. Pourtant, en regardant le signal radar traverser son écran sans recevoir aucune réponse dans son casque, il sentait sa poitrine se serrer désagréablement. Il supposa que c'était ça, cette fameuse « angoisse » dont il entendait parler.

Il n'aimait pas ça.

Tous les vols en direction de JFK, LaGuardia, Newark, Ronald-Reagan, Washington-Dulles et Baltimore-Washington avaient été déroutés et l'espace aérien fermé à tous les appareils sauf un : le vol 416.

D'habitude, à cette heure-là, les pistes étaient surchargées de vols de nuit internationaux en partance pour l'Europe et de vols transcontinentaux en provenance de l'ouest, sans compter les navettes avec toutes les grandes villes de la côte Est. Plus de soixante millions de passagers passaient par les quatre pistes de JFK tous les ans. Mais ce soir, le calme qui régnait dehors évoquait plutôt l'ambiance d'un petit aérodrome régional.

Dans la tour, en revanche, c'était autre chose. Les lumières clignotantes rouge et bleu des pompiers et personnels d'urgence coloraient tout l'espace, mais les professionnels restaient concentrés.

« Coastal 416, répondez », insista Dusty.

Rien.

Déjà onze minutes sans réponse.

Il se renversa en arrière sur son siège et tourna les yeux vers l'officier militaire assis à un autre poste. Les rehauts métalliques de son uniforme miroitaient sous les lumières.

Il portait de gros écouteurs d'allure officielle, de meilleure qualité que tout autre équipement dans la tour. Une main appuyée contre l'oreille, l'autre serrée sur un micro, il tapait des messages en morse. D'autres opérateurs morse de l'armée avaient également été déployés dans les tours de Washington, juste au cas où – même si le vol 416, pour l'instant, restait muet avec tout le monde.

L'opérateur croisa le regard de Dusty et secoua la tête. Il vérifia l'heure et nota quelque chose sur un papier qu'il leva en l'air : « 18 ».

Dusty jura dans sa barbe et passa une main sur ses joues mal rasées. Presque vingt minutes de silence. Il se retourna un instant : dans le fond de la pièce, le nombre d'hommes sévères en uniforme semblait croître sans cesse.

Cela n'annonçait rien de bon pour le vol 416.

Il tourna son attention vers les trois grands écrans de télévision accrochés au mur, de l'autre côté de la salle. D'habitude, ils affichaient les radars météo et les informations de vol, mais ce soir ils étaient branchés sur différentes chaînes d'info. La crise en cours était leur unique sujet. Quelques chaînes montraient des images d'illustration et des informations de base : des animations vidéo du plan de vol, les heures de départ et d'arrivée, les caractéristiques de l'avion et les données logistiques. D'autres repassaient la vidéo de Jo, qui l'avait instantanément rendue célèbre dans tous les foyers du pays. Une photo de la famille Hoffman circulait : le père, la mère, le fils et la fille sur une plage au coucher du soleil. Des images en direct de Washington montraient les embouteillages monstres provoqués par l'évacuation de la population.

À l'opposé, Dusty voyait George dans son bureau. Le chef du contrôle aérien, debout et appuyé sur ses deux poings, était en discussion animée avec le lieutenant général Sullivan, le commandant militaire. Les contrôleurs, qui n'avaient jamais vu leur patron perdre son calme ni même élever la voix, regardaient ailleurs et essayaient de ne pas écouter : ils auraient eu l'impression de trahir cet homme qu'ils respectaient tant. Mais c'était impossible de ne pas entendre, et il devint rapidement clair que George était en train de perdre la bataille.

« Vous n'allez quand même pas abattre cet avion !

– Cela ne vous concerne pas. Les mesures d'urgence ne… »

George tapa du poing sur son bureau. Les contrôleurs tressaillirent. « Vous allez descendre un vol commercial rempli de civils innocents…

– Ça suffit, monsieur Patterson ! aboya l'officier, peu habitué à l'insubordination. Je vous ordonne, à vous et à votre personnel, de lancer des procédures opérationnelles standard, rien de plus. Toute autre action est prohibée, et ce n'est pas vous qui décidez. »

George resta sans réaction.

« Est-ce que c'est compris ? gronda Sullivan.

– Affirmatif, concéda George. Vos hommes auront le plein accès à tout ce qu'il leur faut. »

La porte s'ouvrit à la volée. Les contrôleurs tâchèrent de prendre un air affairé.

« Dusty », dit calmement George, le teint empourpré à un point inquiétant. Trois officiers en uniforme s'avancèrent derrière lui. « Il va falloir montrer les bases à ces messieurs. »

Le silence se fit.

« Je suis un peu pris, là, je n'ai pas le temps de former des nouveaux, répondit Dusty.

– Tout à fait d'accord. Faites-le quand même », lâcha George, qui se coiffa de ses écouteurs, prit une paire de jumelles et les lança à l'un des militaires.

Personne ne dit mot dans la tour. Chacun savait en quoi consistait le protocole secondaire dans une telle situation. Mais, mis en position de l'affronter en face, ils en restaient muets.

« C'est trop tard pour se faire porter pâle ? » murmura Dusty à sa voisine de siège. Il fit signe aux hommes d'approcher, mais s'interrompit pour montrer les écrans de télé. Tout le monde se tourna dans la même direction.

CNB avait arrêté le reportage de terrain et affichait maintenant un présentateur, seul en studio. Ses yeux sautaient entre la caméra et ses notes. Son expression parlait d'elle-même : il avait des nouvelles exclusives, un scoop, dans un moment déjà sans précédent. Quelqu'un dans la tour monta le son.

« ... la femme de Bill Hoffman, le pilote aux commandes de l'avion détourné, le vol Coastal 416. Au moment où nous parlons, elle se trouve avec l'une de nos reporters de terrain à Los Angeles, et on me dit que Mme Hoffman a un message important pour le public américain et pour le président. Nous passerons à elles dès qu'elles nous donneront le signal. CNB ne connaît pas encore la teneur de... »

Dusty tourna les yeux vers George et vers les militaires, mais ceux-ci étaient captivés par la scène qui se déroulait à l'écran. Il se retourna vers son radar. En ce qui le concernait, la partie n'était pas encore terminée. « Coastal 416, répondez », répéta-t-il dans son micro. Il faillit ajouter : *je vous en supplie.*

Carrie fut aplatie contre son siège lorsque le fourgon de télé pila. Le cameraman fit coulisser la portière latérale et sauta au sol. Vanessa suivit avec Scott. Puis ce fut au tour de Carrie, qui se retourna pour prendre Elise à Theo. La caméra tournait déjà, braquée sur la journaliste qui, munie d'un micro manuel, avait commencé à parler tout en marchant à reculons.

« Je me trouve devant ce qu'il reste de la maison des Hoffman, dit-elle en indiquant le tas de débris derrière elle, avec Carrie Hoffman et ses deux enfants. La famille est saine est sauve, une excellente nouvelle. Mais la situation à bord du vol 416 reste périlleuse, et Mme Hoffman a un message important à transmettre à tous, et plus particulièrement au président des États-Unis. » La journaliste reprit son souffle et voulut faire signe à la famille, mais s'arrêta. Le cadreur regarda derrière lui. En voyant l'état de la famille, il tourna son objectif vers elle.

Carrie était bouche bée, clouée sur place à la vue de sa maison. Ou plutôt, de ce qui avait été sa maison. À pas lents, elle s'approcha des vestiges de l'explosion – c'est-à-dire… rien. Il ne restait rien. Elle entendit Scott renifler et le prit par la main.

Vanessa souleva le ruban jaune et la famille passa dessous. La journaliste ne disait rien. Carrie avait conscience que les gens, chez eux, se taisaient également. Ils avaient tous vu la maison, ils savaient ce qui s'était passé. Carrie porta le regard vers le chêne du jardin : ce matin encore, elle était devant son évier à regarder ses feuilles danser dans la brise. L'arbre était maintenant fendu en deux, carbonisé, et la cuisine avait tout bonnement cessé d'exister. Elle absorbait ce spectacle, mais était incapable d'articuler un mot.

« Madame Hoffman, dit doucement Vanessa. Est-ce que ça va ? » Elle tendit le micro.

Carrie passa Elise sur son autre hanche avant de reprendre la main de Scott. Puis elle se tourna vers la journaliste avec un regard brûlant de détermination. « Ça ira quand l'avion sera posé. »

Vanessa sourit. « Madame, qu'avez-vous à nous dire ? »

Carrie hocha le menton, amena Scott devant elle, posa une main sur l'épaule de son fils et inspira profondément.

« Monsieur le président. Je sais qu'en ce moment vous êtes dans la Salle de crise en train de décider de ce qu'il faut faire. Je sais qu'on vous présente les informations à mesure qu'elles arrivent. Je sais que vous savez que mes enfants et moi-même avons été enlevés sous la menace d'une arme. Que nous avons été ligotés et bâillonnés. Qu'on m'a mis un gilet explosif. Que notre… notre maison a été détruite. Je sais que vous savez que le FBI est venu à notre secours. Que nous sommes maintenant en sécurité. Et je sais qu'on vous a aussi informé que le copilote de mon mari a une arme et qu'il est complice depuis le début. »

Carrie ignorait totalement ce que les autorités avaient divulgué au public, mais l'expression de la journaliste lui indiqua que cette information était nouvelle.

« Je sais que la décision que vous devez prendre maintenant vous appartient entièrement. C'est un choix qui ne peut pas être facile à faire. Je sais que les États-Unis ne négocient pas avec les terroristes. » Elle enlaça les épaules de Scott, et sa voix se brisa un peu. « Et je sais qu'il y a de fortes chances pour que vous choisissiez d'abattre cet avion. »

Scott leva la tête vers sa mère. Elle le serra plus fort.

« Monsieur. Monsieur le Président. Avant que vous ne preniez cette décision, avant que vous n'abattiez un vol commercial empli d'Américains innocents, je me dois de vous donner les informations que je détiens. Ce que le FBI ne vous dira pas. Ce qui ne figure pas dans vos briefings. »

Carrie marqua une pause. Une larme roulait sur sa joue. Mais ses lèvres esquissèrent un sourire.

« Je sais ce qui sauvera cet avion. Je sais quelle est la meilleure chance de survie de ces passagers innocents. Je sais comment les faire rentrer chez eux, ce soir, auprès de leurs proches. Mais ce choix ne sera pas celui de la facilité. Ce sera la voie la plus difficile. Car il vous faudra pour cela ignorer les faits – et vous fier à la vérité. Car la vérité est la suivante : la meilleure chance du vol 416 se trouve déjà à bord. »

Carrie se mordit la lèvre et regarda un instant au loin, le temps de réfléchir à la manière d'articuler ce qu'elle avait à dire.

« Quand ma famille a été enlevée et que Bill s'est trouvé obligé de choisir entre l'avion et nous, savez-vous ce qu'il a dit ? Alors que nos enfants avaient un pistolet sur la tempe, qu'il savait que notre maison avait sauté, savez-vous ce qu'il a dit ? » Elle haussa les épaules avec un sourire. « Il a dit non. Il n'a pas choisi. Il n'a pas cédé, car lui aussi sait qu'on ne négocie pas avec les terroristes. »

Elle se passa une main dans les cheveux. « Voyez-vous, c'est là que ces hommes ont fait le mauvais calcul. Ils n'ont pas compris ce que c'est que le sens du devoir. Bill – mon mari, le commandant Hoffman – est un homme de devoir. Cela, je le comprends totalement. Et vous, monsieur le Président, homme de devoir vous-même, vous le comprenez aussi, j'en suis sûre. Je suis extraordinairement reconnaissante au FBI de nous avoir trouvés à temps. Parce que je connais mon mari. Et je sais, sur ma vie – une chose que je peux réellement dire aujourd'hui –, que mon mari n'aurait pas écrasé cet avion pour nous sauver. Et maintenant ? Maintenant que les siens sont sains et saufs et qu'il le sait ? » Elle eut un petit rire et redressa ses épaules. « Il n'est pas envisageable que mon mari ne trouve pas un moyen de poser cet avion en toute sécurité. »

Elle remonta Elise sur sa hanche et posa une main ferme sur l'épaule de Scott.

« Monsieur le Président. Au nom du père de mes enfants, et de tous les pères, mères, fils et filles qui sont à bord en ce moment, je vous supplie de faire le choix courageux de donner encore une chance à cet avion et à ses passagers. Si vous choisissez la faiblesse, la facilité, et que vous l'abattez... nous savons tous ce qui se passera. Mais je vous demande de faire preuve de courage et de foi. Je vous demande de choisir la confiance dans un homme de bien, un homme de devoir. Je sais, monsieur, que vous en serez récompensé. »

La tour fut réduite à un silence abasourdi avant qu'un murmure de conversations ne recommence à emplir l'espace. L'air était chargé d'espoir, et Dusty tapa dans le dos de la contrôleuse assise à côté de lui.

« Ça serait bizarre si je lui faisais une ovation debout ? »

La contrôleuse l'ignora, les traits tordus par l'angoisse. Elle pointait du doigt le radar de Dusty.

« Pffiouuuu..., souffla ce dernier. George ? Le 416 a commencé à dévier du plan de vol.

– Chut ! » s'énerva l'opérateur morse.

Tout le monde dans la tour se tourna vers cet éclat inattendu. Chacun le regarda écouter dans son casque avec une concentration intense. Soudain, il comprit quelque chose : ses sourcils froncés se relâchèrent et sa bouche s'ouvrit toute seule.

« Ce n'est pas Washington. La cible est le Yankee Stadium. »

35.

Sur l'écran radar de Bill, des petites croix apparurent derrière eux. Quatre F-16 étaient désormais à portée de tir du vol 416.

Bill, contrarié, se passa la main sur le visage. Il savait bien qu'ils en arriveraient là, une fois informés de la complicité de Ben. C'était précisément pour ça qu'il n'avait pas envoyé de message en morse pour les prévenir. Il avait maintenant deux menaces sur les bras.

« C'est injuste », dit-il.

Ben parla sans le regarder. « Quoi, Bill ? Qu'est-ce qui est injuste ? »

Secoué par une turbulence, l'avion s'inclina sur la gauche et les lumières d'un quartier habité brillèrent derrière la vitre du côté de Bill. La nuit était dégagée, mais le vent violent malmenait l'appareil.

« Coastal 416, répondez. »

La voix du même contrôleur résonna de nouveau dans leurs écouteurs, mais aucun des deux pilotes ne fit mine de répondre. Ils n'avaient rien dit depuis la première attaque au gaz, et ne diraient plus rien jusqu'à la fin. Tout se jouait désormais entre eux deux, seuls.

« C'est injuste que… » Bill avait du mal à mettre de l'ordre dans ses pensées. « Que je sois ici. Et vous aussi. Que j'aie eu ma vie, et vous la vôtre. C'est injuste qu'ici tout le monde se foute de votre peuple. C'est injuste. Et j'en suis désolé. »

Ben ne répondit pas.

Bill se tourna face à son copilote. « Vous avez ma parole, Ben. Je consacrerai le reste de ma vie à cette injustice. Je ne peux rien changer à ce qui est déjà arrivé dans votre vie. Et vous non plus. Mais crasher cet avion n'apportera rien de bon. Vous connaissez ce pays. Vous savez ce que nous ferons en représailles. Vous savez qui souffrira. »

Ben regardait fixement par la fenêtre.

« En revanche, si nous ne le crashons pas, continua Bill, nous pouvons travailler ensemble. Je serai bon élève. J'apprendrai ce que je devrais déjà savoir. Et alors, à nous deux, nous pourrons peut-être arranger un peu les choses. »

Le revolver était là, entre eux deux. Ni l'un ni l'autre ne disait rien. Ben scruta le visage du commandant. Bill le regardait droit dans les yeux en espérant follement que sa sincérité soit ressentie et qu'il soit cru.

« Ben. Il n'est pas trop tard. »

Tenant le courrier entre ses dents, Ben tira la poignée de porte vers lui tout en maniant la clé, non sans mal. La serrure grinça, tout comme la porte, lorsqu'il entra dans l'appartement en traînant sa valise derrière lui. Il alluma dans la cuisine et fut accueilli par un plein évier de vaisselle sale. Il jeta le courrier sur la table de la cuisine à côté d'un bol de céréales à moitié consommé.

Il soupira. Épuisé par ces quatre jours et épuisé par sa vie.

« Je croyais que tu devais appeler le proprio pour qu'il arrange la porte pendant mon absence », dit-il d'une voix forte en posant sa casquette sur le comptoir et sa veste d'uniforme sur le dossier d'une chaise. « C'est une poubelle, ici, mec. »

Il prit une bière dans le frigo, s'assit à la table et feuilleta le courrier. Il jeta les prospectus et laissa le reste à côté du journal.

Le journal.

Il inclina la tête. Sam et lui n'étaient pas abonnés.

Il le ramassa, et trouva en dessous un autre numéro daté d'un autre jour. Et, en dessous, encore un autre. Tous étaient froissés et annotés à l'encre rouge. Tous les articles annotés traitaient du retrait des troupes.

Prenant conscience que Sam n'avait pas dit un mot depuis qu'il était entré, il se retourna. Il y avait de la lumière dans la chambre de Sam, et la porte était entrouverte.

« Sam ? »

Pas de réponse.

« Saman », dit-il plus fort en traversant le salon. Il frappa, puis poussa la porte.

Le matelas était tellement imbibé de sang qu'il paraissait noir. Sans les traînées rouges qui descendaient des avant-bras de Sam, Ben n'aurait sans doute pas compris ce qu'il avait sous les yeux.

« Non, c'est pas vrai ! » cria-t-il en se précipitant vers son ami. Puis il recula, pivotant sur ses talons. « Merde ! » Il se rua vers la cuisine, attrapa son téléphone, composa le 911 et regagna la chambre en poussant une nouvelle bordée de jurons.

Sam avait le regard clair et concentré malgré sa respiration creuse et son teint gris. Ben, au-dessus de lui, criait dans le téléphone.

« Faites vite ! » hurla-t-il avant de raccrocher.

Il attrapa ensuite le drap et l'enroula autour des poignets de Sam pour tenter d'arrêter l'hémorragie. Les deux amis se regardaient dans les yeux, chacun essayant d'interpréter les pensées de l'autre.

Sam parla alors, d'une voix lente et faible. « Tu te rappelles, la fois où on a bu des coups à côté de la plage ? Là où il y avait une terrasse avec des couvertures pour quand il fait froid ? On a pris des huîtres. Tu as essayé de draguer la fille à côté de toi au bar, et son mec s'est pointé. »

Ben eut un léger sourire et hocha la tête.

« Exactement là. À ce moment-là. C'est le moment exact où notre village a été attaqué. »

Ben ferma les yeux.

« On les a laissés là-bas. »

Des larmes roulèrent des paupières baissées de Ben et tombèrent sur la poitrine de Sam.

« Je n'en peux plus, souffla Sam. Je n'en peux plus de tout ça. »

Il poussa un gémissement de douleur. Ben serra ses poignets plus fort.

« Pourquoi ? demanda Sam. Pourquoi m'en empêcher ? »

Ben serra les dents, le souffle agité par la honte et la colère. Pour la première fois, il s'avoua ce que Sam avait déjà décidé.

« Parce que ça me fout en rogne que tu me laisses comme ça. On va faire ça ensemble. »

« Ben, choisissons ensemble, dit Bill. Tout de suite. Choisissons d'aider votre peuple au lieu de lui faire du mal. On peut y arriver. »

Bill n'aurait su dire si Ben réfléchissait sérieusement à la proposition, mais en tout cas le jeune homme était clairement désarçonné. L'empathie n'avait pas dû entrer dans ses calculs. Bill se rendit compte qu'il était tendu vers lui, comme pour l'amener de son côté, dans un lieu où ils pourraient poser l'avion sans dommage, tous les deux.

« Coastal 416, ici le lieutenant général Sullivan, de l'US Air Force, qui vous parle au nom du président des États-Unis d'Amérique. »

La voix agressive qui aboyait dans le cockpit fit tressaillir les deux pilotes. « Sachez que nous sommes informés que le copilote, Ben Miro, constitue une menace. Si vous ne répondez pas immédiatement, nous sommes prêts à autoriser une frappe militaire contre votre appareil. Ceci est un avertissement. »

Ben regarda vers le ciel, levant le menton, et serra la mâchoire.

« L'important n'a jamais été le crash, Bill. Ça n'a jamais été toi, ni les passagers, ni ta famille. Ce n'était même pas réellement le choix. Le but, c'était de réveiller les gens. De commettre un geste assez spectaculaire pour attirer leur attention. Une chose que personne ne pourrait ignorer. Ça n'avait rien de personnel. »

Il se retourna vers Bill avec un regard noir, vide, mort.

« Mais ça, c'était avant. Maintenant ? Je veux te voir brûler. »

36.

Jo poussa un petit cri en voyant Big Daddy quand il entra dans la première classe.

« Je sais, dit-il. Tu parles d'une marque de bronzage ! »

Autour de son masque, son visage entier était écarlate, enflé et couvert de cloques. Ses mains étaient bandées avec de la gaze trouvée dans le kit de premiers secours, et le blanc de ses yeux était repeint en rouge.

Josip, debout à côté de Jo, était également équipé d'une bouteille d'oxygène portative. Big Daddy le toisa de la tête aux pieds.

« Il est avec nous, dit Jo.

« Ouais, d'accord. Mais qu'est-ce qu'il fait ici ? s'enquit Daddy tout en regardant Dave, toujours inconscient.

– Il va me couvrir.

– Pardon ?

– On a trouvé qui était la taupe. C'est Ben. Et il est armé. »

Daddy en resta abasourdi.

Ils avaient l'un comme l'autre fait toute leur carrière dans l'aviation, et tous deux savaient que la seule chose sur laquelle on peut toujours compter, c'est le soutien de son équipage.

Un équipage, c'est une famille. Et une famille ne se retourne pas contre les siens.

Big Daddy, secoué, se rattrapa à la cloison pour garder l'équilibre, tout en fixant le sol comme si l'explication se trouvait dans la moquette.

« Daddy, on n'a pas le temps de… »

Il se plia alors en deux en hurlant une bordée d'obscénités. Lorsqu'il se redressa, ses yeux rouges se plantèrent dans ceux de Jo.

« Ça va, dit-il avec une gravité inédite dans la voix. Qu'est-ce qu'on fait, alors ? »

Elle lui expliqua rapidement et simplement le plan d'action. Daddy devait prendre le siège de Jo pour diriger l'évacuation de l'avant dès l'avion posé. En attendant, Josip bloquerait, et Jo entrerait dans le cockpit avec le code.

Daddy la regarda avec des yeux ronds. « Et pour faire quoi, au juste ? Ben est armé ! Jo, on n'a même pas encore envisagé d'entrer avec le code. Car ce n'est *pas* envisageable. Tu sais bien qu'ils annuleraient…

– Je sais ! le coupa Jo, les poings serrés. Mais il faut que j'essaie. Il faut que j'entre là-dedans. Pour aider Bill. Ou pour arrêter Ben. Ou… » Elle tapa sur son siège. « Bon Dieu, Daddy, assieds-toi ! »

Il appela l'arrière par l'interphone tout en bouclant sa ceinture. Pendant qu'il expliquait la situation à Kellie, Jo referma et sécurisa un des placards du galley. Elle tenait à la main un tube en plastique rouge, long et dur, dont une extrémité se terminait en bulbe.

Daddy, étonné, couvrit le combiné de sa main. « Ben a un flingue, et toi tu veux y aller armée d'un maillet à glace ?

– Pourquoi, tu as une machette cachée quelque part ? »

Josip, silencieux à côté de Jo, respirait avec difficulté. Tous deux avaient absorbé l'essentiel du poison de la première attaque et, même s'ils étaient bien moins atteints que Daddy, les effets s'en faisaient sentir.

Jo posa une main sur son biceps. « Monsieur Guruli. Il est temps. Placez-vous ici, dos à moi. Face aux passagers. Arrêtez quiconque essaiera de passer, par tous les moyens. Dans cette cabine, les seules personnes à qui on peut se fier sont les membres de l'équipage cabine. » Elle lui pressa le bras.

Josip hocha le menton et se mit en position. Les bras croisés, il se carra sur ses pieds et se redressa de toute sa hauteur. C'était une montagne d'homme, enraciné, impénétrable. À se trouver entre ces deux forces immuables, Josip et la porte, Jo ressentit une pointe de claustrophobie.

Elle inspira à fond, concentrée sur le pavé numérique vertical, à gauche des toilettes. Fermant les yeux, elle se répéta la séquence à venir.

Elle taperait le code à six chiffres, et elle attendrait. Dans le cockpit, une alarme allait résonner, informant les pilotes que quelqu'un essayait d'entrer. Les pilotes auraient alors quarante-cinq secondes pour annuler la commande. S'ils le faisaient, la porte resterait close, et cela jusqu'à l'atterrissage. Dans le cas contraire, un voyant vert s'allumerait sur le boîtier et Jo aurait une fenêtre de cinq secondes pour ouvrir. Au bout de ces cinq secondes, la porte se verrouillerait de nouveau.

Les trois membres d'équipage n'avaient même pas envisagé de recourir au digicode. Principalement parce qu'ils ignoraient que Ben constituait une menace, mais aussi parce que c'était très facile à contrer, pour les pilotes. Le pavé numérique n'était là que dans l'éventualité improbable où les deux pilotes seraient frappés d'incapacité, par exemple en cas de perte de connaissance simultanée. Les chances de réussite étaient pratiquement nulles.

Et c'était la seule option qui leur restait.

Jo ouvrit les yeux et avança sa main vers le pavé, mais quelque chose l'empêcha d'en toucher les boutons. Une insupportable appréhension fit hésiter ses doigts au-dessus des chiffres.

De l'autre côté de la porte se déployait un paysage de trahison et de violence. Ben avait une arme à feu. Il était impossible de savoir ce qui avait déjà pu arriver là-dedans. Impossible de savoir sur quoi elle allait tomber. Et elle s'apprêtait à y débouler à l'aveugle. Armée d'un maillet à glace en plastique.

« Jo ? »

Elle tourna les yeux vers Big Daddy, sanglé sur le strapontin à côté d'elle.

« C'est normal d'avoir peur. »

Elle hocha la tête et tapa le code.

37.

Un claquement de batte.

Fausse balle.

Le joueur de champ centre Bobby Adelson se redressa et souffla une bulle de chewing-gum. Il fit quelques pas impatients, shoota dans une motte de gazon.

Reste concentré, Bobby. C'est un match comme les autres. Une finale comme les autres.

C'était faux. Il s'agissait là du septième match de la Série mondiale. Les Yankees menaient 2 à 1. Neuvième et dernière manche. Les Dodgers avaient trois coureurs dans les angles, et leur frappeur clé était à la batte. Deux retraits. 2-2. Les Yankees étaient à un point de devenir champions du monde, le seul titre qui manquait à la longue carrière de Bobby. Le lanceur refusa le receveur d'un signe de tête. Il hocha le menton vers le suivant.

Un mouvement à la périphérie de son champ de vision vint distraire Bobby.

Concentration, Bobby.

Encore du mouvement de l'autre côté. Quelque chose ne tournait pas rond. Il dirigea son attention vers les gradins à la gauche du terrain.

Le public s'en allait. Il pivota de l'autre côté : c'était la même chose. Les gens ne faisaient pas que partir, ils se bousculaient sur les marches pour fuir vers la coursive principale. Levant les yeux vers les tribunes supérieures, Bobby vit les supporteurs dévaler les allées pour disparaître dans les entrailles du stade. Les acclamations cédaient rapidement la place à des clameurs et à des hurlements terrifiés.

La poitrine enflée par une angoisse soudaine, il se tourna vers les autres joueurs du champ extérieur, aussi perplexes que lui. Celui du champ de droite pointa le doigt devant lui et partit en courant. Bobby l'imita, voyant que tous les joueurs allaient se rassembler sur le monticule.

Un message préenregistré retentit dans les haut-parleurs.

« Mesdames et messieurs, merci de garder votre calme. Pour votre sécurité, le Yankee Stadium doit être évacué. Identifiez la sortie la plus proche et dirigez-vous-y sans attendre. Une fois dehors, éloignez-vous du stade. Suivez les panneaux des sorties et escaliers de secours. Les escalators et les ascenseurs ne seront pas utilisés pour cette... »

Bobby se retourna vers le panneau d'affichage géant. Une animation vidéo montrait le plan d'évacuation du stade, avec des personnages en images virtuelles qui guidaient et aidaient le public.

En arrivant au monticule, il entendit la fin des explications données par l'arbitre. Ils étaient censés sortir du terrain en traversant le club-house et se diriger vers les cars de l'équipe.

Il se tourna vers le joueur d'arrêt-court des Yankees. « Qu'est-ce qui se passe ?

– L'avion, tu sais ? Apparemment, la cible, c'est le stade. »

Bobby ouvrit des yeux ronds. Tout le monde était au courant de la situation du vol 416. Les responsables du matériel, au club-house, en avaient parlé aux entraîneurs, qui en avaient parlé aux joueurs, et ils avaient reçu des nouvelles tout au long du match. Dans un monde perpétuellement connecté aux réseaux sociaux, une info pareille ne passait pas inaperçue. Même quand on jouait dans la Série mondiale.

Autour d'eux, c'était la cohue. Les allées du stade étaient tellement congestionnées que des spectateurs enjambaient les sièges et sautaient par-dessus les garde-fous. Les sorties faisaient goulet d'étranglement, et les larges corridors n'étaient plus qu'une masse d'humanité étouffante. Bobby imaginait le capharnaüm à l'extérieur du stade.

Un homme arborant une casquette des Dodgers courait dans une allée en bousculant tout le monde. Une femme qui serrait contre elle son enfant en pleurs se trouva sur son chemin, et il n'hésita pas à les pousser violemment tous les deux. Alors qu'ils tombaient au sol, un autre homme attrapa le supporteur par la capuche de son sweat-shirt et entreprit de le rouer de coups de poing. Un troisième se précipita pour aider la femme et l'enfant à se relever.

Bobby retira son gant et le prit sous son bras tout en contemplant le pire de l'humanité. Et le meilleur. Rajustant sa casquette, il promena son regard sur les gradins, et l'atmosphère palpable de peur et de panique commença à le gagner. C'est là qu'il remarqua le couple de petits vieux.

Ils descendaient une allée en direction du terrain. Puis ils s'arrêtèrent à environ cinq rangs derrière le banc de touche. L'homme surveilla les pieds de sa femme le temps qu'elle enjambe les gobelets et papiers gras qui traînaient par terre.

Ils s'assirent et regardèrent autour d'eux, admirant la vue incroyable qu'ils avaient à leurs nouvelles places, des places hors de prix. Le monsieur enlaça les épaules de sa bien-aimée, qui croqua un grain de pop-corn en riant. Elle portait une casquette des Yankees sans doute plus vieille que tous les joueurs et même que la moitié des gérants des clubs. Lui avait son gant, au cuir patiné.

« Allez, on y va, dit l'arbitre en tapant dans ses mains.

– Attendez ! » cria Bobby. Tout le monde se tourna vers lui. Il était capitaine de son équipe : sa voix avait du poids. « On a combien de temps ?

– Cinq minutes, dix, peut-être ? »

Bobby secoua la tête. « Vous savez très bien que ce n'est pas suffisant pour évacuer. »

L'arbitre le dévisagea fixement.

« Allez, quoi, insista Bobby. La neuvième manche du septième match de la Série mondiale ? Au Yankee Stadium ? Et un attentat terroriste ? Ce n'est pas une coïncidence. C'est un message. » Il regarda la pagaille autour de lui. « Et vous voulez que ce soit *ça*, notre message ? »

Les joueurs échangèrent des regards, contemplèrent le stade. Bobby sourit.

« Je ne sais pas vous, mais moi je préfère tirer ma révérence sur le terrain. »

38.

Une alarme stridente vrilla le silence. Les pilotes tressaillirent. Les yeux dans les yeux, ils comprirent le sens de ce signal rarement entendu simultanément par deux navigants.

Tous deux débouclèrent leur harnais et se jetèrent à travers le cockpit. Leurs corps entrèrent en collision au-dessus de la console centrale au moment où la main gauche de Ben se tendait vers la commande du verrou, qui se trouvait juste en dessous d'eux, à droite de la ceinture de sécurité de Bill. Actionner cette commande était le seul moyen d'empêcher une entrée dans le poste de pilotage. S'il parvenait à abaisser l'interrupteur, une impulsion électrique pousserait une barre derrière les trois verrous à ressort situés en haut, au centre et en bas de la porte.

Bill sentit l'avion s'incliner vers la droite. Il se hâta d'enfoncer le bouton marqué AP1, et trois notes sonores indiquèrent la réactivation du pilote automatique. Il s'efforçait d'atteindre le revolver de Ben d'une main, tout en l'empêchant d'accéder à l'interrupteur de l'autre. Il pesait de tout son poids contre son copilote et essayait de tirer avantage de sa taille, mais Ben était plus jeune et plus fort.

Bill renonça à attraper le revolver et visa plutôt le cou de Ben. Tout en veillant à n'appuyer sur aucun bouton, il posa un pied sur le bord de la console et se hissa afin d'appuyer plus fort sur la trachée. Ben s'affaissa légèrement et déplaça ses pieds pour mieux encaisser le poids. Bill sentit que son dos effleurait le panneau de commande du plafond et se baissa. Le teint du copilote était en train de s'empourprer légèrement.

Quarante-cinq secondes pour annuler l'ouverture de la porte. Bill se demanda combien de temps s'était écoulé, sachant qu'il devait absolument prendre le dessus avant cette ouverture.

Le visage de Ben bleuissait maintenant, et ses yeux larmoyaient. Ses forces le quittaient, et Bill voyait que l'arme glissait de ses doigts. Avec l'énergie du désespoir, Ben parvint à envoyer un coup dans la tempe de Bill, dont le pied glissa de la console. Perdant prise, le pilote s'étala sur les commandes.

Ben chercha de l'air, adossé au tableau de bord. Bill se redressa prudemment, bien conscient qu'un bouton ou un levier poussé par erreur pouvait déclencher une nouvelle catastrophe. Il savait que Ben le comprenait également. C'était pour cette unique raison que le copilote n'avait pas encore tiré avec le revolver : une balle perdue pouvait très bien détruire les commandes de l'avion. Ou, pire, transpercer la carlingue et provoquer une décompression. Ben voulait que l'avion s'écrase, oui… mais selon ses termes.

Une fois suffisamment remis pour bouger à nouveau, il se rua sur l'interrupteur. Au même instant, Bill agrippa vivement sur son siège le seul outil qui lui restait : le stylo qu'il avait eu sur les genoux pendant tout le vol. Il fit volte-face et grogna en mettant toutes ses forces dans son uppercut.

Les yeux de Ben lui sortirent de la tête puis clignèrent doucement, sa main libre montant vers le stylo planté dans sa gorge. Le sang coulait à gros bouillons dans son cou, teignant d'écarlate sa chemise d'uniforme blanche. Il promena un regard hébété dans le cockpit, et soudain son attention se posa sur l'arme dans son autre main. Il pointa le revolver sur Bill. Ses yeux se révulsèrent au moment où il pressa la détente.

Big Daddy se baissa vivement et Jo appuya son masque à oxygène sur son nez lorsqu'ils entendirent la détonation. Josip lança un bref coup d'œil alarmé par-dessus son épaule. Ils tendirent l'oreille, en vain. Plus un son ne sortait du poste de pilotage.

Jo rajusta la sangle de sa bonbonne d'oxygène et se positionna bien en face de la porte. Son cœur battait dans sa poitrine comme un fauve en cage. Le pied gauche en avant, le maillet dans la main droite, elle appuya l'essentiel de son poids sur sa jambe arrière, en rebondissant légèrement, prête à se jeter sur la porte aussitôt que le voyant vert s'allumerait. À supposer qu'il s'allume.

« Ils ont combien de temps pour annuler ? demanda Daddy. Trente secondes ?

– Quarante-cinq.

– Bon Dieu », souffla-t-il dans son masque.

Un mouvement attira l'attention de Jo, qui baissa les yeux. Un mince filet de sang passait sous la porte du cockpit.

« Qui a-t-on envoyé là-haut ? »

Un commandant glissa une feuille de papier devant le lieutenant général Sullivan. Dusty s'écarta en jetant ses écouteurs sur la table. Il traversa la pièce pour aller rejoindre George et les autres contrôleurs, et contempla leur tour transformée en centre de commandement.

« Tink, Redwood, Peaches et Switchblade. »

Sullivan scruta le radar et appuya sur un bouton.

« Tink, donnez-moi un visuel sur le cockpit.

– Reçu. » Leur conversation résonnait dans la tour.

Une douleur aveuglante déchira le bras de Bill. La balle avait traversé son épaule droite et s'était logée dans son dos. Il s'appuya au tableau de bord. Sa vue vacilla : il entrait en état de choc.

Le corps de Ben était effondré sur la console centrale. Serrant les dents, Bill essaya de le pousser des commandes. Son cerveau se troubla, une sensation de tournis venant gêner ses gestes les plus simples. Il s'assit, craignant de perdre connaissance. Puis il agrippa son épaule blessée. Lorsqu'il retira sa main, elle était nappée de sang.

Il fallait qu'il arrête l'hémorragie. Il fallait qu'il pose l'avion. Tant de choses à faire. Mais son corps le trahissait.

Sa tête succomba à un vertige. Il bascula en avant et roula au sol. La dernière chose qu'il aperçut du coin de l'œil avant de sombrer dans l'inconscience fut la silhouette d'un avion de chasse venant se positionner à côté du cockpit.

« Euh… alors ? »

La tour entière attendait le rapport de Tink.

« Le cockpit semble désert. Je ne vois personne à l'intérieur. »

Un voyant vert s'alluma sur le pavé numérique. Le cockpit se déverrouilla.

Jo poussa de toutes ses forces, et la robuste structure métallique de la porte alla se loger contre les aimants qui la maintenaient ouverte. Elle se crispa, les sens en alerte, et attendit.

Rien.

En pénétrant prudemment dans le poste de pilotage, elle perçut un mouvement à l'extérieur, à sa gauche. Elle éleva le maillet par réflexe, et vit le nez d'un avion de chasse disparaître derrière eux.

Oh merde.

Elle observa la scène.

Ben était écroulé sur la console centrale et une mare de sang s'élargissait sous lui. Le pistolet gisait au sol, juste au-delà de sa portée. Jo l'éloigna d'un coup de pied.

Passant les mains sous son épaule et sa taille, elle l'écarta. Son corps tomba en tas par terre, au pied du siège. Jo le fit rouler sur le dos et brandit le maillet avec un cri étouffé, mais elle comprit aussitôt que c'était inutile. Il était trempé de sang jusqu'à la ceinture, à cause d'un objet qui dépassait de son cou. Elle se pencha mais ne put identifier le corps étranger dans ce fouillis de chair et d'hémoglobine.

Elle lâcha le maillet et pivota vers la gauche.

Bill, roulé en boule au pied de son siège, ne bougeait pas. Jo grimpa sur la console et mit un genou sur le siège pour atteindre son commandant de bord.

Tout en criant son nom, elle essaya de le retourner. Elle voyait du sang par terre… mais elle voyait aussi son dos se soulever. Il respirait. Elle l'appela plus fort en s'efforçant de trouver une prise. Elle secoua son torse en répétant son nom, mais il ne réagit pas. Comme elle était mal positionnée pour le gifler, elle lui pinça le bras – de toutes ses forces. Un léger gémissement lui échappa. Elle hurla son nom une fois de plus, et cette fois ses yeux s'ouvrirent. Pendant qu'il reprenait peu à peu conscience, Jo trouva une meilleure position et entreprit de le redresser. Il faisait deux fois sa taille, mais l'adrénaline lui prêtait assistance, et elle réussit, sans savoir comment, à le remettre en mouvement. Avec son aide active, Bill parvint à se rasseoir sur son siège.

« C'est pas fini ! assena-t-elle. Dis-moi quoi faire. »

L'avion de ligne défilait vers l'avant tandis que Tink continuait à diminuer sa vitesse.

La voix dans son oreille dit : « Toutes les unités, en position de tir. Attendez l'ordre.

– Reçu », répondit-elle.

Le hublot de la porte de l'avion était trop petit pour qu'elle distingue quoi que ce soit, mais en continuant vers l'arrière elle pouvait voir des passagers à travers les hublots. Une boule inattendue lui serrait la gorge.

Dans l'éclairage violet de la cabine, elle vit des gens qui la regardaient, leurs masques à oxygène sur le nez, pressés contre les vitres. Vers l'avant de l'appareil, un homme remonta ses lunettes qui glissaient sur la coupe jaune. Quelques rangées plus loin, une vieille dame posa une main à plat contre le hublot, un mouchoir chiffonné dans la paume. Au rang suivant, Tink ne voyait que le haut d'un masque : l'enfant assis à cette place était trop petit pour atteindre le hublot.

Les aspects de la guerre qui impliquaient des civils étaient toujours les plus difficiles à accepter. Une zone de guerre était un lieu pour les soldats, et personne d'autre. Elle s'était trop souvent réveillée la nuit, en sueur, hantée dans son sommeil par les yeux d'une fillette ou d'un vieillard.

Mais ceci n'était pas une zone de guerre. C'était juste un avion plein d'innocents essayant d'arriver à destination. C'était elle qui n'avait rien à faire là. Pour la première fois de sa carrière, elle hésitait.

Alors que la dernière rangée de sièges la dépassait, elle vit un papier pressé contre une vitre. Deux mots y étaient inscrits en grandes lettres. « Aidez-nous. »

39.

Theo, à l'écart du groupe, consultait son téléphone. Il fit signe à Carrie d'approcher.

La famille et l'équipe télé étaient attroupées autour du fourgon, captivées par la couverture des événements. Quelques voisins étaient sortis pour leur proposer de l'eau et des snacks, mais personne n'avait le moindre appétit. Ils restaient donc là, les bras ballants, assommés par leur propre impuissance, à regarder ce qui se passait sur la côte Est.

Carrie alla rejoindre Theo. Il lui parla à voix basse :

« Le 416 commence à dévier du plan de vol. »

Carrie le dévisagea sans comprendre. « Comment…

– Rousseau me tient au courant par SMS. Washington était un leurre. La vraie cible, c'est le Yankee Stadium. »

Carrie tourna la tête, le regard dans le vide, comme si elle ne saisissait pas le sens des mots qu'il venait de prononcer. Le téléphone de Theo vibra.

Il lut deux fois le message avant de fermer les yeux en soupirant. Il ne voulait pas lui faire part du contenu, et ne supportait pas de la voir qui attendait.

« Theo, s'il vous plaît, dit-elle au bout de quelques instants. Ça ne peut pas être tellement pire, si ? »

Il garda les yeux fermés pour l'informer que l'un des F-16 avait essayé d'avoir un visuel, et que le cockpit semblait vide. D'après le pilote de chasse, personne n'était aux commandes de l'avion.

Carrie ne dit mot. Theo entendit qu'elle pleurait.

« Maman ? » dit Scott. Theo rouvrit les yeux et vit que le petit garçon approchait, sa sœur dans les bras.

Le spectacle de ces deux petits faillit l'anéantir. Carrie leur tournait le dos, et elle sécha rapidement ses larmes avant de leur faire face. Avec un petit sourire visiblement douloureux, elle chassa les cheveux des yeux de son fils et le déchargea du bébé. Elle prit le garçon par la main, et ils regagnèrent le fourgon de télé ensemble.

Le signal radar avait dépassé l'aéroport et filait droit vers le Bronx. Dans la tour, on n'entendait que les tentatives répétées pour entrer en contact avec le cockpit. Mais elles étaient devenues machinales, sans espoir : plus personne ne s'attendait à une réponse du vol 416.

Le lieutenant général Sullivan enfonça un bouton et parla d'une voix claire :

« Monsieur ? Le temps presse. Il nous faut une décision, monsieur le Président. »

Les lumières paraissaient plus vives. L'herbe plus verte. L'air plus froid. Les bruits plus sonores. Bobby avait l'impression que tout, dans le Yankee Stadium, était amplifié.

Lui et les autres joueurs présents sur le terrain ployèrent les genoux, prêts, tapant dans leur gant. Ils crachèrent par terre pendant que le frappeur tapotait sa batte contre l'intérieur de ses semelles, l'une après l'autre. Il poussa un gros soupir, entra dans la boîte et frotta ses pieds au sol avant de se mettre en position.

Le lancer : une balle rapide, sur l'extérieur.

Le frappeur mania vivement sa batte, tombant sur un genou dans son effort pour envoyer la balle en touche. Bobby savait à quel point il le voulait, car il savait à quel point *lui* le voulait. Il ne s'agissait plus simplement de la Série mondiale. C'était entièrement autre chose. Le frappeur sortit de la boîte en retirant son maillot d'une de ses épaules, soulevant deux fois son casque.

Dans les gradins, les fans continuaient de fuir en se bousculant pour atteindre les sorties. Les parents portaient les enfants dans leurs bras. Les couples se tenaient par la main. Les sorties restaient encombrées, les escaliers bondés.

Un cri strident s'éleva des tribunes supérieures, sur sa gauche. Bobby vit une femme dégringoler les marches, son corps prenant sans cesse de la vitesse dans cette chute incontrôlée. Il retint son souffle lorsqu'elle approcha de la rambarde en bas de la tribune. L'issue du match était soudain la chose la moins importante du monde, mais il vit alors un grand costaud la rattraper au dernier moment et empêcher une chute de trente mètres dans la tribune d'en dessous.

Aux niveaux inférieurs, dans la foule des supporteurs agglutinés autour du marbre et le long des limites du terrain, le bleu des Dodgers se mêlait par endroits aux rayures des Yankees. Quand les joueurs avaient repris leur position sur le terrain, beaucoup de supporteurs avaient suivi. Cela n'avait été ni discuté ni planifié. C'était une entente collective.

Ils lançaient des acclamations à chaque lancer, se taquinaient, retournaient leur casquette. Un gros type redescendit de la buvette abandonnée en serrant contre sa poitrine une demi-douzaine de canettes de bière chapardées. Son copain l'accueillit en héros qu'il était et ils s'empressèrent de distribuer leur butin dans leur section, ce qui déclencha un toast improvisé.

Un petit coin du tableau de scores électronique était réservé aux statistiques du match, tandis que le reste de l'immense écran projetait ce qui se passait à l'extérieur de leur utopie toute neuve. Carrie Hoffman plaidant sa cause auprès du président. Les camions de pompiers au bord des pistes de JFK. Les reporters pointant le doigt vers le ciel nocturne. Les passagers avec leurs masques à oxygène. Et une caméra mobile dans le stade, montrant les visages des derniers chanceux qui avaient pu venir assister au septième match de la Série mondiale.

Un claquement de batte : la balle fut projetée vers le centre gauche.

Les joueurs de champ extérieur s'élancèrent à sa poursuite ; celui de gauche recula dans l'intervalle, mais Bobby lui fit signe de se pousser, sans jamais quitter la balle des yeux. Comme il arrivait à la limite du terrain, il bondit pour tenter l'impossible.

En retrouvant le sol sous ses pieds, il tendit lentement son gant en l'air, avec une expression stupéfaite. À l'intérieur, l'impact de la balle lui picotait encore la paume.

Troisième retrait. *Game over*. Les Yankees avaient remporté la Série mondiale.

Personne ne bougea. Ni les joueurs ni les supporteurs. Tout le monde regardait fixement le centre du terrain. Et là, les cuivres de la victoire éclatèrent dans les haut-parleurs : *« Start spreading the news... »*

Bobby restait dos au mur, la balle dans son gant. Le frappeur, debout entre la première et la seconde base, contemplait son échec dans le champ extérieur. Au bout de quelques instants, le joueur perdant fit demi-tour et se mit en marche vers le lanceur victorieux. C'était le seul mouvement dans le stade entier. Personne, à part Frank Sinatra, ne disait un mot.

Sur le monticule, le frappeur s'arrêta devant le lanceur. Il le prit par les deux épaules et lui donna une accolade d'une telle force qu'il fit tomber son gant. Le lanceur serra le dos de son adversaire à s'en faire blanchir les doigts.

Les deux équipes sortirent de leurs abris alors que Bobby et les autres joueurs de champ extérieur trottinaient vers le centre. Tous retrouvèrent les deux joueurs au centre du terrain et tombèrent dans les bras les uns des autres. La plupart étaient en larmes. Ils soulevèrent leurs casquettes et saluèrent le public.

Pendant que le crooner continuait de chanter l'hymne culte des Yankees – et de New York –, toutes les personnes présentes dans le stade, joueurs comme supporteurs, s'agrippèrent les unes aux autres et se mirent en paix avec leur choix d'être restées.

Dans le cockpit, Jo s'efforçait de ne pas regarder les immeubles qui se rapprochaient derrière le pare-brise. Tout tremblait et remuait.

Penché en avant, tordu par la douleur, Bill empoigna le joystick. Sa main était couverte de sang.

Il inspira à fond et pressa le bouton sous la poignée.

La ligne ouverte grondait dans la tour. Pas avec les grésillements typiques des communications aéronautiques, mais avec une vibration régulière indiquant un équipement de pointe. La communication avec la Maison Blanche, avec le président, était audible pour tous. Nul ne bougeait, nul ne parlait : tous attendaient le verdict pour le vol 416.

Le président se racla la gorge. Sa décision était prise.

L'écho de la dernière note de Frank Sinatra résonna encore une seconde avant de se dissiper dans le silence. Tout le monde leva les yeux vers le ciel, guettant, attendant, priant.

On entendit un grondement lointain qui prenait du volume.

La peur monta d'un cran, les joueurs et les fans remuèrent sur leurs pieds – mais tous restèrent à leur place.

C'était le bruit bien reconnaissable d'un avion en approche.

« Bien, commença le président. J'ai décidé… »

Un crépitement interrompit l'ordre. Quelqu'un réprima une exclamation rauque, et une voix faible s'appropria l'instant.

« Ici le commandant Hoffman. J'ai repris le contrôle de l'appareil. »

40.

Toutes les têtes se levèrent en même temps lorsque l'avion survola le Yankee Stadium en rase-mottes. Les gens se baissèrent. Le ventre de l'appareil passait juste au-dessus, tout près, les ailes oscillant follement d'un côté puis de l'autre. Il fallut attendre que la queue ait disparu au bout du stade pour que l'assemblée comprenne que l'avion ne s'écraserait pas.

L'explosion de joie qui suivit fut plus puissante que si tous les sièges avaient été occupés. Les quatre F-16 apparurent dans le sillage de l'avion. Une immense clameur secoua le stade entier.

Ils étaient sauvés.

« Je répète : ne tirez pas ! Escortez uniquement ! braillait le lieutenant général Sullivan dans le micro. Restez sur le qui-vive, mais on va lui laisser une chance, à ce zinc. »

Pas le temps de se réjouir : les contrôleurs avaient encore du pain sur la planche.

« Toi, le sous-off, tu dégages de ma place ! lança Dusty en remettant ses écouteurs tellement vite qu'il faillit les casser. Coastal 416 ! Content de vous retrouver ! Vous vous posez quand vous voulez. »

À Los Angeles, les cameramen de CNB se sautèrent au cou pendant que les voisins se tapaient dans la main et dans le dos. Les genoux de Carrie cédèrent sous elle, mais Theo la rattrapa avant qu'elle ne tombe. Elle adressa un sourire larmoyant à Scott, qui sautillait sur place.

« Papa ! » hurla-t-il. Sa voix d'enfant se perdit dans la mêlée.

Bill tira de toutes ses forces sur le joystick. L'avion remonta presque à la verticale et le ciel noir vint emplir le pare-brise. Jo tomba en arrière, précipitée contre le battant de la porte. Dans la cabine, les passagers poussèrent des cris stridents, surpris par ce changement de direction soudain. Jo se releva, arracha son masque, et le jeta avec la bonbonne sur le corps de Ben.

Elle hurla par la porte : « Daddy ! Fais asseoir Josip ! Et accrochez-vous ! »

Puis elle se rapprocha de Bill et chercha sa blessure. Son bras entier était trempé. Elle finit par trouver la source : l'omoplate droite. Elle fouilla le cockpit du regard et arracha la veste d'uniforme de Bill de son cintre. Elle la roula en boule serrée et la pressa contre la plaie, en tirant sur son épaule de l'autre main pour augmenter la pression. Bill poussa un cri de douleur, et le sursaut de sa main sur le joystick fit brusquement pencher l'avion vers la droite.

« Je sais, mon ami, mais je suis là pour toi, dit Jo. Dis-moi ce que je dois faire. »

Bill répondit d'une voix faible : « J'ai besoin que tu sois ma main droite. »

Dans la tour, tout le monde suivait le signal sur l'écran radar. Il effectua un virage, puis un autre, visant la bonne position jusqu'à ce qu'il n'y ait plus de doute possible : le vol Coastal 416 était en route pour JFK. Une chaude sensation de soulagement inonda le corps de Dusty tandis que George lui donnait une tape dans le dos. La contrôleuse à côté d'eux se laissa tomber sur une chaise avec un long soupir.

Dehors, les gyrophares des pompiers et des ambulanciers se mirent en mouvement.

« Coastal, vous êtes autorisés à atterrir sur la 31 droite, dit Dusty dans le micro. Poursuivez l'approche directe. » Il lâcha le bouton pour parler à George sans être entendu. « Ils ont l'autorisation pour la 31 droite, mais ils sont en train de s'aligner sur la 22 gauche. On change de piste ? »

George réfléchit. « Vaut mieux pas. La 31 droite est déjà programmée dans le plan de vol d'origine. Simplifions-leur la tâche au maximum. De toute manière, ils feront ce qu'ils voudront. »

Bill indiqua à Jo où trouver la manette pour déplier le strapontin supplémentaire du cockpit. Elle baissa le siège jusqu'à l'entendre se verrouiller. Puis elle tira une grande longueur de ceinture pour pouvoir se pencher le plus loin possible vers l'avant. Elle se trouvait maintenant derrière le siège du commandant de bord, avec une vue imprenable sur la ville. Elle se remit à appuyer sur la plaie avec la veste imbibée de sang. Elle redoutait de voir Bill tomber dans les pommes.

« Bon, dit-elle. Je commence par quoi ?

– La vitesse, répondit Bill. Il faut la diminuer. Tu vois la molette marquée MACH ? Tu la tournes vers la gauche jusqu'à ce que ça affiche un-trois-zéro. »

Elle se pencha en avant en observant le tableau de bord.

« Ça ? »

Bill fit oui de la tête, avec une grimace.

Elle tourna la molette et vit les chiffres descendre. À cent trente, elle s'arrêta.

« Maintenant, tire dessus. »

Elle s'exécuta, et sentit aussitôt l'avion ralentir.

« Ensuite ?

– Le train d'atterrissage. Sur la droite. Tu vois ce levier ? Non, plus bas. Regarde deux cadrans plus bas. » Il voulut lui montrer l'endroit, mais son bras droit ne répondait plus. « Non. Non… Oui ! Celui-là. Abaisse-le. »

L'avion vibra. Sous leurs pieds, le train d'atterrissage sortit lentement.

ONE THOUSAND.

La grosse voix robotique fit sursauter Jo. Elle n'avait jamais entendu le décompte de l'altitude depuis le poste de pilotage, seulement assourdi, de l'autre côté de la porte.

« Bon, au-dessus du train… » Sans prévenir, Bill bascula mollement en avant.

« Non ! » hurla Jo en le tirant vers l'arrière. Elle le gifla, si fort qu'elle eut peur de l'avoir assommé pour de bon. « Reste avec moi, Bill ! »

Il se réveilla et regarda autour de lui d'un air hagard. Il secoua la tête, ouvrit et referma les yeux. Il était terriblement faible, comme sa voix lorsqu'il parla. « L'autobrake. Au-dessus du train… là. Appuie sur le bouton en dessous, celui marqué MED. »

Jo obéit, et le bouton poussoir remonta tout seul. La mention ON apparut en bleu en dessous.

Bill releva les yeux vers le pare-brise. Jo suivit son regard.

Les lumières des pistes de JFK étaient là.
Ils avaient l'aéroport en visuel.

Quand l'avion en approche devint visible, progressant de manière instable vers la piste, les acclamations éclatèrent dans la tour.

Ses phares brillaient plus vivement à chaque seconde. Temps estimé avant l'atterrissage : une minute. Tous ceux qui avaient des jumelles s'efforçaient d'évaluer l'état de l'appareil. Le train d'atterrissage apparut et étira ses roues sous la carlingue.

L'avion s'inclina brusquement vers la droite, puis se corrigea et compensa trop loin vers la gauche. Le vent était fort, mais Dusty comprit que ce n'était pas la cause de ces mouvements désordonnés.

Il jeta un coup d'œil au radar pour voir leur vitesse. Cent quarante-cinq nœuds. C'était rapide. Trop rapide pour un avion de cette taille, de ce poids, à ce stade de l'approche. Rien de rédhibitoire, mais il leur faudrait de la longueur.

« Holà, doucement, marmonna-t-il dans sa barbe. Les volets, les volets. »

Sur le bord arrière des ailes, des panneaux métalliques se déployèrent comme s'ils l'avaient entendu. La résistance qu'ils provoquaient ralentit presque assez l'avion, qui était bien aligné sur la piste. L'arrivée à JFK n'avait rien de particulièrement ardu, mais il n'y avait pas beaucoup de place au bout des pistes. Quand on arrivait par l'ouest sur la 31 droite, on débouchait vite sur des hangars, des hôtels et des routes.

Ils allaient devoir réussir un atterrissage court alors qu'il leur en aurait fallu un long.

Jo suivait les instructions de Bill et surveillait l'horizon artificiel sans oser cligner des paupières. Elle voyait le joystick trembler dans la main du pilote, et l'assiette de l'avion sur le cadran suivre le mouvement.

FIVE HUNDRED.

Elle consulta la vitesse. « Je remets des volets ? »

Bill acquiesça et elle actionna le levier correspondant. Il descendit encore d'un cran.

« Bien, dit Bill. Tu vois ces deux manettes au milieu ? Les grandes, entre les roues avec des marques blanches ? »

La main de Jo hésita au-dessus. « Celles-ci ? »

Bill fit oui de la tête. « Ce sont les manettes des gaz. Pose ta main dessus et ne la bouge plus jusqu'à ce que je te le dise. Une fois qu'on sera posés, à mon signal tu vas les tirer en arrière. Vers toi. Lentement au début. Et quand je te le dirai, tu les tireras à fond.

– À fond. D'accord. »

L'avion piqua du nez. La descente n'avait rien à voir avec l'approche régulière et stable, pieds en avant, qu'exécutait un appareil en temps normal. À chaque mouvement brusque, les contrôleurs retenaient leur souffle dans la tour.

Plus que quinze secondes environ. À ce stade, avec les jumelles, ils voyaient dans le cockpit.

Bill. Jo. Le siège du copilote, vide.

Plus que dix secondes.

Plus personne ne respirait, plus personne ne bougeait. Aucune des personnes présentes ne voulait être celle qui fait rater le putt, rebondir la balle sur le filet, manquer le *home run*.

Plus que cinq secondes avant l'atterrissage.

ONE HUNDRED.

Jo regardait les lumières du début de la piste. Deux larges rangées de signaux d'approche rouges et jaunes. Puis une fine ligne verte. Puis une longue étendue blanche : la zone d'atterrissage. Au milieu, une longue rangée d'ampoules. La ligne centrale.

FIFTY.

FORTY.

Jo et Bill surveillaient l'horizon artificiel. Il s'inclina. Bill corrigea. Il s'inclina de nouveau. Bill surcompensa. Il avait du mal à garder une main ferme.

THIRTY.

TWENTY.

Ça y était. Jo aurait voulu fermer les yeux, mais elle résista.

RETARD. RETARD. RETARD.

La voix leur indiquait calmement que le contact avec le sol était imminent.

En cette ultime seconde, elle entendit Bill chuchoter pour lui-même : « Cent quarante-neuf âmes à bord. »

41.

Les roues arrière percutèrent brutalement la piste, ce qui fit basculer l'avion : le nez remonta vivement et la queue heurta le sol. Jo sentit que le système de freinage automatique se déclenchait.

« Vas-y ! » hurla Bill. Jo tira sur les deux manettes des gaz. Cette brusque embardée fit retomber violemment le nez. Le choc brisa le train avant. De la fumée et des étincelles jaillirent du dessous de l'avion, qui continua de débouler sur la piste en grinçant contre le béton.

Jo vit Bill appuyer le plus fort possible sur la pédale du palonnier, mais il était si faible que ce geste ne pouvait pas avoir un grand effet. Il poussa ses pieds de la droite vers la gauche, manœuvrant la gouverne de direction pour essayer de maintenir l'avion sur la piste. Des flammes et des étincelles brillaient derrière les fenêtres. L'avion n'était plus contrôlable.

Le bout de la piste approchait : une ligne de lumières rouges qui voulaient dire *stop*.

Jo se demanda s'ils allaient s'arrêter.

À Los Angeles, les personnes attroupées autour du fourgon de CNB observaient la scène, incrédules, une main plaquée sur la bouche. L'avion allait vite, trop vite. Jamais il ne s'immobiliserait à temps.

Il y eut un fracas inattendu. L'avant de l'appareil plongea vers le sol tandis que la queue remontait en l'air. Le temps s'arrêta, et l'avion aussi. Une pause. L'avion restait bizarrement dressé sur le nez, momentanément fixe. Dans un grand vacarme, il retomba sur le ventre.

Personne ne fit un geste.

Le nuage de débris et de fumée se dissipa au bout de quelques instants. L'avion de ligne n'était plus qu'une épave. Cabossé et endommagé, tout au bout de la piste.

Mais en un seul morceau.

Tous les spectateurs réagirent au même instant. Les voisins, l'équipe de télé ; ils lancèrent des acclamations, agitèrent le poing en l'air, se tapèrent dans les mains, se sautèrent au cou. Vanessa se laissa tomber sur un genou et se couvrit le visage des deux mains tandis que le cadreur lui tapait dans le dos.

Carrie et Theo, eux, restèrent sans réaction. Debout côte à côte, ils ne pouvaient pas détacher les yeux de l'écran. Tant qu'ils n'auraient pas vu Bill et Jo de leurs yeux, ils ne s'autoriseraient pas à souffler.

Pendant quelques secondes, rien ne bougea. Puis, dans un mouvement saccadé, heurté, la porte avant pivota vers l'extérieur. Un toboggan jaune surgit de l'ouverture et se déploya jusqu'au sol. Les issues situées à l'arrière suivirent, ainsi que celles placées sur les ailes. Les passagers apparurent, jaillissant des portes pour dévaler les toboggans. Deux personnes restaient au pied de chacun et aidaient leurs semblables à se relever. Une autre leur indiquait où courir se réfugier.

Big Daddy se trouvait à la porte avant, celle que les passagers avaient empruntée pour embarquer, moins de six heures plus tôt, à l'autre bout du pays. On le voyait de profil, agitant les bras et criant des ordres inaudibles aux personnes placées à l'extérieur. Sa main, bandée de gaze blanche, agrippait une poignée fixée à l'intérieur du fuselage pour éviter toute chute.

Kellie, elle, était à l'arrière. Le teint empourpré, elle hurlait. Un homme hésitait à sauter : il contemplait la traînée de sang rouge vif laissée par un passager blessé sur le toboggan jaune. L'hôtesse posa une main dans le bas de son dos et poussa. Il dégringola vers son salut et se releva, les jambes tremblantes, avec l'aide d'un autre passager.

Les véhicules de secours fondirent sur l'avion, leurs gyrophares bleus et rouges éclairant toute la pagaille ambiante. Les pompiers encerclèrent l'appareil en communiquant à grands cris, avec force moulinets des bras, pour coordonner leur intervention. Des secouristes en tenue de protection étanche apparurent ensuite, sautant des ambulances. Leurs énormes combinaisons blanches se découpaient dans la nuit noire et brillaient comme des paires de baskets neuves. Elles ne tarderaient pas à être souillées par les traces du conflit : la fumée, la poussière, la sueur et le sang.

Le flux des passagers se tarit. L'évacuation se termina presque aussi vite qu'elle avait commencé : une procédure modèle dans des circonstances inédites. Quelques silhouettes dispersées descendaient encore par l'arrière, mais c'était tout.

Tout à coup, un homme gigantesque apparut à l'avant. Il portait sur son épaule un corps inerte, celui d'un homme, apparemment sans plus d'effort que s'il s'était agi d'un torchon. Il l'installa sans précautions excessives en haut du toboggan. Puis, sans cérémonie, il le poussa du pied pour le lancer dans la descente. Les médecins placés en bas réceptionnèrent l'homme ventru au visage écarlate. Cherchant des blessures, ils firent venir une civière qui l'emporta hors de vue.

Le géant disparut à nouveau dans l'avion, et ne tarda pas à réapparaître avec un monsieur âgé qu'il tenait dans ses bras comme un bébé. Le vieil homme regarda la scène en contrebas, puis releva des yeux soulagés vers son sauveur. Le géant s'assit avec lui au bord du toboggan le plus doucement possible, en veillant à ce que les pieds et la tête du vieillard soient dégagés. Quelqu'un dans l'avion dut lui parler, car il se retourna ; il ne dit pas un mot, mais un sourire illumina ses traits et il s'inclina comme pour saluer. Puis il avança ses fesses lentement jusqu'au bord, le vieux monsieur fermement arrimé sur ses genoux, et tous deux descendirent ensemble. En bas, il l'aida à se relever, tenant ses mains ridées jusqu'à ce que ses jambes arrivent à le porter.

Cette fois, plus aucun passager ne sautait de l'avion, mais l'équipage était encore à bord. De temps en temps, on apercevait par une porte ouverte le personnel de bord qui s'activait à l'intérieur. À travers les hublots, on les voyait parcourir rapidement l'allée centrale pour vérifier que personne ne restait dans l'avion.

Une fois rassurés sur ce point, ils coururent à l'avant. Daddy disparut dans le cockpit. Kellie attendait dans le galley. Elle se dévissait le cou pour tenter de voir ce qui se passait. Un instant plus tard, elle sursauta et se précipita vers l'avant, puis recula vivement pour faire de la place.

Big Daddy réapparut. Il sortait du poste de pilotage à reculons, penché en avant, avec des gestes lents et maladroits : il portait quelque chose de lourd. Reculant vers l'ouverture, il pivota vers la gauche tandis que Kellie s'écartait vers la droite. Daddy tenait une paire de jambes et, avec un effort colossal, tractait un corps inerte.

Alors que ce corps apparaissait peu à peu, Kellie se rua en avant pour attraper quelque chose. Un bras, avec au bout une main molle. Elle s'efforça de trouver une meilleure prise en passant sous l'épaule, et au même moment Jo apparut, tenant le torse par-derrière, ses bras menus parvenant à peine à faire le tour de la poitrine de Bill.

Theo se couvrit la bouche et Carrie tourna la tête de Scott pour l'empêcher de voir. Elise gémit sur sa hanche, et elle la fit rebondir un peu pour la calmer.

Les deux hôtesses et le steward s'escrimaient à extirper l'homme inconscient d'un espace si exigu et plein d'obstacles que même en temps normal il était difficile d'y circuler. Ils finirent par y arriver, dégageant le corps mou dans une dernière poussée qui les fit tomber tous les trois à genoux. Ils le posèrent au sol.

Sans prendre un instant de repos, ils se consultèrent, hochant la tête et faisant des gestes des bras et des mains pour élaborer leur plan d'action. Big Daddy se leva et cria quelque chose aux secouristes rassemblés au pied du toboggan. Il leur parla en faisant de grands signes. Les secouristes relayèrent aussitôt ses indications à leurs collègues plus loin dans la chaîne.

Big Daddy et Kellie se baissèrent à la droite et à la gauche de Bill tandis que Jo s'installait derrière eux, remontant sa jupe pour passer une jambe de chaque côté et glissant sa poitrine sous son corps inerte. Les trois membres d'équipage s'activèrent pour préparer leur descente en tandem. Comme ils se rapprochaient de l'ouverture, le monde entier put enfin voir clairement Bill, et poussa une exclamation collective en découvrant l'énorme tache rouge sang qui couvrait sa chemise blanche de pilote.

Carrie enfouit sa tête dans l'épaule de Theo.

« Ne regardez pas, lui souffla-t-il à l'oreille. Je vous dirai quand vous pourrez. »

Elle hocha la tête et continua de se cacher pendant quelques instants.

Une civière était arrivée au pied du toboggan avec des médecins en combinaison de protection. D'autres sauveteurs s'étaient placés des deux côtés pour attraper le tandem à son arrivée en bas. Big Daddy cria quelque chose, le mouvement de ses lèvres indiquant clairement qu'il s'agissait d'un compte à rebours, et à « trois » le pilote et la chef de cabine s'élancèrent dans la pente. Ils furent reçus en bas tels des enfants au square. Le pilote fut hissé sur la civière et emmené en urgence, les médecins courant à côté.

Jo prit les mains qui se tendaient pour l'aider à se relever, mais les chassa quand on essaya de l'emmener elle aussi. Libérée, elle se retourna vers le toboggan et aida Kellie qui peinait à se mettre debout. Puis elles attendirent que Daddy saute à son tour, et lui prêtèrent assistance quand il toucha le sol.

Ils formèrent un cercle tous les trois, et Jo dit aux deux autres quelque chose qui leur fit hocher la tête. Elle sembla soupirer et eut un grand geste lent vers l'avion. Ses paroles n'allèrent pas plus loin que les oreilles de ses deux collègues.

Daddy ajouta un commentaire, les deux autres pouffèrent, puis Jo fit un pas et prit dans ses bras Kellie qui pleurait. Elle lui frotta doucement le dos tout en regardant les médecins qui s'activaient autour de Bill. Elle les observa, impuissante, les joues luisantes de larmes. Daddy se retourna pour contempler l'avion, sa main bandée plaquée sur la bouche.

Ils restèrent une minute ainsi, à absorber ce qui venait de se passer. Enfin, ils tournèrent les talons ensemble et clopinèrent en direction des sauveteurs qui les attendaient.

À plusieurs milliers de kilomètres de là, dans un quartier résidentiel délimité par du ruban jaune, une grappe d'humains encaissait aussi les derniers événements.

C'était terminé.

Une petite voix couina avec émotion. Cela paraissait anormal, complètement déplacé, qu'un spectateur tellement innocent soit présent pour assister à de telles horreurs.

« Maman ? »

Carrie baissa les yeux vers son fils, puis s'accroupit devant lui. Elle avait les yeux bouffis, et sa tentative de sourire fut pitoyable.

« Oui, mon chéri ?

– Est-ce que papa va bien ? »

42.

Un bip-bip intermittent sortait d'une des nombreuses machines installées autour du lit. L'odeur âcre des antiseptiques emplissait la chambre, et la chaise sur laquelle Jo était assise était terriblement dure. Dans le couloir, un médecin fut appelé vers un autre service.

« Je n'ai pas pensé à eux une seule fois, Bill », murmura Jo.

La poitrine de Bill se soulevait à peine. Des hématomes grisâtres et violacés apparaissaient sous les tuyaux et les bandages qui couvraient son corps immobile. Il avait les yeux fermés, le droit noir et enflé. La masse de gaze scotchée à son épaule était d'un blanc éclatant, en contraste avec les points, en dessous, qui suturaient la plaie par balle.

« On dit qu'on voit défiler sa vie entière, continua-t-elle, revivant dans sa tête les moments les plus terrifiants du vol. J'ai lu des tas d'histoires d'expérience de mort imminente. Ou de gens qui sont morts et qui sont revenus. Ils disent tous la même chose. » Elle déglutit. « Qu'avant de mourir, ils ont pensé à leur famille. À leurs enfants. À leur conjoint. Qu'ils n'avaient que ça en tête. »

Jo s'approcha de la fenêtre et contempla le ciel bleu. Le dos tourné au lit, elle laissa ses larmes couler librement, jusque dans son cou. Sa voix se brisa.

« Même pas à ce moment-là. Mon mari, mes fils, mes parents, ma sœur, Theo, mes amis… à aucun d'entre eux. Quel genre de femme est-ce que je suis ? Quel genre d'épouse, de mère ? »

Une machine bipa et une autre lui répondit. Jo baissa la tête. Son corps entier était ébranlé par ses sanglots.

« Merci », souffla une voix faible.

Jo fit volte-face.

« Merci d'avoir autant cru en moi. »

De manière inattendue, sa poitrine s'allégea soudain de toute la culpabilité qu'elle portait en elle depuis le vol. Elle s'avança pour prendre la main de Bill, et ils pleurèrent ensemble.

Jo s'essuya les joues, puis prit un mouchoir pour absorber doucement celles de Bill. « Tu étais censé dormir. »

Un demi-sourire souleva la joue gauche de Bill. « Désolé de te décevoir. Où est Carrie ?

– À la cafétéria avec Theo et les enfants, en train de manger un yaourt glacé.

– Il paraît qu'il a reçu une promotion. »

Jo sourit fièrement. « Absolument. Il a aussi récolté un mois de suspension sans solde. Mais après, une promotion.

– C'est le bon côté.

– Un parmi d'autres, dit Jo avec un geste comique vers l'énorme bouquet de fleurs roses et rouges posé sur une petite table.

– Coastal a mis le paquet, dit Bill. Mais j'aime encore mieux les quatre mois de congés payés.

– Et moi donc. Est-ce que le chef O'Malley a signé la carte ? »

Bill se rembrunit. « Pas facile à faire depuis la prison. »

Un petit coup fut frappé à la porte, qui s'ouvrit lentement. Big Daddy passa la tête à l'intérieur et, voyant Bill réveillé, entra franchement.

« Alléluia ! Il est ressuscité ! » lança-t-il en brandissant une bouteille de champagne. Kellie le suivait avec un petit bouquet de fleurs et un ballon multicolore flottant au bout d'une ficelle.

Les perfusions d'antidote et les traitements ciblés que les sauveteurs avaient administrés à l'équipage et aux passagers immédiatement après le vol avaient fait des miracles. Le visage de Daddy avait presque retrouvé sa couleur habituelle, et lorsqu'il eut retiré ses grosses lunettes noires, Jo put constater que le blanc de ses yeux était revenu à la normale.

Jo n'était pas certaine d'avoir déjà vu Bill sourire si largement. Il voulut retenir ses larmes, mais en vain. Kellie, pour sa part, perdit immédiatement la bataille, et le ballon au bout de sa ficelle fut secoué par ses sanglots. Cela fit rire Jo, qui la serra chaleureusement dans ses bras. Daddy s'activa à ouvrir la bouteille, les narines dilatées par l'effort qu'il faisait pour réprimer son émotion.

Ils étaient tristes. Ils étaient déroutés. Ils étaient en colère. Et Jo savait qu'ils ne faisaient encore qu'effleurer la surface du traumatisme qu'ils avaient enduré. Mais ils étaient joyeux, aussi. C'était un bonheur d'être ensemble, en compagnie des seules autres personnes capables de comprendre quel fardeau ils avaient porté, en équipe. D'être avec une famille qui saisissait véritablement qui vous étiez et ce que vous aviez vu.

Le bouchon sauta. Kellie sortit des gobelets en plastique de son sac. Daddy les remplit. Debout autour du lit de Bill, les membres d'équipage survivants du vol Coastal Airways 416 trinquèrent.

« Aux cicatrices de la bataille », dit Jo.

Ils sourirent. Ils burent. Ils séchèrent leurs larmes.

Bill était assis à une table ronde avec Ben et Sam. Chacun des hommes avait une tasse vide devant lui, et une théière était posée au centre. L'un après l'autre, chacun versa le liquide pour un autre, la théière produisant à chaque fois un breuvage différent. Sam reçut une tasse d'English Breakfast. Ben, un café avec crème et sucre. Bill, un café aussi, noir, comme il l'aimait. Les hommes soufflèrent sur leurs tasses, attendant que le liquide ait suffisamment refroidi pour être bu. Ils restaient silencieux, à simplement se regarder. À attendre. Enfin, ils burent. Et, en buvant, tous trois se mirent lentement à sourire. Bientôt, de manière contagieuse, les sourires firent place au rire. Les trois hommes riaient à en pleurer, et c'est seulement lorsqu'ils tapèrent sur la table et renversèrent leurs têtes en arrière, hilares, que Bill se réveilla.

Trempé de sueur, pantelant, il contempla le ventilateur de plafond pendant un moment et attendit que son pouls ralentisse, que l'adrénaline se dissipe.

En prenant soin de ne pas réveiller Carrie, il posa ses pieds par terre. Le mouvement envoya une douleur glacée dans son épaule. Cette zone continuait de percevoir une humidité fantôme, même trois mois après, le temps que ses terminaisons nerveuses se rétablissent. Il savait qu'il faudrait encore bien du temps avant qu'il sorte victorieux de la visite médicale.

Aucun médecin ne l'aurait déclaré apte à piloter dans l'état où il était. Mais il guérirait, et ce moment viendrait un jour.

Parcourant en silence leur maison de location, il alla voir Scott et Elise, qu'il trouva tous les deux endormis, tranquilles, et surtout... enfants. Carrie et lui s'émerveillaient de leur résilience, en particulier chez Scott. Ils savaient que les événements resteraient présents en Scott pour le restant de ses jours, mais jusqu'à présent les effets paraissaient gérables. La plupart du temps, comme avant, il avait juste envie de jouer.

Bill alluma la lampe du bureau du rez-de-chaussée et mania la souris de l'ordinateur. L'écran se réveilla, affichant une douzaine d'onglets ouverts dans son navigateur. Il prit un livre sur la pile posée à côté de l'écran, l'ouvrit là où il l'avait laissé. La page était abondamment surlignée et annotée en rouge.

Une heure s'écoula. Il posa son stylo et se massa les paupières.

« Je donnerais n'importe quoi pour te trouver en train d'échanger des textos avec une autre femme en entrant ici. » Carrie s'appuya au chambranle, dans son tee-shirt trop grand et ses chaussettes blanches.

Bill se renversa en arrière dans le fauteuil de bureau. « Ça, c'est encore plus improbable que ce qui est arrivé. »

Carrie sourit.

« Encore la théière ? »

Bill fit oui de la tête.

Elle vint s'asseoir sur ses genoux et posa la tête sur son épaule pendant qu'il les berçait tous les deux. Elle regarda les cahiers pleins de notes griffonnées, les piles de livres pleins de Post-it dépassant de la tranche. Elle en indiqua un.

« Tu es arrivé au passage où elle parle de ce qu'a fait Saddam Hussein ? »

Bill se passa une main dans les cheveux avec un soupir, en se remémorant les atrocités décrites dans l'ouvrage. Cent quatre-vingt mille personnes tuées avec le poison qui avait servi dans l'avion. Presque tous les villages de cette région du Kurdistan avaient succombé. « Et le président Reagan n'a pas levé le petit doigt. »

Carrie fixait la couverture du livre. « Mais nous non plus. Avant de lire ça, je ne savais même pas que c'était arrivé. Cent quatre-vingt *mille* personnes, Bill. » Elle secoua la tête. « Je pense à ce qu'on a traversé. Je vois comme c'est dur d'affronter la douleur, la colère. Comme c'est dur de gérer le traumatisme. Mais songes-y un peu : toutes les personnes à bord de cet avion s'en sont sorties en vie. »

Bill tourna les yeux vers les ailettes argentées posées sur le bureau à côté des livres, avec le nom BEN MIRO gravé en lettres capitales sous le logo de Coastal.

« Pas toutes. »

Carrie lui passa ses bras autour du cou. Son haleine chaude était humide sur sa peau.

« Je regrette qu'il ne soit plus là, dit Bill.

– Je sais.

– J'ai l'impression que je m'escrime à réparer quelque chose sans savoir comment m'y prendre. »

Carrie se redressa en riant. Bill l'observa, un sourire naissant sur les lèvres. « Qu'est-ce qu'il y a de drôle ? »

Elle posa une main sur sa joue à lui. « Bill. Tu as grandi dans la cambrousse de l'Illinois, et maintenant tu vis à Los Angeles, tu es intolérant au lactose, tu fais laver ta voiture dans un garage super chic un samedi sur deux, et tu me dis que tu penses, *toi*, pouvoir trouver comment arranger ça ? » Elle fit un geste vers la documentation accumulée.

Bill lui rappela alors la promesse faite à Ben.

« Tu ne lui as jamais promis de *réparer*. Il t'aurait ri au nez. Tu lui as promis de faire ton possible pour *aider*. Et c'est exactement ce qu'on va faire. On va continuer d'apprendre, continuer d'écouter, et quand on jugera qu'on en sait assez – ce qui n'est pas encore le cas –, on cherchera les gens qui *savent*, eux, ce qu'il faut faire. Et on les aidera par tous les moyens possibles. »

Bill la regarda avec admiration. Elle avait raison. Cette déesse intelligente, sensible, intuitive qu'il avait la chance d'avoir comme boussole dans sa vie. Il n'était pas certain de la mériter.

« Est-ce que tu les hais ? » demanda-t-il.

Le sourire de Carrie s'estompa, et ses yeux se perdirent momentanément ailleurs. Bill repensa à la nuit qui avait suivi son retour de l'hôpital. Ils étaient couchés ensemble, et il l'avait tenue dans ses bras pendant qu'elle pleurait en lui racontant ce que les enfants et elle avaient vécu. L'image de Sam mouchant son petit garçon le hantait. La manière dont Carrie avait roulé les manches du terroriste, aussi.

« Je hais ce qu'ils ont fait, dit-elle après réflexion. Mais je n'ai pas de haine pour eux. Et toi ? »

Bill regarda les ailettes.

« Je ne sais pas encore. »

Il prit sa main, embrassa doucement le bout de ses doigts un à un avant de poser ses lèvres dans ses paumes, cachant son visage. Il ne bougea pas pendant un long moment. Enfin, il retira ses mains et dit : « Pardon, Carrie. »

Elle fronça les sourcils. « Pardon de quoi ?

– D'être comme je suis. Si je n'avais pas pris ce vol… Si j'étais resté à la maison… »

Elle posa ses doigts sur sa bouche.

« Je savais exactement où je mettais les pieds quand j'ai choisi de partager ta vie. Et c'est la meilleure décision de ma vie. »

Il grimaça de honte. « Comment peux-tu encore dire ça maintenant ? »

Elle sourit. « Je le dis *surtout* maintenant. »

Elle se blottit plus fort contre lui et remonta les jambes contre sa poitrine, une position que Bill avait souvent vu Scott prendre sur ses genoux à elle. Il la berça comme elle berçait l'enfant.

« Tu crois qu'on s'en remettra un jour ? » demanda-t-il.

Elle se serra contre lui, il la serra contre elle. « C'est déjà le cas. »

REMERCIEMENTS

Dans mes tentatives de me faire représenter pour placer ce livre, j'ai envoyé ma candidature à quarante et un agents. Tous ont décliné. Il s'avère qu'une hôtesse de l'air jamais publiée et sans réseau a du mal à se vendre. Qui l'eût cru ?

Ma quarante-deuxième candidature était auprès de Shane Salerno.

Quand je lui ai envoyé mon dossier, j'étais convaincue de deux choses. D'abord, que Shane était l'idéal pour cette histoire et pour ma vision de ce qu'elle pourrait devenir. Et ensuite, qu'il n'y avait pas la moindre chance qu'il y jette un œil. Je me revois griffonnant un mot sur un bloc-notes, que j'ai joint aux vingt-cinq premières pages. Je ne sais pas pourquoi j'ai fait ça. Je ne l'avais fait avec aucun des autres. Et je ne me rappelle pas précisément ce que disait ce mot – mais je me rappelle avoir ri en l'écrivant. Le message était un argumentaire confiant et culotté qui vantait mes mérites et ceux de ce texte.

Après quarante et un rejets, croyez-moi, je n'avais pourtant plus aucune confiance en moi.

C'est peut-être le mot. Ou peut-être quelque chose de bien que j'ai fait dans une vie passée. Peut-être que des extraterrestres ont joué un rôle. Écoutez, je n'en sais rien. J'ai cessé de chercher à comprendre ce qui a poussé Shane à parier sur moi. La seule chose que je sais, c'est que ma vie entière a changé, en mieux, parce qu'il l'a fait.

Shane n'est pas un simple agent. C'est un maître de la narration et de l'écriture. Un mentor et un professeur à la M. Miyagi. Un défenseur acharné et un ami fidèle. Tous les jours, il m'a aidée à découvrir non seulement la meilleure version de cette histoire, mais la meilleure version de moi-même. Ce travail et cette instruction ont été une épopée remarquable, Shane. Merci, merci, merci.

J'apprécie profondément ce qu'a fait toute l'équipe de The Story Factory, et plus particulièrement les efforts infatigables de Jackson Keeler, Ryan Coleman et Deborah Randall. Quand je vois les autres auteurs représentés par TSF, c'est une étourdissante leçon d'humilité – mais être accueillie et soutenue par eux a été un privilège inattendu. Adrian McKinty et Don Winslow : quand je me sentais coincée, vos suggestions avisées m'ont indiqué la sortie. Et, Steve Hamilton, un remerciement spécial pour m'avoir si généreusement consacré ton temps et tes efforts. Le livre est bien meilleur grâce à tes commentaires, et l'autrice débutante que je suis est bien moins stressée, grâce à tes encouragements. Ta gentillesse m'a énormément touchée.

Ceci est ma première incursion dans le monde de l'édition, et avoir eu l'équipe compétente, méticuleuse et authentiquement adorable d'Avid Reader Press pour m'aider à naviguer dans ses eaux a été un immense soulagement. Je ne peux pas imaginer meilleure maison pour ce livre. Carolyn Kelly, Meredith Vilarello, Jordan Rodman, Ben Loehnen, Lauren Wein, Julianna Haubner, Amy Guay, Allie Lawrence, Morgan Hoit, Amanda Mulholland, Elizabeth Hubbard, Jessica Chin, Ruth Lee-Mui, Brigid Black, Cait Lamborne, Alison Forner, Sydney Newman, Paul O'Halloran, Cordia Leung et Linda Sawicki : je mesure et j'apprécie tout le travail que vous avez fourni pour faire de cette idée une réalité. Et à mon brillant éditeur Jofie Ferrari-Adler : ton œil acéré et ton enthousiasme sans bornes ont laissé leur marque à chaque page. Travailler avec toi a été un délice. Merci.

Rejoindre les rangs des auteurs Simon & Shuster est un grand honneur et je tiens à remercier Liz Perl, Gary Urda, Paula Amendolara, Wendy Sheanin, Tracy Nelson, Colin Shields, Chrissy Festa, Stu Smith, Teresa Brumm, Lesley Collins, Leora Bernstein, Felice Javit, Rebecca Kaplan, Adam Rothberg, Irene Kheradi, Chris Lynch, Tom Spain, John Felice, Karen Fink et Sam Cohen pour leur soutien. Je suis impressionnée d'être un petit élément de l'œuvre extraordinaire que vous partagez avec le monde. Un remerciement spécial à Jonathan Karp pour ses encouragements à un moment crucial : je les porterai en moi pour le restant de ma carrière.

Les libraires indépendants sont des magiciens à eux seuls, et j'ai une chance folle que mon manuscrit ait eu un public précoce chez quatre des meilleurs. Cindy Dach, Kyle Hague, Sarah « Bouddha » Brown et Camilla Orr, j'ai chéri vos remarques comme l'or qu'elles étaient. Et à mon camp de base, la librairie Changing Hands, en Arizona : mon ancien badge d'employée reste une de mes plus précieuses possessions.

Le socle de cette histoire est mon respect pour les différents devoirs qui incombent aux navigants aériens. Je suis impressionnée et émerveillée par les hôtesses et stewards qui chaque jour amènent en toute sécurité des millions de personnes à destination, cela a été une joie et un privilège de figurer dans vos rangs ces dix dernières années. Qu'il n'y ait aucune ambiguïté : je ne suis pas pilote, et ceci est une œuvre de fiction. Mon but était d'être assez précise pour être convaincante, tout en tordant un peu la réalité pour que ce ne soit pas un manuel de vol. J'ai une dette envers tous les pilotes avec qui j'ai volé, qui ont répondu à mes questions sans fin et m'ont patiemment aidée à comprendre l'art du pilotage, en particulier mes amis « coup de fil à un pilote » Mark Bregar, Fabrice Bosse, Brian Patterson et Jaimie Rousseau. Je viens d'une famille d'aviateurs

– ma mère et ma sœur étaient navigantes – mais mon amour pour l'aviation ne s'est réellement manifesté que quand je suis entrée dans ma première compagnie, Virgin America. Aux équipages, aux techniciens, aux superviseurs et à tout le monde chez Triple Nickel (même toi, CSS) : je suis fière de ce que nous avons construit, et cela me manque au quotidien. L'équipage du vol 416 m'a été inspiré par un grand nombre des coéquipiers malins, courageux, drôles et débrouillards avec qui j'ai volé au fil des ans, et j'espère que vous vous reconnaîtrez dans leurs meilleurs traits de caractère. Vous avez mis une touche de féerie dans ma vie.

Emily et Dominic Debonis, Sarah Braunstein, David et Susan Shuff (de la perpétuellement généreuse Shuff Property Management Co.), Alok Patel, Jac Jemc, Jon Cable, Beth Hunt, Kellie Collins, Vanessa Bramlett : préparez-vous à la gratitude que j'ai bien l'intention de déverser en personne sur chacun de vous. Vous voilà prévenus.

Mes proches méritent bien plus de louanges que je ne serai jamais capable de leur en donner, je serai donc brève. Mes parents, Ken et Denise. Ma sœur et son mari, Kellyn et Marty. Et les deux belettes, Grant et Davis. Merci de m'avoir permis de ne pas perdre la boule. Je ne suis rien sans votre amour inconditionnel.

Enfin, trois personnes méritent une mention spéciale.

Quand j'ai dit à Sheena Gaspar que j'écrivais un roman, elle a tellement soutenu l'idée qu'on aurait pu croire que le livre était déjà terminé, publié, et qu'il figurait sur toutes les listes de best-sellers possibles et imaginables. Si chacun avait un ami qui croit en lui aussi profondément et inconditionnellement que Sheena croit en moi, le monde verrait bien plus de rêves se réaliser.

J'ai toujours accordé beaucoup de prix à l'opinion de Brian Shuff depuis nos années collège. Lui faire lire mon premier jet a été terrifiant parce que je savais qu'il ne prendrait pas de gants. Je m'attendais au pire. (Et croyez-moi, ce premier jet était *très* mal dégrossi.) Mais il m'a rendu douze pages de notes et m'a parlé comme si j'étais réellement écrivaine. Je n'arrivais pas à croire que j'avais écrit un livre jusqu'au jour où il m'a dit que si, et je lui suis éternellement reconnaissante du respect et de la générosité qu'il m'a montrés, à l'époque et en tout temps.

J'ai postulé à un poste chez Changing Hands sur la suggestion de ma mère. J'ai passé l'entretien chez Virgin America parce que ma mère pensait que ça me correspondrait bien. J'ai poussé ce livre d'une version à la suivante parce que ma mère refusait que je me contente de moins que tout ce dont j'avais toujours rêvé. Toute ma vie, ma mère a toujours su de quoi j'avais le plus besoin, même quand moi je ne le voyais pas. Surtout quand je ne voyais pas. Elle me dit souvent : « Ta mère a toujours raison. » Je lève les yeux au ciel à chaque fois… mais nous savons toutes les deux que c'est vrai.

Tout cela, bien sûr, c'est grâce à toi, maman.

La traductrice, en travaillant sur ce texte, a beaucoup pensé à son père, René Le Plouhinec, ancien commandant de bord-instructeur à Air France, parti vers d'autres cieux au moment même où elle achevait sa traduction, et à son grand-père Étienne Le Plouhinec, radionavigant avant lui et mécanicien aux plus belles heures de l'Aéropostale, qui aurait apprécié les efforts de Bill pour communiquer en morse. Elle se réjouit qu'ils n'aient jamais eu à affronter de vol aussi cauchemardesque que le Coastal Airways 416, et remercie sa sœur Anne-Marie Le Plouhinec-Fischer, qui a repris le flambeau familial de l'aviation, pour sa relecture et ses remarques avisées.

Composition Nord Compo
Impression CPI Firmin Didot en février 2022
Éditions Albin Michel
22, rue Huyghens, 75014 Paris
www.albin-michel.fr

ISBN : 978-2-226-46669-3
N° d'édition : 24649/01. – N° d'impression : 167753
Dépôt légal : mars 2022
Imprimé en France